クララ殺し

小林泰三

という少女が暮らす不思議の国の夢ばかりみる大学院生の井森《いもり》は、ある晩の夢の中で、不思議の国ではない緑豊かな山の中に辿り着く。そこには〝お爺さん〟なる男と、クララと名乗る車椅子の美少女がいた。翌朝井森は、大学校門の前で、夢で出会ったクララ——現実では「露天《ろてん》くらら」と名乗った彼女から、まるで夢の続きのように話しかけられる。彼女は何者かから脅迫を受けており、命の危機を感じていた。現実では頭が切れるが、夢の中ではビルという間抜けな蜥蜴《とかげ》になってしまう井森。二つの世界をまたぐ邪悪な犯罪計画から、クララとくららを守れるのか？　大人気『アリス殺し』の恐怖×驚愕ふたたび！

主要登場人物

井森建《いもりけん》……不思議の国の夢をよく見る大学院生
露天《ろてん》くらら……車椅子の美少女。命を狙われている
ドロッセルマイアー……大学教授。くららのおじ
諸星隼人《もろぼしはやと》……くららの知人。作家
新藤礼都《しんどうれつ》……怜悧な女性。井森の捜査を手伝う

＊

ビル……人語を解する蜥蜴《とかげ》。不思議の国の住人
クララ……医学顧問官シュタールバウムの娘
ドロッセルマイアー……上級裁判所の判事
スパランツァーニ……物理学者にして発明家
ナターナエル……スパランツァーニの教え子
オリンピア……スパランツァーニが造った自動人形《オートマータ》
コッペリウス……弁護士。ときおりコッポラあるいは砂男《すなおとこ》を名乗る

マリー……………クララの友人。人形
ピルリパート……クララの友人。呪いにかかった姫
ゼルペンティーナ…クララの友人。実体は蛇の精霊
マドモワゼル・
ド・スキュデリ……怜悧な老嬢。ビルと共に捜査する

クララ殺し

小林泰三

創元推理文庫

THE MURDER OF CLARA

by

Yasumi Kobayashi

2016

クララ殺し

1

「ひょっとして道に迷っちゃったかな？」蜥蜴《とかげ》のビルは独り言を言った。疑問形で呟いたが、実はビルは疑問など持っていなかった。なぜなら、彼が道に迷っているのは確実だったからだ。

「さて、困ったことになったぞ」

だが、その言葉に緊迫感はなかった。それも当然だろう。不思議の国ではしょっちゅうトラブルが起きているし、ビルはだいたい毎日百ないし千回のトラブルを起こしているからだ。道に迷うのは困ったことには違いないのだが、この程度の困り事にはすっかり慣れっこになっていたのだ。

ビルは緊迫感はないものの、とにかく帰り道を探そうときょろきょろと余所見《よそみ》をしながら進んだ。

ええと。こういう時には落ち着かなくっちゃいけないんだ。そもそもどうして迷子になんかなったんだ？　それは道に迷ったからだ。では、どうして道に迷ったのか？　それは道を歩いていたからだ。

いいぞ。だんだん真相に近付いていっている気がするぞ。

じゃあ、どうして道を歩いていたのか？　白兎の家に行こうとしたんだ。理由は何かというと、白兎と話をしたいと思ったから。

ほら。これで、迷子になった理由がはっきりした。ということは、その理由を解消すれば、問題は全て解決さ。

ええと。白兎と話そうと思ったのが間違いだったんだ。だから、そう思わないことにする！

ビルはきょろきょろと周囲を見回した。

あれ？　おかしいな。

「僕は白兎とは金輪際《こんりんざい》話さない!!」今度は声に出して言った。「でも、『金輪際』って何？」

だが、状況はなんら変化しなかった。

原因を排除したのに、問題が解決しないぞ。こういう時はどうすればいいんだっけ？

ビルは自分を井森《いもり》だと思うことにした。井森とは、別の世界におけるビルの分身——アーヴァタールであり、極めて高い洞察力を持っている。

どこで道を間違えたかを思い出せばいいんだ。そして、そこまで戻れば問題は解決する。

道に迷うということは即《すなわ》ち道筋のどこかで間違った経路を選んだということなんだ。つまり、道が分かれているところまで戻って、そこから再出発すればいいんだ。

凄いぞ、僕！　ちゃんと論理的思考ができてるじゃないか。これなら簡単に元の道に戻れそうだ。

ええと。どこで道を間違えたのか。僕の家から白兎の家までの道順を思い出してみよう。

ビルは目を閉じて、自分の家から白兎の家までの道筋を思い描いた。

ビルの家から白兎の家までは一本道で、分岐は一つもなかった。しかも、距離はビルの足でも一分少々のところだった。玄関を開けた瞬間に目と鼻の先に白兎の家があった。どんな間抜けでも迷う気遣いはなかった。

いや。「どんな間抜けでも」は言い過ぎだな。こうして、僕が迷っているんだから。迷う「間抜け」はいるんだ。

「ああ。どうしよう?! 道筋が簡単過ぎて、迷うポイントが見付からないよ!!」ビルは冷静さを失いパニックになった。尤《もっと》も、そもそも冷静さなど雀の涙程しかなかったので、さほど事態が悪化した訳ではないが。

で、どうすればいいのかな?

ビルはパニックに陥《おちい》りながら、普段とほぼ変わらない冷静さで考えた。つまり、普段も殆《ほとん》どパニック状態だということだ。

来た道を戻ればいいんだ。きっと井森なら「とても論理的だ」って言うよ。

ところで、僕はどっちから来たのかな?

蜥蜴のビルは周囲を見回した。

周囲に道はなかった。もしくは道だらけだったというべきだろうか? くねくねと曲がりくねった無数の道が網の目のように絡み合い、渾然一体《こんぜんいったい》となっていた。物凄くたくさんの道があるともいえるし、これほど絡み合ってはもはや道の役目を果たしていないので道などないともいえた。

いったい、どうやって僕はここに辿《たど》り着いたんだろう？　こんなややこしい道を通る気になったのが不思議だ。

ビルは必死になって思い出そうとした。だが、思い出せる過去はせいぜい一分かそこら前までで、その時にはすでに道に迷っていた。

どうすればいいんだろう？　このままここにじっと座って救助を待つ？　それとも、歩き回って、自力で脱出する？

確か、こういう時には無駄に体力を消耗しないようにじっとしているのがいいんだったっけ？

ああ。でも、ここで待っていたって、救助隊が来るとは限らないな。そもそも不思議の国に救助隊なんかいない。僕がいなくなったことに気付いてくれそうな人もいない。いるとしたら、アリスぐらいかな。でも、アリス自身があんまり不思議の国のみんなに溶け込んでいないから、僕がいないと誰かに教えても、伝わらないかもしれないな。

とりあえずビルは途方に暮れたパニック状態のまま歩くことにした。

最初は道筋に沿ってぐにゃぐにゃ歩いていたが、そのうち面倒になって、道を無視して、そのまま真っ直ぐ突っ切ることにした。つまり、道をないものとしたのだ。そう決めた途端、途方もなく巨大な迷路だったものが一瞬で大平原へと変貌を遂げた。だからといって、助かる可能性が増えた訳でもないが、迷路の中で迷っていると考えるよりも、大平原を旅していると考えた方がまだ気分は良かった。

そうやって歩いていると、ビルは地面が結構ぬかるんでいることに気付いた。

ビルの足跡がはっきりと地面に残っている。

雨が降ったのかな？　それとも、誰かが泣いたのかな？　地球だったら、まず雨を疑うところだけど、不思議の国じゃあ、誰かが泣いたことで洪水が起こることなんかしょっちゅうだもんな。

ビルはよりぬかるんだ方に進むか、乾いた方に進むか迷った。

なぜその二方向に限定したのかというと、とりあえず方角としては、その二つしか決めようがなかったからだ。なにしろ、空は曇《くも》っていて、他に手がかりもないのだ。

ビルは五秒程悩んだ末、よりぬかるんだ方に進むことにした。

少なくとも、ぬかるんでいると足跡が付いて面白い。乾いていると、ただでさえ迷子になって落ち込んでいるというのに、何も面白いことがなくなってしまう。

ビルはぴちゃぴちゃと音を立てながら、ぬかるみの中を進んだ。

泥が跳ねて全身茶色の斑《まだら》になったが、そんなことは特に気にならなかった。

だんだんと足がぬかるみに深く沈むようになってきた。

足を抜くにも結構力がいる。

抜いた後には穴が開いていて、そこに泥水が滲《にじ》み出してくる。

水を見ていて、ビルは喉が渇いていることを思い出した。

この水飲めるかな？

その泥水は透明度ゼロで飲む気には到底なれそうもないものだった。

しかし、ビルは蜥蜴だ。泥水を飲んで飲めないことはないだろう。

ビルはくんくんと泥水の臭いを嗅いでみた。

臭《くさ》っ‼

きっと、汚水が流れ込んでいるんだ。まあ、どうしても飲まなくっちゃならなくなるまでは、できればこんな水は飲みたくない。

ビルはぶるぶると首を振ると、さらにぬかるんでいる方に歩き出した。

ずぶりずぶりと膝まで沈み出した。

ほう。結構面白いな。やっぱり野生動物はこういう環境が相応《ふさわ》しいんだ。

やがて腰まで浸かるようになり、ずぶずぶというよりはざぶざぶという感じになってきた。

泥の粘度はそれほど高くない。水分が増えてきて、泥というよりは泥水に近くなっている。

ビルはさらに水分が多い方に進む。

もはやぬかるみというよりは沼といった方がいいような状況だった。

ビルはぐるんぐるんとはしゃぎながらも、先へと進んだ。

泥水に首まで浸かりながら、ビルは進んだ。

口の中に水が入り込んだ。

げっ！　臭っ‼

ぺっぺっと吐き出したが、吐く時に口を開くので、さらに大量の水が入り込んでくる。その入り込んだ水を吐き出そうと、さらに大きく口を開けたので、当然ながら、もっと水が入ってくる。結局、がぶがぶと汚水を飲まざるを得なくなる。

がぶがぶがぶ。ごくごくごく。

喉が渇いているとはいえ、飲める量には限度がある。しかも、腐敗臭がとてつもない。ビルは汚水を飲むのを小休止した。

行き場を失った水が気管の方に流れ込んだ。

ごほごほごほ。

ビルは咳き込んだ。

水中で咳をしたので、どんどん汚水が肺へと流れ込んでいく。

ごぼごぼごぼ。

ここに来て、ビルは事態がどんどんまずい方向に進んでいることに気付いた。ビルは爬虫類なのだ。蠑螈《いもり》や山椒魚《さんしょううお》に似てはいるが、両生類のように水中で呼吸することはできない。だから、水中呼吸しようとすると、窒息して溺死してしまうのだ。

死にたくない。

ビルは死への恐怖から本能的に溺死を回避する行動をとった。

爪先立ちをしたのだ。

ビルの口が水面から少し上に出た。

二、三回咳をすると、黒い汚水がビルの口から射出され、水面にいくつもの波紋を描いた。やっと肺に空気が取り込める。ただし、汚水面のすぐ上の空気なので、腐敗臭が酷《ひど》く、ビルは顔を顰《しか》めた。

ああ。危うく死ぬところだった。水の中で息ができないってこと、ついつい忘れがちだから、気を付けなくっちゃ。

ビルは改めて周囲を見回した。

視界の半分は空だった。どんよりとした鉛色《なまり》で、晴れ間は全くなかった。空全体が均一な明るさで、太陽の位置もわからない。夜でないことはわかったが、朝なのか、昼なのか、夕方なのか、手掛かりはなかった。

視界の残りの半分は汚水だった。焦げ茶色の水面が僅《わず》かに波打っている。鉛色の空の反射がゆらゆらと揺れていた。だが、どちらかに流れているということはなさそうだった。

方角の基準となるものが全く見当たらなかった。

ビルは考え込んだ。

そうだ。風はどうだろう? 風向きを基準にすればいいんだ。一見、無風に思えるけど、ひょっとしたら微風が吹いているかもしれない。ええと、風の向きを調べるにはどうすればいいんだったかな? 確か、指を舐めるんだ。

ビルは指を舐めた。

臭っ!!

ビルは指をべろべろと舐めながら、しばらく待った。だが、指をどれだけ舐めても風向きは一向にわからなかった。

泥だったら、水気の多い方に進めばよかったのに、水だとよくわからないな。あっ、そうか。水気が多いことと水が多いことは同じなんだ。つまり、水気の多い方ってことは水が多いってことで、深い方に行けばいいんだ。

ビルは自分の洞察力に満足し、より深くなる方向に進み出した。

十歩程進むと、また口が水に浸かり始めた。ただ、少し沈むと、足先が水底に当たったので、ぽんと蹴った。すると、少し身体が浮かび、口が水の上に出た。そのまま何度か呼吸しているうちに、ビルはだんだんとこつが摑めてきた。要は、口が水の上に出ている時に息を吸い、口が水の中にある時に吐けばいいのだ。そうすれば、むせることはない。この逆をやると猛烈に苦しくなるが、しばらく練習するうちに、なんとか呼吸がこなせるようになった。

ビルは再出発した。

歩きながら、一歩ごとに水底を蹴れば、うまい具合に息をすることができる。

ビルはどんどんと深い方へと進んだ。そのうち、口が水からあまり出なくなった。一瞬出た瞬間にさっと息を吸い込むのだが、一緒に汚水を吸い込んでしまうことがだんだんと多くなった。そのうち、全く口が水から出なくなった。

ビルは息を止めたまま、数十秒間、先へと進んだ。もう目も水の中から出なくなった。汚水の中で目を見開いたが、透明度ゼロなので何も見えない。

ずっと息をしていないので、苦しくてたまらないな。だけど、僕は水の中では息をしない。蜥蜴は水中では呼吸できないからだ。息をしたら、死んでしまう。あっ。でも、息をしなくても、死んでしまうのか。どうすりゃいいんだろう？　死ぬのは嫌だな。もうアリスにも会えなくなってしまうもの。

ビルは生きるために必死で考えた。そして、酸素不足で朦朧《もうろう》となり、身体から力が抜け始めた頃、ついに名案を思い付いた。

顔をずっと水の上に出していたら、楽に息ができるぞ。そのためには、泳げばいいんだ。

ビルは汚水の上をすいすいと泳ぎ出した。目指すはより深い方だ。

ビルはそのまま何時間も沖へと向けて泳ぎ続けた。そして、泳ぎ疲れると、ぷかりと汚水に浮かんだまま休憩をとった。

そのうち完全に方向感覚も時間感覚も失ってしまった。ただ、適当に泳いでは休憩を繰り返していた。

おなか空いたな。

ビルは、弁当を持ってくればよかった、と後悔した。

だけど、仕方ないんだ。後悔、先に立たずだから。

ビルは疲れ切ってしまった。

そして、いつの間にか眠りについてしまった。

気が付くと、ビルは岸に打ち上げられていた。

目の前には水面が広がっている。そんなに汚くなかった。そう言えば、臭いもないような気がする。

ビルは水に顔を近付け、ちょろちょろと舌を出して、水を味わった。

結構綺麗な水だ。

ビルは周囲を見回した。

空は真っ青で、白い雲が流れている。そして、険《けわ》しい岩山が連《つら》なり、その上部は真っ白な雪を被っていた。地面は青々とした草に覆われ、優しげな風に靡《なび》き、何匹もの蝶々が舞っていた。

遠くの草原の中に点々と白いものが見て取れた。よく見ると、どうやら草食系の哺乳類のようだった。柔らかそうな白い毛に覆われ、角を生やしているのとそうでない個体があり、いずれも、むしゃむしゃと草を食べている。耳障りな鳴き声だ。何頭かは仔を連れており、腹部から垂れ下がっている乳房を吸わせている。

なるほど。哺乳類だから、授乳しているんだな。

ビルは納得した。

そして、その白い獣とは別の哺乳類らしき個体も発見した。

移動用の機械に乗っているようで、立ち上がらずにこちらに向かってくる。

ビルはとりあえず、その場にじっとしたまま、その生物の到来を待つことにした。

近付くにつれ、その生物の形態がはっきりしてきた。

アリスと同じ種族——つまり、人間だ。若い女性。肌の色はアリスとよく似ている。髪の毛は金色で、目と頭に付けたリボンと服の色は青だ。

「こんにちは、蜥蜴さん」少女の方から話し掛けてきた。

「こんにちは、人さん」ビルは答えた。「今、ドイツ語で喋ったの？」

「わからないわ。でも、たぶんそうだと思う。ところで、あなたは何語で喋ったの？」

「英語でなければおかしいんだけど、日本語かもしれない。そこはもう気にしないことにしたんだ」

「そうなの？　じゃあ、わたしも気にしないわ」

「その乗り物は何？」ビルは尋ねた。

「これは車椅子よ。そう言えば、蜥蜴は車椅子を使わないのよね」

「さっきは『蜥蜴さん』って敬称を付けたのに、今『蜥蜴』って呼び捨てにしたよね」ビルは指摘した。

「ごめんなさい。でも、あなたのことを呼び捨てにした訳ではないわ。一般的な蜥蜴のことを言ったの」

「じゃあ、僕も一般的な人の話をする時は『人』って呼び捨てにしてもいいよね」

「ええ。もちろんよ、蜥蜴さん」

「今のは一般的な蜥蜴の意味なの？」

「いいえ。今のはあなたのことよ、蜥蜴さん」

「僕のこと？　僕の名前は蜥蜴じゃないよ、人さん」

「でも、あなたは蜥蜴なんでしょ？」

「蜥蜴だけど、種族名に『さん』を付けて呼ばれるってなんか変な感じだよ、人さん」

「確かに、変な感じだわ、蜥蜴さん」

「ねえ。わざと言ってる、人さん？」

「もちろんよ。でも、あなただって、わざとでしょ、蜥蜴さん」

「『わざと』って何のこと、人さん？」

「わたしのことを『人さん』って呼んでることよ」

「えっ？　君、人じゃないの？」

「えっ？」少女は少し戸惑ったようだった。「そういうことを言ってるんじゃなくて、さっきあなたが言ったみたいに種族名に『さん』付けで呼ばれるのはおかしいってことよ、蜥蜴さん」

「なるほど。じゃあ、どうすれば僕のことを『蜥蜴さん』と呼ぶのをやめてくれるんだい、人さん？」

「『蜥蜴さん』って呼ばれたくないんだったら、もう呼ばないわ。だけど、名前がないと呼びにくいわ」

「名前ならあるよ。『ビル』っていうんだよ、人さん」

「教えてくれてありがとう、ビル。ところで、わたしにも名前があるのよ」

「えっ⁈ 本当かい？ 奇遇だね。名前があるなんて、僕と一緒だよ、人さん」

「だから、『人さん』じゃなくて、名前で呼んで頂戴、ビル」

「ああ。わかったよ、名前」

「そうじゃなくて、わたしの名前よ。クララと呼んで」

「ああ。わかったよ、クララ。ところで、その車椅子って乗り物の操縦は難しいのかい？」

クララは少し悲しそうな顔をした。「そんなには難しくないわ。できれば使いたくないのだけど」

「使いたくないのに、どうして使ってるの、クララ？」

「それについては、わたしから説明しよう」クララの背後から突然、老人が現れた。

「わっ！ お爺さん、いつからいたの？」ビルが驚いて叫んだ。

「最初からずっとここにいた」

「でも、見えなかったよ」

「蜥蜴よ、おまえの位置からは死角になっていたのだ。車椅子の背は高く、おまえの背は低い」

「なるほど。そういうことがあるんだ。これから気を付けるよ」

「お爺さんはいろんなものを作ったり、修理したりするのが得意なの。この車椅子もお爺さんが作ったのよ」

「ところで、蜥蜴、なぜここにいる？」老人が尋ねた。

「それが僕にもわからないんだ。道に迷ってぬかるみを歩いていたら、いつの間にかこの海に辿り着いたんだ。きっと誰かの涙だと思うんだけど」

「言っていることの意味がわからん。ここにあるのは海ではなく湖だ」

「本当？　どうしてわかるの？」

「舐めてみろ。しょっぱくないぞ」

「本当だ。しょっぱくない!!　で？」

「海じゃないでしょ」クララが言った。

「えっ？　海じゃないの？」

「あなた、今、しょっぱくないって言ったじゃない、ビル」

「うん。言ったよ。覚えてる。今、言ったばかりだもん。五分も前だったら、忘れるかもしれないけど」

「だから、湖なのよ」

「えっ？　五分経ったら忘れるっていうことが湖ってことなの？」

「こいつと真剣に話す意味はないと思うぞ、クララ」老人は蔑《さげす》むような目で言った。

「何？　僕には秘密のこと？」

「単純な事実だ。ここは延長千二百キロにも及ぶ山脈の真っただ中だ。海などあろうはずもない」

「そうなの？　全然知らなかったよ。こんなに大きいのに海じゃないんだ」

「この山脈には六百平方キロの大きさの湖すらあるんだ。日本語では湖名を下品な冗談にされているようだが」

「そうなんだ。大事なことだから、メモしておくよ」ビルは自分の身体のあちこちを触り出した。

「ビル、何をしてるの？」

「ポケットを探してるんだ」

「どうして？」

「今の話をメモしておくのに、手帳とペンが必要だろ」

「だから、どうして？」

「僕、覚えておくのが不得意だから」

「そういう意味じゃなくて、どうして服も着てないのにポケットを探しているの？」

「えっ？　服を着てないって誰が？」

「あなたよ、ビル」

「わっ！　どうしよう？　僕ったら、レディの前で裸だ！」

「別にいいのよ。蜥蜴なんだから」

「そうなのか。よかった」ビルは溜め息を吐《つ》いた。「アリスの前でもいつも裸だったから、謝りにいかなくっちゃって思ったよ。……ん？」

「どうしたの？」

「ええと、誰かが何かを説明するって言ってなかった？」

「ええ。お爺さんがわたしが車椅子に座っている理由を説明するって言ってたわ」

「そうなんだ。早く教えてよ」

「どうしようか？」老人は腕組みをした。「間抜けな蜥蜴に説明するのは空《むな》しいような気がしてきた」

「お爺さん、お願い」

「つまり、クララは、本当はもう歩けるんだ」

「えっ？　ということは歩けないって嘘だったの？　というか、僕、いつの間に歩けないって嘘吐かれたの？」

「おまえには何も言ってない」老人は苛立たしげに言った。「つまり、すでにクララの身体は完成しているが、いまだ調整不足ということなんだ」

「それで、その機械は何のためのものなの？」

「車椅子は脚の代わりだ、蜥蜴」

「じゃあ、スキップとかできるの？　運動靴を履いたりとかも」

「おまえの質問はもうたくさんだ。今度はこっちから質問させて貰《もら》う」

「いいよ。何でも質問して」

「おまえは何者だ？」

「僕はビルだよ」

「名前を訊いているのではない。正体を訊いているのだ」

「ええと。……正体って何？」

「おまえは何という種族だ？」

「たぶんだけど、蜥蜴だと思う」

「どこから来た？」

「海……じゃなくて湖からだよ」

「おまえは水生生物ではない」

「水生生物って？」

「魚類でも、両生類でもない」

「知ってるよ」

「蜥蜴は水の中に棲めない」

「教えてくれてありがとう。でも、そのことも知ってたよ」

「湖の中に棲んでいた訳ではなかろう」

「そうだね。水の中では息できないからね」

「おまえはどこに棲んでいたのだ？」

「ええと……白兎の家の近くだ」

「それでは、わからん」

「じゃあ、三月兎と頭のおかしい帽子屋の近くだ」

「おまえ以外に頭のおかしいやつがいたのか?」

「もういっぱいいたよ」

「まさかと思うが、そこは地球なのか?」

「地球じゃないよ。地球は僕じゃなくてもう一人の僕——井森が住んでいるんだ」

「なるほど。地球のことを認識しているんだな」老人はビルの頭を摑んだ。「少し調べさせて貰う」

老人はどこをどうやったのか、うまい具合にビルの頭部を胴体から取り外した。「クララ、これを見てみろ。極めて単純な脳の構造だ」

「爬虫類だからじゃないかしら」クララはビルの脳を観察しながら言った。

「もちろん、そうだろう。これで人語を解するとは信じ難《がた》いが」老人はビルの脳をさらに分解した。

「きっと、ビルのアーヴァタールがよっぽど優秀なのよ」

「そうだろうな。こいつの故郷は、ここでも地球でもないことがわかった」

「じゃあ、どこ?」

「名前があるかどうかすらわからん」

「ビルはどうやってここに来たのかしら?」

「世界の境界は案外脆《もろ》くて、何かの拍子に突き破ってしまうってことはありそうな話だ」

「じゃあ、世界の間に〝抜け道〟が出来たってこと?」

「一時的に出来たのかもしれない。だが、すでに修復されてしまっているだろう。だから、この蜥蜴はこの世界で孤立無援の存在になってしまったのだ。だが……」老人は考え込んだ。

「どうしたの?」

「こいつの利用価値について考えていたのだ。このまま分解して捨ててしまうのは勿体《もったい》ないかもしれない」

老人はビルの脳を組み立て直し、そして頭部を胴体に嵌め込んだ。

「わっ! 僕、どうなってたの?」ビルは叫んだ。

「少し改良してやろうと思ったが、やめた」

「改良して貰うのと、して貰わないのと、どっちが良かったの?」

「どっちもつまらん」

「だったら、どっちでもいいや」

「おまえが棲んでいた世界は何と呼ばれていた?」

「『不思議の国』かな?」

「そして、おまえのアーヴァタール——井森といったか——は地球にいるんだな」

「そうだよ」

「素晴らしい。では、向こうでも会うことにしよう。まずは、井森について話して貰おうか」

2

不思議の国以外の夢を見てしまった。

井森建《けん》は起きた直後、呆然としてしまった。

あの世界は何なんだ？

案外本当に普通の夢だったのかもしれない。でなければ、地球でもない不思議の国でもない第三の世界に到達したことになる。何とも複雑な話だ。そして、あの世界で出会った少女――クララといった――と老人。あの老人はクララの祖父なんだろうか？　彼は地球で会おうと言っていた。もし、あれが本物の夢でなかったとしたら、地球に彼らのアーヴァタールが存在するということなのだろうか？　どうも納得できない話だ。今まで、世界のリンクは地球と不思議の国の間だけしか存在していなかった。それがどうして、突然、第三の世界に繋がったのか？

ひょっとすると、ビルがあの世界に迷い込んでしまったことによって、新たなチャンネルが開かれてしまったのかもしれない。だとしたら、地球にあの世界の住人が流れ込んでくることになるのだろうか？

井森はビルのアーヴァタールである。井森とビルはあくまで別の人格なのだが、互いに夢で繋がっており、記憶も共有している。現実に井森がビルの中に存在している訳ではないが、ビルの記憶は夢として井森の脳内に流れ込んでくる。逆に井森の記憶はビルの夢となる。そして、井森以外にも不思議の国に夢で繋がったパートナーを持つ人物が何人か存在することもわかっている。例えば、知り合いの博士研究員《ポスドク》である王子《おうじ》玉男《たまお》は不思議の国のハンプティ・ダンプティという一種の玉子《たまご》の化け物のアーヴァタールなのだ。井森は勝手な推測を含めた両世界のアーヴァタール相関図を作成しつつあった。作業は順調で、あともう少しで周囲の人間の相関図はほぼ完成しそうだった。

そこに来て、今回の大事件勃発だ。

第三の世界があるのなら、今まで立てた仮説は全て見直す必要が出てきた。別に論文を書いていた訳ではないが、今まで地道に構築してきた仮説がいっきに吹き飛んでしまうと、さすがに心が折れそうになる。

とりあえず大学に行こう。

井森はなんとかして立ち上がると、のろのろと着替え、外に出た。そしてリュックサックを背負い、牛歩《ぎゅうほ》のような歩みで大学へと歩き出した。

門のところで、呆然としている少女がいた。

なぜ呆然としているかはおおよそ察しが付いた。

少女は車椅子に座っていたのだ。門のところの段差は結構大きく、車椅子では越え辛《づら》い。

なぜ、この大学のバリアフリー化は遅々として進まないのか！

井森は憤《いきどお》りを感じた。

井森はそのまま門へと進み、少女の横を通り抜けようとした。

「あの……」少女が井森に呼び掛けた。

井森は振り返った。

少女は金髪で瞳が青かった。瞳だけではなく、服や頭に付けたリボンまでもが青かった。

えっ？　僕、最近、この子に会ってる？

井森はしばし考え込んだ。

「あの……。すみません」少女がもう一度言った。

「あっ。はい」井森は我に返った。

「大学の中に入りたいんですが、手伝って貰《もら》っていいですか？」

「ああ。もちろん」

井森は車椅子の前部を少し持ち上げ、段差を越えさせた。

「ありがとうございます」

「どういたしまして。あなたはこの大学の学生ですか？」

「いいえ。でも、おじがここの先生をしてるんです」

「先生？　何学部ですか？」

「工学部です」

「僕も工学部なんですよ」

「そうでしたよね」少女は微笑んだ。

ん？　今の言い方はどういうことだ？

「あなたは僕の所属を知ってたんですか？」

「ええ」

「どうして？」

「あなたのことは調べちゃいけなかったんですか？」

「いや。いけないとかじゃなくてですね。……僕のこと知ってたんですか？」

「ええ」

「どうして？」

「だって、言ってたじゃないですか。地球のアーヴァタールは井森っていうって」

井森はしばらく硬直した。

「……じゃあ、あなたは……不思議の国の住人なんですか？」

少女は首を振った。「不思議の国には行ったことがありません」

「どういうことですか？」

「思い出してください。最近、ビルに何か起こってないですか？」

「ビルは……不思議の国から迷い出てしまった」

「そうです」

「そして、山脈に流れ着いた。まるでアルプスのような……。しかし、説明が付きません」

「何の説明ですか？」

「山脈に流れ着くってどういう状況でしょう？　ノアの洪水じゃあるまいし、山の中腹に流れ着くってあり得ません。尤《もっと》も、不思議の国があの山脈の頂《いただき》付近にあるのなら、可能性はなくもないですが」

「それって、地球の物理法則の範疇《はんちゅう》でってことですよね」

「物理法則は物理法則です。地球でも宇宙でも……」井森はふと気付いた。「不思議の国では、物理法則に反するようなことも起こり得たんだっけ」

「正確にいうと、地球の物理法則に従っていないだけで、その世界の法則には反してないんですよ。……今のはおじの受け売りですが」

「おじさん、物理が専門？」

「物理というか、機械工学なんですが」

「機械工学なら、広い意味では物理ですよ」井森は少女の発言の内容に気付いた。「つまり、おじさんもアーヴァタールについて知ってるんですか？」

「ええ。おじさんもあの世界にいるから」

「ところで、あなたの名前を教えてくれますか？」

「いいですよ。わたしの名前は露天《ろてん》くららといいます」

「くらら？　欧米系の血が入ってるんですね？」

「わたしの知る限り入っていません」

「でも、その髪と瞳は……」

「カラーリングとカラコンです」

「なるほど」

「でも、おじはドイツ系ですが」

「つまり、義理のおじさんってことですか？」

「ええ。いちいち『義理』って断ったりはしませんけど」

「まあ、普通はそうですね」井森は考えながら言った。「名前が同じなのは偶然？」

「誰と？」

「あの世界のクララとあなたが」

「わたしの名前はひらがなですけど」

「向こうの世界ではカタカナなんですか？　いや。そもそもあの世界にカタカナはあるのかってことになるか」

「あんまり深くは考えたことありません」

「失礼ですけど、その脚はずっとこんな状態なんですか？　向こうのクララは本当は歩けるって話でしたけど」

「これは一時的なものです。先日、交通事故で腰を痛めたんです。この車椅子はレンタル品です」

「それは大変でしたね。で、これからどこへ？」

「おじのところに行く予定です」

「それ、僕もついていって問題はないですか？」

「たぶん、大丈夫だと思います。そもそもわたしが呼ばれたのも井森さん絡みの話のような気がします」

「僕関係？　どうして？」

「おじはビルに相当興味を持ったみたいなんです」

「あの間抜けな蜥蜴《とかげ》に？」

「間抜けかどうかはどうでもよくって、問題はビルが世界間移動をやってのけたってことです」

「世界間移動は、僕たちだって、しょっちゅうやってるじゃないですか？」

「それは記憶だけの移動でしょ。おじは肉体の直接的世界間移動の研究をしているんです」

「機械工学なのに？」

「もちろん大学での研究ではなく、個人的な研究です」

「いずれにしろ、おじさんの話を聞いた方がいいですね」

「あと、もう一つ言っておかないといけないことがあります」

「まだなんですか？　まあ、たいていのことには驚かないと思いますが」

「今から言うのは確実な話ではありません。ただ、おじによると、かなり蓋然性《がいぜんせい》が高いということです」

「とりあえず中身を聞かないと判断できないと思いますよ」

「おそらく、わたしは命を狙われています」

「誰に?」

「それがわかればいいんですが」

「どうして、命を狙われてるってわかったんですか?」

「わたしが車椅子に乗らなくてはならなくなった原因の事故なんですが、実は車に轢《ひ》かれそうになったんです。しかも、犯人はわからずじまいなんです」

「轢き逃げは悪質な犯罪ですが、それだけで命を狙われているとは断言できないと思いますよ」

「車に轢かれそうになったのは、五回目なんです。それも先週だけで」

「なるほど」井森の目が輝いた。「それは興味深い。今すぐ、おじさんの研究室に行きましょう」

機械工学科のある工学部第二棟は井森が普段過ごしている工学部第一棟とやや離れている。行き慣れないため、少し遠回りになってしまったが、十分程で入り口に到着した。

車椅子を建物の中に入れるのに、また一苦労あった。

「ついてきてよかった。一人じゃ、とても入れなかったでしょう」

「ありがとう。でも、親切な人は多いから、一人でもきっとなんとかなったとは思うわ。いつもなんとかなってるから」

「だったら、この大学もそう酷《ひど》くはないということかな？」井森は車椅子をエレベータホールまで押していった。「ええと、何階？」

「六階です」

六階に上がると、井森は案内板を確認した。

「露天という教授はいないみたいですけど？」

「おじの苗字は違うんです」

「ああ。義理のおじさんでしたね。当然か」

「こっちです」

くららは一人で車椅子を動かして、進んでいった。

井森は慌てて後を追う。

すぐに研究室が見付かった。

部屋のドアには日本語とアルファベットで名前が書かれていた。

くららはドアをノックした。

部屋の中からぎしぎしと足音が聞こえてくる。

ばたんと音を立てて、ドアが大きく開いた。

顔を覗かせた人物は背が低く、酷く痩せていた。顔には無数の深い皺《しわ》が刻まれ、右の目に黒い絆創膏《ばんそうこう》のようなものが貼ってあった。頭の上には白い鬘《かつら》か帽子のようなものが載っていたが、それはどうやらガラス製のようで、ファイバー状の白い繊維が複雑に絡み合っていた。

老人は左目で、井森をじろりと睨んだ。

この老人だ。

井森は確信した。

あのアルプスのような美しい山脈で、クララの車椅子を押していたのは、確かにこの人物だ。あの時と容姿が全く同じだ。

「こいつなのか、くらら？」老人は不機嫌そうに言った。流暢《りゅうちょう》な日本語だ。

「ええ。あの時の蜥蜴さん――ビルよ」

「ふむ。あの蜥蜴よりは少しは利巧そうじゃないか」

「まあ。こちらでは、霊長類でして」井森はばつが悪くなって言った。ビルのせいで本当に恥を掻くよ。

「初めまして」井森は手を差し出した。

老人はじっとその手を見つめて、ふんと鼻を鳴らした。「欧米人が全員握手の習慣を持ってると思ったら、大間違いだぞ」

「あっ。すみません」井森は手を引っ込めた。

「わたしの名はドロッセルマイアーだ。くららのおじに当たる」

「初めまして、ドロッセルマイアー先生」

「話がある。中に入れ」

井森はくららの車椅子を押しながら、部屋に入った。

3

「蜥蜴《とかげ》よ、わたしの名はドロッセルマイアーだ」クララの車椅子を押す老人は名乗った。「上級裁判所の判事をしておる」

「右の目は怪我をしているの？」ビルは屈託なく尋ねた。

「右の目はない」

「どうしたの？」

「実験に使ったのだ」

「どんな実験なの？」

「おまえには関係ない。仮に説明したとしても理解できないだろう」老人はクララの車椅子を押して歩き出した。「ついてこい、蜥蜴」

ビルはドロッセルマイアーとクララの後をついていった。

ゆっくりと草原の斜面を下りていくと、傾斜は徐々にゆるやかになっていく。

少しずつ疎《まば》らに木が生えている場所になり、やがてちょっとした森のような場所に出た。

「どこに行くの？」

ドロッセルマイアーは返事をしなかった。

「黙ってついてきて」クララは言った。

出し抜けに森が途切れ、街の中に出てきた。

多少の唐突感はあるが、不思議の国に較べると、遙かに秩序だった世界だった。むしろ、地球に近いといってもいい。

「ここはなんていう世界なの？　地球もどき？」ビルは独り言のように言った。

「決まった名前ってあったかしら、ドロッセルマイアーさん」クララが尋ねてくれた。

「あれ？　さっきは『お爺さん』って言ってなかった？」ビルが訊いた。

「あなたが『お爺さん』って言ったから、それに合わせたのよ」

「一般的に合意が形成された名前は存在しない。単に『この世界』で済ましている場合が殆《ほとん》どだ」ドロッセルマイアーが言った。

「でも、それじゃあ、地球や不思議の国と区別が付かないので不便だよ」

「では、ホフマン宇宙とでも呼べばいいだろう」

「ホフマンって何？」

ドロッセルマイアーはビルの顔に自分の顔を近付けた。「蜥蜴よ、おまえは自分の知りたいことは全て口に出しさえすれば、誰かが只《ただ》で教えてくれると思っているのか？」

「違うの？」ビルは屈託なく答えた。

「少なくとも、わたしには蜥蜴の質問に答える義務はない」

「わかったよ。じゃあ、クララに訊いてみる。ねえ、クララ、ホフマンって何？」

「この世には聞かなくてもいいことが山程あるのよ、ビル」クララはドロッセルマイアーの様子を窺《うかが》いながら、おどおどと答えてくれた。

「わかったよ。この答えは諦めるよ」

三人は一軒の家の前で立ち止まった。

「ここはわたしのおうちよ」クララが言った。

「医学顧問官シュタールバウム家だ」ドロッセルマイアーが付け加えた。

「それって、バウムクーヘンみたいなもの？」ビルが尋ねた。

「全然関係ないってことはないけど、別物よ」

「ちょっとは関係あるんだ」ビルは嬉しくなって言った。

「いや。全く関係ない」ドロッセルマイアーがつまらなそうに言った。「因《ちな》みに、バウムとはドイツ語で木のことだ」

「じゃあ、二つとも木に関係あるってこと？」ビルは言った。

ドロッセルマイアーは軽く舌打ちしただけで、答えてくれなかった。

クララはドアをノックした。

しばらくすると、ドアが開き、身なりのいい紳士が現れた。

「お帰り、クララ」父親――シュタールバウムはドロッセルマイアーの方を見た。「おや。ドロッセルマイアーおじさんと一緒だったのかい？」

「車椅子の調整をさせて貰《もら》ったんだよ」ドロッセルマイアーは答えた。「もちろん、人体の調整の方がより重要なのだけれどね」

「ところで、その獣はなんだね？」シュタールバウムは不思議そうにビルを見つめた。

「これは興味深い獣でね」ドロッセルマイアーは答えた。

「どんなふうに興味深いんだね？」

「まず、こいつは人語を解する」

「それは不思議だ。だが、妖精どもはたまにそんな悪戯《いたずら》をするからね」

「それだけではない。こいつは他の世界から到来したのだ」

「ちょっと待ってくれ。この獣はこの世界出身じゃないっていうのかい？　どういう根拠があって、そんなことをいうのかね？」

「まずこいつ自身がそう主張している」

「嘘かもしれない」

「この蜥蜴は嘘を吐《つ》く程の想像力を持ち合わせてはいない。極めて間抜けな爬虫類なのだ」

「それは確かなのかね？」

「わたし自身が脳を調べて確認した。もし信用できないというのなら、君も自分の手で解剖してはどうかね？」

「殺してしまっていいのなら、是非やってみたいね」

その言葉を聞いて、ビルは一目散に逃げ出そうとした。

だが、一メートルも進まないうちに、ドロッセルマイアーに尻尾を踏み付けられ、動けなくなった。

「今、わたしの話に反応したのか？」シュタールバウムは目を丸くした。

「だから、人語を解すると言っておるだろ」ドロッセルマイアーは苛立たしげに言った。

「何かの比喩《ひゆ》だと思ったんだ」

「わたしは比喩を好まん」

「じゃあ、本当に他の世界から来たと言うんだな」

「おそらく」

「ドロッセルマイアー、君はいつも他の世界について話していた。その、何といったか……」

「地球」

「そう。地球だ。君は地球に行ってきたと言ってたな」

「厳密に言うと、わたし自身が地球に行った訳じゃない。わたしのアーヴァタールが地球に出現したのだ」

「そのアーヴァタールというものが、わたしには全く理解できんのだがね。そもそも何語なんだ？」

「サンスクリット語だ。我々の言語では相応《ふさわ》しい単語が見付からないのでね」

「君自身でないが何か君の成分を持つ者が地球に存在するという主張なのか？」

「理解できぬなら、無理に理解しようとする必要はない。わたし自身が地球に行ったと考えても大きな間違いとはいえないだろう」

「で、その蜥蜴も地球にアーヴァタールを持っているという訳だな」

「そうだよ。よくわかったね」ビルが言った。

「おまえは黙っていろ！」ドロッセルマイアーが怒鳴《どな》った。

「お父様、ビルも地球にアーヴァタールを持っているけど、それだけじゃないの。わたしたちの知らない別の世界——不思議の国からやってきたのよ」

「不思議の国だって？　地球とはまた別の世界なのか？」

「おそらくそうだ」ドロッセルマイアーが言った。「ただし、我々の世界との相対的な関係はまだよくわからない。この世界の延長上——例えば、地底や天の彼方——に存在するのか、それともこの世界とは決して交わることのない平行世界なのか、あるいは物理法則までが整合しない未知の世界なのか。いずれにしても、地球以外の世界は互いに孤立していると、わたしは考えていた」

「だが、そうではなかったんだな」シュタールバウムが言った。

「この蜥蜴は何らかの方法で世界を隔てる障壁を乗り越えることに成功したのだ!!」ドロッセルマイアーは興奮気味に言った。

「だったら、その蜥蜴にその方法を訊けばいいのではないか？」

「それはそうなのだが、この蜥蜴に話を聞いても全く要領を得ないのだ」

「自分が得た知識の重要性に気付いて隠しているのではないのか？」

「おそらくそうではない。本当にこいつは自身が語るべき言葉を持ち合わせていないのだ」

「それで、今日はどうしてその蜥蜴を連れてきたんだ?」

「お嬢さんと一緒にこの蜥蜴で実験を試みたい」

「どうして、娘と?」

「クララはわたしと同じく地球上にいる自らのアーヴァタールをはっきりと自覚しているのだ。つまり、異世界の存在に関して違和感を持っておらず、このような慎重さが必要な実験にうってつけなのだ」

「クララを危険な実験に巻き込む必要があるのか?」

「言葉を返すようだが、この実験には全く危険な要素はない。単に、この蜥蜴を尋問し、それがどのように夢に反映するかを探るだけなのだから」

「その実験に意味があるのか?」シュタールバウムは疑問を呈した。

「どういう意味だ?」

「つまり、全てが妄想だという可能性を排除できるのかということだ」

「だからこそ、クララの協力が必要なのだ。わたし一人ではまさに妄想である可能性が否定し切れないだろう」

「その気味の悪い獣がいるだろう」

「蜥蜴の言うことにどれほどの信憑性《しんぴょうせい》があるというのだ?!」ドロッセルマイアーは怒りで顔を真っ赤にした。

「なるほど。それは尤《もっと》もだ。わたしが悪かった」シュタールバウムは素直に謝罪した。「しかし、クララを巻き込むのは考え直していただきたい」

「シュタールバウム、首筋に何か付いているぞ」ドロッセルマイアーはシュタールバウムの首に触れた。

シュタールバウムはドロッセルマイアーの動きに気付き逃げ出そうとしたが、次の瞬間には首を取り外されていた。

ドロッセルマイアーは器用な手つきで、脳の中の微調整を始めた。

「何をしてるの？」ビルが興味津々で尋ねた。

「人間というものは簡単に感情に支配されてしまう。だから、こうして少し感情を抑えて理性で行動できるようにしてやるのだ。これで、わたしの行動について一々詮索したり、反対したりすることはなくなるだろう」

「理性を持ってたら、ドロッセルマイアーに反対しないの？」

「そうとは限らんが、もし理性で反対されたら、理性も抑えるから大丈夫だ」

「理性と感情と両方抑えたら、どうなるの？」

「どうにもならない。ただ、ぼんやりした人畜無害な男になるだけだ。それで、八方丸く収まる」ドロッセルマイアーはシュタールバウムの頭部を胴体にぱちんと嵌めた。

「ドロッセルマイアー、もちろんクララが実験に参加するのには大賛成だよ」シュタールバウムは生気のない顔で言った。

「邪魔だ」ドロッセルマイアーはシュタールバウムを押し退けるようにして、屋敷の中に入った。

続いて、ビルもクララの車椅子を押して、中に入った。

屋敷の中の廊下にはガラス戸の付いた巨大な棚が並べられており、様々な人形や玩具やお菓子が飾られていた。

「わあ。凄いな」ビルは色とりどりの玩具に目を奪われた。

「こいつは何だ?」突然、べとべとした手が後ろから現れ、ビルの首を摑んで持ち上げた。

「うわあ! でっかい蜥蜴だな」

ビルは息が詰まり、脳に血が回らなくなったため、気が遠くなった。必死で手足をばたばたさせたが、べとべとした手が握る力は尋常ではなく、逃れられそうになかった。

「フリッツ、何をしている?」ドロッセルマイアーはクララの兄がビルを今まさに縊《くび》り殺そうとしていることに気付いた。

ビルは激しくもがいた。目の中に星が飛び交った。

「蜥蜴を可愛がってるんだよ」

「そんなふうに首を摑んではいけない」

ビルはフリッツの手を摑んで、引き離そうとしたが、全く動かなかった。

「どうして?」

「気管と頸動脈が潰れて空気や血液が通らなくなってしまうからだ。脳に酸素が届かなくなり、脳細胞が死滅してしまう」

「でも、元気に動いているよ。僕の手を摑んでいる」

「まだ、酸素が残っているからだ。生きているうちに手を離すんだ」

ビルは手足から力が抜けていくのを感じた。もうフリッツの手を引き剝がす力は出そうにもなかった。手足がだらんと垂れる。

「ほら。もう死にかかっているではないか」

「まさか、死んだふりをしているだけだよ」

ドロッセルマイアーは素早く、自らの人差し指をフリッツの額に突き立てた。「今すぐ蜥蜴を解放しろ。さもないと、おまえと蜥蜴の首を挿《す》げ替えるぞ」

ビルは目が見えなくなった。耳も殆ど聞こえない。

「わっ！」フリッツは手を離した。

ビルは落下した。肩が床に激突するのを感じたが、そのまま意識はさらに遠のいていった。

4

「質問してもいいですか？」井森は部屋に入るとドロッセルマイアーに言った。

「くだらぬ質問をしている暇があると思っているのか？」

「くだらないかどうかはまず質問を聞いてから判断してください」

「それほど自信があるのなら、言ってみろ」

「あなたはドロッセルマイアー先生ですね？」

「さっき答えたばかりだ。これほどのくだらなさとは思わなかった」

「いえ。これは単なる確認で質問ではありません。本当の質問はこうです。あなたはどうして世界間を超越して存在しているんですか？　いや。あなたがたと言うべきか？」

「おまえも、この世界と別の世界に存在しているではないか？」

「僕の場合は、厳密には超越しているとはいえないでしょう。そもそも僕とビルは別の存在だ」

「同じ記憶を持っているのに？」

「しかし、同一人物ではありません。見掛けも能力も性格もまるで違う」

「わたしには、あの蜥蜴《とかげ》とおまえの間にそれほどの違いがあるようには思えないぞ」

「それは心外ですね」井森はビルと違いがないと言われて少しショックを受けた。「だが、少なくとも哺乳類と爬虫類の違いはあります。ところが、あなたは同じドロッセルマイアーだ。こちらでも向こうでも」

「それが不思議だと？」

「はい」

「確かに、おまえと我々は違うのかもしれない。だが、全員が自分と同じとはいえないだろう」

「しかし、今まであなたがたのような例は知らなかった」

「そうでもないだろう。例えば、あの蜥蜴……名前は何だった？」

「ビルです」

「ビルは世界間を超越しただろ。つまり、不思議の国からホフマン宇宙へと移動した」

「それはそうですが、あれはアーヴァタールへのリンクとはまるで違う。むしろ、世界内の普通の移動のようだった」

「世界内の移動と世界間の移動には本質的な違いがあるというのか？」

「もし世界間の移動が同一世界内の移動のように容易にできるのなら、それは別の世界ではなく、同一の世界と見做《みな》すべきではないですか？」

「それは正論のように聞こえるが、特定の条件を満たしたものだけが、世界間の障壁を越えられるとしたらどうだ？　例えば、月ロケットの中の環境は地球とほぼ変わらないので、人間は地上を移動するのとほぼ同じストレス下で月や宇宙ステーションに到達できる。地球を単一の世界だと考えると、通常の移動手段で異世界に到達できたように見えるのではないか？」

「つまり、ビルが不思議の国からホフマン宇宙に移動したのと同じように、あなたがたはホフマン宇宙から地球へやってきたといわれるんですか？」

「ふむ。それとは少し違うな。我々は肉体のまま地球とホフマン宇宙を行き来している訳ではない。やはりリンクで繋がっているのだ」

「つまり、あなたはドロッセルマイアーそのものではなく、やはりドロッセルマイアーのアーヴァタールである訳ですね」

「『ドロッセルマイアー』と『ドロッセルマイアーのアーヴァタール』を区別する意味がよく

わからんな」

「二つの間に差異はないというんですか？」

「我々から見ると、おまえとビルがこれほどまで似ていないことの方が不思議だ」

「それは不思議の国の属性によるのでしょう。不思議の国には奇怪な生物が数多く存在します」

「ホフマン宇宙にも奇怪なものは存在する。だが、あくまで例外的なものだ。比較的地球によく似た世界だ。だからこそよく似た容姿の者の間にリンクが存在するのかもしれない。つまり、本体とアーヴァタールが同一人物になることはホフマン宇宙の属性に含まれてしまうともいえる。いや、これはまだ単なる仮説に過ぎないが」

「今のところ、その説明で納得するしかなさそうですね」

「そろそろ本題に入っていいかしら？」くららが痺れを切らしたように言った。

「何か実験をするとかおっしゃってましたね」井森が言った。

「あれはシュタールバウムを安心させるための方便だ」ドロッセルマイアーが答えた。

「わざわざ騙さなくっても、先生には脳を調整する能力があるんじゃないんですか？」

「脳は非常にデリケートなんだ。できるだけ、負担を掛けない方向で調整せねばならない。つまり、最初から受け入れやすい話にしておく必要があるのだ」

「で、本当は何なんですか？」

「くらら、あれを出しなさい」ドロッセルマイアーが命じた。

くららは頷くと、一枚の封筒を取り出した。すでに封は切ってある。

「何ですか、これは？」

「読んでみたまえ」

井森は封筒の中から手紙を取り出した。新聞や雑誌などの印刷物から切り抜いた活字で文章が作ってあるようだった。プリンターを使っていないのは印字の特徴から機械を特定させないためだろう。

拝啓　お元気ですか？　わたしの方はうんざりです。何にかって？　もちろん、あなたの存在にです。わたしはあなたに煮え湯を飲ませられ続けてきました。しかもあなたの方はそのことに無意識です。おそらくあなたはわたしの名前すら御存知ではないでしょう。でも、わたしの方は片時もあなたのことを忘れたことがありません。あなたの名前を見るだけで吐き気がするぐらいです。毎日あなたの写真を印刷しては切り刻んで、焼いてトイレに流しています。できれば今すぐ死んで貰《もら》いたいです。死んでくれますか？　ていうか、死ね。と言っても、あなたはわたしの願いを聞き入れてくれませんよね。だから、わたしは自分で手を汚すことにしました。あなたをとても痛くて苦しい方法で殺します。それすら、わたしの受けた苦しみに較べれば生ぬるいものです。でも、あなたにチャンスを与えます。もし惨《むご》たらしい死を避けたいのなら、自殺しなさい。それが唯一の救いです。

敬具

あなたの友人

露天くらら様

「悪戯《いたずら》なのでは？」井森は言った。

「その根拠は？」ドロッセルマイアーが尋ねた。

「殺人は割に合わないからです。この手紙だって証拠です。科学的に調べれば、いくつか痕跡が見付かるでしょう。……僕は素手で触ってしまいましたよ」

「構わない」

「いや、構うでしょ。これが警察に渡ったら、僕の指紋やＤＮＡが検出されてしまうではないですか」

「警察に渡す気はない」ドロッセルマイアーが言った。

「どうしてですか？　仮に悪戯だとしても、これは立派な脅迫ですよ。くららさん、あなたはどう思いますか？　これは悪戯ではないと思いますか？」

「ええ。少なくとも命を狙われましたから」

「ああ。五回も車に轢《ひ》かれかかったんでしたね」

「ええ。五回目は、この手紙が来た直後、坂道に停車していた車が突然動き出して、わたしを轢き掛けたのです」

「この手紙を書いた人物がやったと？」

　くららは頷いた。

「では、すぐに警察に連絡すべきです」

「それは無駄だ、井森」ドロッセルマイアーが言った。

「無駄な訳はありませんよ。その事故を起こした車を調べれば、山程証拠が見付かるに違いない」

「賭けてもいい。車からは何も見つからないだろう」

「どうしてそんなことが言い切れるんですか？」

「犯人は地球にいないからだ。いや。厳密に言うなら、犯人のアーヴァタールは地球にいるだろうが、犯行自体はホフマン宇宙で行われたと考えられる」

「どういうことですか？」

「これと全く同じ手紙がホフマン宇宙のわたしのところにも送られてきたのよ」くららが言った。

「つまり、犯人は二つの世界の繋がりについて熟知しているということですか？」

「世界間のリンクは、物事を注意深く観察する人間なら、容易に気付くと考えられる。我々やおまえのように。そして、我々の調査により判明したリンクについて極めて重要な事実は、ホフマン宇宙で誰かが死ぬと地球のアーヴァタールも死んでしまうということだ。一つの例外もなく」

「犯人もそれを知っているということですか？」井森は尋ねた。

ドロッセルマイアーは頷いた。「科学捜査が日常的に行われている地球といまだに魔術が横行しているホフマン宇宙とでは、どちらが犯罪者にとって有利か。証明するまでもないだろう」

「くららさん、ホフマン宇宙のあなたには何があったのですか？」井森が言った。

「鼠《ねずみ》に攻撃されたんです。突然、宙を飛んでわたしに噛み付こうとしました。わたしは避けたはずみで、戸棚にぶつかって大怪我をしてしまったのです」

「鼠はどうなりました？」

「死んだよ。クララを襲ったということが知れ渡ったので、七つの頭を持つ鼠の王が処刑してしまったんだ」

「どうしてですか？　そいつを尋問すれば、何かわかったかもしれないのに」

「鼠の犯罪は我々が裁くことも捜査することもできないんだ。鼠は鼠によって裁かれる。そして、彼らはまともな捜査も裁判も行わない。ただ、被疑者を食い殺すだけだ」

「どうして、そんな酷《ひど》いことに？」

「さあ」ドロッセルマイアーは肩を竦《すく》めた。「鼠だからじゃないかな？　所詮畜生のすることだし。……いや。おまえの本体が蜥蜴だからといって貶《おとし》めている訳じゃないんだよ」

ドロッセルマイアーはそうは言ったが、その蔑《さげす》むような目で本心は筒抜けだった。

まあ、いいさ。ビルが間抜けなのは動かし難《がた》い真実だから。

「ホフマン宇宙のクララと地球のくららは同時に生命の危機に曝《さら》されている。そして、実質的な犯行はホフマン宇宙で行われると考えられるが、犯人は地球でもくららと接点がある可能性がある。これらの事実より、捜査は地球とホフマン宇宙の両側で並行して進めるのが効果的だとは思わないか？」

「確かに、そうかもしれないですね。だが、それはなかなか難しいことじゃないですか？　つまり、両側の世界で信頼にたる人物を見付け出し、両方の世界で情報の共有化が必要になる」

「その点だ、我々が頭を悩ましていたのは。結局、わたしとくらの二人で捜査するしかないのではないかと諦めていたんだ」

「それは心許《こころもと》ないですね」

「そんな時、我々はおまえに出会ったんだ」

「正確に言うと、蜥蜴のビルですね」

「彼に起こったことは極めて奇妙なことだが、その解明は後でも構わない。とりあえず、早急に解決しなくてはならない案件におまえという存在を活用したいのだ」

「話がよく理解できないのですが、つまり僕にこの殺人未遂の捜査をしろとおっしゃるんですか？」

「ちゃんと理解できているではないか」

「いや。全然理解できていませんよ。僕は単なる大学院生です。どんな権限で捜査ができるというんですか？」

「地球では法律の範囲内の調査で充分だ。そもそも犯行の主要部分は地球では起こらないはずだから。おまえの捜査の大部分はホフマン宇宙で行われる」

「だって、それじゃあ、向こうで捜査するのはビルってことになりますよ！」

「その通り、蜥蜴が捜査官だ」

「蜥蜴には何の権限もないでしょう。大学院生どころじゃない」

「ホフマン宇宙では、わたしは上級裁判所の判事だ。すでにビルを捜査官に任命する手筈《てはず》は整っている」

「無茶じゃないですか」

「それ以外に手はない」

「もし僕が断ったら？」

「もちろん、断るのはおまえの自由だ」

「ビルにも断る権利があるでしょう」

「おまえとビルの自由だ。蜥蜴に自由があるというのは、なかなか馴染《なじ》めない考え方だが、まあよしとしよう」

「じゃあ、断りますよ」

「可哀そうにくららは見殺しだ。正確に言うと、クララとくららは見殺しだ」

「見殺しじゃない。あなたはできる限りのことをするんでしょ？」

「わたし一人ではできることに限りがある」

「権限としては充分でしょう。あっちでは判事だし、こっちでは大学教授だ」

「大学教授が犯罪捜査の何に関われるというのかね？　そもそも地球では、犯罪の証拠は存在しないだろう。かといって、科学的な捜査が不可能なホフマン宇宙でもできることは少ない。

せいぜい両方の世界に存在する人材を見付け出して、その人物を捜査官に任命するぐらいだ。もしおまえの協力が得られないなら、クララとくららの運命は絶望的だろう」

「脅《おど》しですか？」

「脅しではない。客観的な事実を述べたまでだ」

井森はくららの方を見た。

彼女は何も言わなかったが、縋《すが》りつくように見つめるその目が全てを語っていた。

非常にまずいことに、彼女は僕の助けを必要としている。

協力することを断るのは簡単だ。だが、それで彼女に何かあった場合、僕は自分を許せるだろうか？　もちろん、僕が協力したとしても、彼女が完全に安全になるとは限らない。だが、果たして助けを求める女性を見捨てることができようか。

「いいでしょう」井森は逡巡《しゅんじゅん》の末、承諾した。「僕は地球での捜査を開始します」

「ホフマン宇宙では？」

「それはビルに訊いてください」

「おまえがビルだ」

「僕はそうは思いません。記憶を共有しているだけで、ビルには僕とは違う自意識が存在するとしか思えません」

「いいだろう。ホフマン宇宙で、ビルに訊いてみる」

「あと一つ条件があります」

「まだあるのか？」

「ビルだけではなく、捜査における相談者となりうる人を推薦してください」

「おまえじゃ駄目なのか？　ビルとは別人格なんだろう？」

「僕とビルはリアルタイムで相談することは不可能なんですよ」

「わかった。ホフマン宇宙で、それなりの人選を行おう。……これで、捜査を開始する条件は整ったと考えていいな？」

「そうなりますね。なんだか、乗せられたような気がしますが」

「いいや。間違いなく、おまえの自由意思による選択の結果だ」

「ありがとうございます」くららが握手を求めてきた。

「まだ、事件が解決した訳じゃありませんよ。お礼はまだ早いです」井森は握手に応じた。

「まずは状況の整理をさせてください。事故の状況を詳しく教えていただけますか、くららさん？」

「状況といってもたいしたことは起こっていないんですよ」

「重要かどうかは僕の方で判断しますから、ありのままを説明してください」

「こちら側の事故の状況を調べるのはあまり意味がないと思うが」ドロッセルマイアーは鼻で笑った。

「確かにそうかもしれませんが、現時点でそれ以外にできることはないでしょう」井森はドロッセルマイアーを睨んだ。「くららさん、お願いします」

「ちょうど一週間前でした。わたし、お友達と一緒にお昼を食べにいく約束をしていて、待ち合わせの場所で待っていたんです」

「具体的にはどこですか？」

「青歯町《あおばちょう》五丁目になると思います」

「失礼」井森はスマホを取り出すと、地図を表示した。「この近くですね。確かに結構急な坂がある」

「坂を下りたところにある街路樹の木陰にいました」

「その時、あなたは何をしていましたか？」

「それって重要でしょうか？」

「重要かどうかはまだわかりません。覚えてないのなら、構いません。たぶんスマホを弄《いじ》るか何かされてたんでしょう」

「いいえ。覚えています。本を読んでいたと思います」

「何の本ですか？」

「『不思議の国のアリス』です」

「なんですって？」井森は訊き返した。

「『不思議の国のアリス』です」

井森は眩暈《めまい》を覚えた。

「どうかされましたか？　急に冷や汗をかいて」くららが心配そうに尋ねた。

「すみません。なぜか書名が聞き取れないのです」

「どうしてかしら？」

「特殊な単語か何かの書名ですか？　あるいは外国語とか」井森は額の汗を拭った。

「いいえ。『不思議の国のアリス』です。平易な単語ばかりだと思いますが」

「何か発音しているのはわかるのですが、意味が全くわかりません」

「興味深い」ドロッセルマイアーが言った。「井森がこの書名を認知するのを、何かが妨害しているようだ。おそらく、ビルが棲んでいたという世界の属性に関わるのだろう。興味深くはあるが、今はこれ以上深く追求するのはやめて、事件の究明に注力してくれないか？」

「了解しました」

仕方がない。これ以上、この問題に関わると、精神錯乱に陥《おちい》ってしまいそうだ。

「それで、その時は駐車している自動車の存在には気付いていましたか？」

「たぶん目には入っていたと思います。でも、そんなことは日常茶飯事なので、特に意識した記憶はありません」

「まあそうでしょうね。そして、その車が動いた瞬間は見ていましたか？」

「いいえ。本を読むのに夢中でしたから。なんだか、周りが急に騒がしくなって、顔を上げると、こちらにどんどん速度を上げながら近付いてくる自動車があるのに気付いたのです」

「避けようと思いましたか？」

「すぐには思いませんでした。事態の把握にしばらく時間がかかったからです。そして、事態を把握した頃には、自動車は目前——一メートル以下の距離——にまで近付いていました。その時になってようやく逃げようとしたのですが、逃げ切れなくて自動車のボンネットの部分が腰を掠ってしまったのです。わたしはそのまま二メートル程飛ばされてアスファルトの道路に落下しました。車はそのまま加速し続け、最終的に交差点に止まっていたダンプカーに激突して大破しました。ガソリンに引火して大騒ぎでした」

「それで腰を痛めて車椅子ですか」井森はメモをとった。「自動車が動き出した原因はわかっているのですか？」

「おそらく鼠です」

「それはホフマン宇宙での話でしょ？」

「いいえ。地球でも鼠だったんです。車の中から鼠の死骸が見つかりました。あっちこっちの導線や機械を齧《かじ》っていたようで、どこかがショートしたか、部品の欠落があったかで、ブレーキが利かない状態になったのではないかということでした」

「正確な原因はわからないんですね？」

「ええ。自動車は大破して、燃えていましたから、分析が難しく、しばらく時間がかかるようです」

「死んでいた鼠がホフマン宇宙でクララを襲った鼠のアーヴァタールである可能性はあると思いますか？」

「まあ、同じ鼠ですからね」

「同じ鼠だというところが逆に引っ掛かります。僕の場合、蜥蜴と人間ですから」

「わたしとくららは人間同士だぞ」ドロッセルマイアーが言った。「鼠同士がリンクしても何の不思議もあるまい」

「だとすると、少し引っ掛かるんです。事故が起きた時、もしくは事故の直後にはもう鼠は死んでたんですよね？」

「それが？」

「ホフマン宇宙で犯人の鼠が死んだのは、事件の直後ではないんですよね」

「まあ、直後とは言いにくいが、ほんの一時間かそこら後だった」

「このタイムラグの理由は何でしょうか？」

「さあ、この程度のずれがあるのは当然かもしれない。時間について、厳密な調査をした訳ではないからな。そもそも地球とホフマン宇宙で時間の同期を調べるのは困難だ」

「なるほど。そう言われればそうですね」

「それとも、この鼠はただ事故に巻き込まれただけかもしれません」くららが言った。

「だとすると、真犯人はどこか別のところで死んでいるのかもしれませんね」

「そうかもしれんな」ドロッセルマイアーが言った。「だが、真犯人のアーヴァタールを突き止める意味があるのか？」

「それは僕にもわかりません」井森はメモ帳を閉じた。「とりあえず、地球上では、これ以上調べようがなさそうなので、続きはビルに託すことになりそうです」

くららは蒼ざめていた。

ドロッセルマイアーは気のせいか満足げな様子だった。

5

「ちょっと訊いていい？」ビルは人の良さそうな青年に尋ねた。

「わっ！　蜥蜴《とかげ》が喋った！」青年は心底驚いたようだった。

「動物が喋るのを聞いたことがないんですか？」

「直接にはね。ただ、そういうことがあるということは聞いたことがある。妖精の魔法や錬金術によるとのことなのだが……」

「僕はそのどっちでもない。最初から喋れたんだ」

「最初から？」青年は顎に手を当てて考え込んだ。「ということはひょっとすると君はオートマータなのかい？」

「オート……何だって？」

「オートマータ——自動人形のことだよ」

「ああ。ロボットのことだね」

「ここでは、そんな言い方はしないけどね」

「僕はロボットじゃないよ」

「どうして、そう言い切れるんだい？」

「だって、僕は自分がロボットじゃないと知っているんだ。もしロボットだったら、自分のことをロボットだと知っているはずでしょ」

「そうかな？　オートマータは歯車とぜんまいの微妙な配置で、様々な言葉や動きをするように調整されているんだ。もし、その歯車の具合がちょうど自分を生き物だと思い込むような配置だとしたらどうするんだ？」

「ロボットが自分をロボットじゃないと信じ込んで、どういう得があるのさ？」

「それは誰にもわからない。ある種の実験じゃないかな？　スパランツァーニ教授なら、きっとやることだろう」

「スパゲッティ教習？」

「スパランツァーニ教授だ。物理学者にして発明家だよ」

「人さん、君はどうしてスパランツァーニ教授のことを知っているの？」

「僕はスパランツァーニ教授の教え子だからさ。ところで、僕の名前はナターナエルだ。覚えておいて欲しい」

「初めまして、ナターナエル。僕の名前はビルだよ」

「初めまして、ビル」

二人は握手をした。

「ところで、さっき君は何か訊きたいって言ってなかったっけ、ビル？」

「ああ。そうだった。……ええと。何を訊くんだったっけ？」

「訊きたいと思ったのは君だからね。僕がいくら考えてもわかりやしないさ」

「じゃあ、何を訊いて欲しい、ナターナエル？」

「えっ？　僕が考えるのかい？」

「そりゃ、君の問題だからね」ビルは自信たっぷりに言った。

「いや。君の問題だよ」

「ほら。君の問題だ」

「それはつまり」ナターナエルはうんざりとした表情で言った。「君の言う『君』と僕の言う『君』が同一人物だと思ってるってことなのかい？」

「ええ。同じ名前なんだから、同一人物なんでしょ？」

「違うよ。君は代名詞という言葉を聞いたことがないのかい？　僕が『君』と言う時はビルのことだし、君が『君』と言う時は僕のことなんだ」

「なるほど。それで、会話が嚙み合わなかったのか？」ビルは感心して言った。「いいことを聞いちゃったな。僕が『君』と言う時、それはナターナエルのことなんだね」

「いや。そうとは限らないよ。たいていは僕のことではないんじゃないかな？」

「『僕』じゃなくて『君』の話をしてるんだよ」

「ええと、ビル、君は会話の最初の頃はちゃんと『君』と『僕』の使い分けができてたんだから、本当はできるはずだよ」ナターナエルは言って聞かせた。

「えっ？　僕、何ができてたって？」

「『君』と『僕』の使い分けだ。僕が思うに、単語として意識し過ぎるから、意味がわからなくなってしまうんだと思う。『君』とか『僕』とか、意味を深く考えないようにして喋れば、大丈夫なんじゃないかな？」

「でも、僕はいつも『少しは頭を使え』って、罵倒されているよ」

「いったい誰が君を罵倒するんだ？」

「頭のおかしい帽子屋とかかな？」

「ああ。それなら、気にする必要はないよ。だって、頭がおかしいんだろ、その人」

「そりゃそうさ。頭のおかしい帽子屋だもの」

「だったら、その人が言っていることが本当かどうかなんて、わかったものじゃないよ」

「そうか。それで、安心したよ。でも、他にも僕のことを馬鹿にするやつがいるんだ」

「それは誰かな？」

「三月兎だ」

「それも心配には及ばないな」

「どうして？」

「だって、たかが兎の言うことなんか真に受ける必要はないさ。なにしろ、相手はただの畜生なんだから」

「なんだ。そうだったのか。ところで、畜生って何？」

「人間以外の動物のことだな」

「えっ？　じゃあ、僕も畜生なの？」

ナターナエルはしまった、という顔をした。「ごめん。そういうつもりじゃなかったんだ」

「どういうこと？　僕は畜生じゃないの？」

「まあ、畜生かどうかと訊かれたら、畜生の範囲かな？」ナターナエルはばつが悪そうだった。

「本当？　やったー!!」ビルは大喜びだった。

「何を喜んでるんだい？」

「だって、誰も僕の言うことなんか真に受けないんだろ？　畜生だから」

「それが嬉しいのかい？」

「だって、僕はいつもおっかなびっくり喋ってたんだ。いつか間違ったことを言っちゃうんじゃないかって」

「いつか間違うと思ってるんだね」ナターナエルはど肝を抜かれたような顔をした。「いつか間違わないことがあるといいね」

「でも、もうその心配はなくなったんだ。仮令《たとえ》、間違ったことを言っちゃっても、僕は所詮畜生だから、誰も気にしないんだ」

「うん。今の君の発言は大きく間違ってはいないと思うよ」ナターナエルは愛想笑いをした。

「それで、僕に訊きたいことは何なんだい？　僕もそれほど暇じゃないから、そろそろ出発したいんだよ」

「ああ。訊きたいことは簡単なことだよ。僕は探偵を探しているんだ」

「探偵？　どうして、また？」

「頼まれたんだ。事件の捜査をしてくれって」

「じゃあ、君が探偵なんじゃないか？」

「ところが、井森は僕には無理だと思ってるみたいなんだよ」

「井森って誰だい？」

「僕のアーヴァタールだよ」

「その言葉は知らないな」

「つまり、もう一人の僕だ」

「わかった。今の部分は真に受けないことにするよ」

「とにかく、僕一人じゃ無理だから、相談役を探してくれと頼んだんだ」

「話が見えないけど、誰に頼んだんだい？」

「ドロッセルマイアーだよ」

「ドロッセルマイアー？　判事の？」

「よくわからないよ」

「片目に絆創膏《ばんそうこう》を貼っている？」

「そうだ。その人だよ。あの人、ちょっと怖いんだよ」ビルは怯えてナターナエルを見た。

「怖い？　まあ怖いといえば怖いのかな？　結構評判はいいと思うけどね」

「で、ドロッセルマイアーが僕に助言をしてくれる探偵役を教えてくれたんだ。今、その人のところに行こうとしてるんだけど、道がわからなくなっちゃったんだ。僕はしょっちゅう道に迷うのさ。そもそも、この世界に来てしまったのも道に迷ったのが原因なんだよ」

「なるほど。その探偵の家が知りたかったんだね。しかし、おかしいな、この辺りに探偵なんかいたかな？」

「本業は弁護士だって言ってたよ」

「えっ？」ナターナエルの顔色が変わった。「弁護士だって？」

「うん。腕のいい弁護士だって言ってたよ」

「ごめんよ。もう本当に時間がないので、失礼するよ」

「もう少しだけ話を聞いてよ」ビルがナターナエルの腕を掴んだ。「君だけが頼りなんだから」

「いや。僕はきっと君の助けにはならない」

「どうして、そんなことわかるのさ？」

「とても嫌な予感がするんだ。もうその話は聞きたくない」

「その弁護士の名前はね……」

「だから、もう聞きたくないっつってんだろうが!!」ナターナエルの目付きが突然変わった。

瞳に並々ならぬ狂気を宿している。

「コッペリウスっていうんだ」

「うわあああああ‼」ナターナエルは耳を押さえてしゃがみ込んだ。

「耳が痛いの？」

「あいつは駄目だあああああ‼」ナターナエルの目は血走っていた。

「あいつって？」

「砂男《すなおとこ》だ‼」

「僕、砂男の話ってしてたっけ？」

「コッペリウスは砂男なのだあああ‼」

普通なら、突然様子のおかしくなった人物には関わろうとしないものだが、ビルは違った。普段から不思議の国の様子のおかしい人物たちに慣れているからだった。

「砂男じゃなくて弁護士だって言ってたよ」

「あいつは僕の父さんを殺したんだ」

「えっ？　探偵が犯人だったってこと？　それって、叙述トリックかな？」

「あいつは子供の目に砂を投げ付けるんだ」

「それは危ないね」

「そして、目をくり抜くんだ」

「くり抜いてどうするの？」

「知るもんか。集めてるんだろ。僕の目も危うく取られそうになったのを父さんがあいつを宥《なだ》めてくれたんだ」

「うまく宥められてよかったね」ビルはほっと胸を撫でおろした。

「何かあったのかね？」突然、年配の紳士が話し掛けてきた。

ナターナエルは地面に這いつくばってがたがたと震えていた。

「コッペリウス弁護士の話をしていたら、急に震え出したんです」ビルが答えた。

「コッペリウスの？」

紳士のとなりには美しい少女が立っていた。その冷たい美しさは見る者を硬直させるような凄みを持っていた。

「こんにちは」ビルは少女に挨拶をした。

少女の目は見開いたまま、その瞳はゆっくりとビルの方を向いた。そして、うっすらと軽蔑ともとれる笑みを浮かべた。

「ナターナエル君、しっかりしたまえ！」紳士が呼び掛けた。

ナターナエルは顔を上げた。「ああ。スパランツァーニ先生！」

「いったい、何がどうしたというのだ、ナターナエル君？」

「これです」ナターナエルがビルを指差した。「彼が不吉な言葉を運んできたのです」

「混乱しておるようだな。とにかく、この獣が君を不安にしたというのだな。よかろう。君の不安を解消するために、今すぐ叩き潰してやろう」スパランツァーニはステッキを振り上げた。

「わっ！　やめて!!」ビルは顔を覆った。

「待ってください、スパランツァーニ先生！」ナターナエルは震えながらも、スパランツァーニに懇願した。「その蜥蜴は悪しき者ではありません」

「なんだと？」スパランツァーニはゆっくりとステッキを下ろした。「この蜥蜴のせいではないということか？」

「はい。その蜥蜴の言葉に驚いただけなのです」

「この蜥蜴がどれほど不吉なことを口走ったというのだ？」

「その蜥蜴――ビルはコッペリウスの名を口にしたのです」

「コッペリウス！」スパランツァーニは驚いたようだった。「なぜ、蜥蜴がコッペリウスの名を？」

その時、ナターナエルは美しい少女の存在に気付いたようだった。「おお。愛しきオリンピア、君もここにいたのか」

ナターナエルの様子を見て、スパランツァーニは満足そうにほくそ笑んだ。

ナターナエルはオリンピアに向けて、手を伸ばした。

オリンピアは顔を上げたまま、目だけを下に向け、がたんがたんとぎこちなくナターナエルに近付くと、ぶらりと手を差し伸べた。

ナターナエルの顔に深い喜びが現れた。彼はさらに手を伸ばして、オリンピアの手を摑もうとした。

ばちん！

その時、突然スパランツァーニがステッキで、ナターナエルの手の甲を打擲《ちょうちゃく》した。

「ううっ！」ナターナエルの手から鮮血がほとばしった。

「何するの、スパランツァーニ先生？」ビルが尋ねた。

「見てわからんのか、蜥蜴よ」

ビルは街の様子や空模様を眺めた。

「そうではない。オリンピアの体勢を見たまえ。直立したまま、手のみをナターナエルの方向に突き出している。この体勢でいきなり、ナターナエルに手を掴まれたら、どうなるか？　彼女の重心がずれてそのまま転倒してしまうことは明らかだろう。こんな砂利道で倒れたら、彼女は破損してしまうかもしれない」

「でも、今、ナターナエルの手が破損したよ」

「では、おまえはナターナエルの手が破損するより、オリンピアの顔が破損した方がよかったとでも言うつもりなのか、蜥蜴よ」

「ああ。スパランツァーニ先生、わたしが悪かったのです。お嬢さんの体勢を考慮せずについ縋《すが》ろうとしてしまいました。よくぞわたしの手を打ってくださいました」

スパランツァーニは満足そうに頷いた。

オリンピアはゆっくりと手を引っ込め、最後にがたんと音を立てた。

ビルは一連のオリンピアの動きを不思議に思い、じっとその姿を凝視した。「ねえ。スパランツァーニ先生、どうしてオリンピアはロボットみたいな動き方なの？」

すると、スパランツァーニはビルの耳元に顔を近付け、そっと囁いた。「不自然さに気付いたのか？　そうだ。オリンピアはオートマータなのだ。だが、ナターナエルには秘密だぞ」

「えっ？　そうだったの？　全然気付かなかったよ」

スパランツァーニは舌打ちをした。「鈍い蜥蜴め」

「でも、どうしてナターナエルに秘密なの？」

「その方が面白いからだ。あいつはオリンピアがオートマータだと気付かずに恋をしているのだ。わたしの娘だと信じ込んでおる。とんだ道化だろ。わたしは人が馬鹿な真似をするのを黙って眺めているのが大好きなのだ」

「そうなのか。じゃあ黙っておくよ。人の楽しみを奪っちゃいけないからね」

「ところで、蜥蜴よ……」

「僕の名前はビルだよ」

「おまえはコッペリウスの名を口にしたそうだな」

「そうだよ。僕はコッペリウスを探しているんだ」

「やつに何の用だ？」

「探偵になって僕と一緒に捜査をして欲しいんだ」

「探偵？　弁護士に探偵をやらせるのか？」

「ドロッセルマイアーはそう言ってたよ」

「ドロッセルマイアーか！　やつは何を企んでいるのだ？」

「えっ？　ドロッセルマイアーは企んでるの？」

「やつが何の見返りもなく、人助けなどするものか！」スパランツァーニは考え込んだ。「しかし、どんな企みだったとしても、わたし自身に火の粉が飛んでこなければ、それはそれで面白いものが見られるかもしれん」

「ねえ。オリンピアが動かなくなったけど大丈夫？」

「ぜんまいが切れたんだろう。今、ナターナエルはうっとりとオリンピアを見つめているだけだから、動かなくったってばれる気遣いはない。ぜんまいは後で巻いておけばいい。そんなことより、コッペリウスを紹介してやってもいいぞ」

「本当！　どこにいるの？」

「おや。こんなところでお会いするとは奇遇ですな」突然、大男が声を掛けてきた。いかつい肩の上に異様な大きさの頭が乗っかっている。頬には二、三個の赤黒い染みがあり、大きな鼻の先は口の辺りまで垂れていた。眉毛は灰色の雑草のようで、目は緑色の光を放っていた。口は斜めに曲がり、悪意を剥き出しにしていた。「おや。こいつは山椒魚《さんしょううお》ですか？」大男はごつごつした毛むくじゃらの手で、ビルの喉を摑んで持ち上げた。

ビルは息ができなくなったが、それよりも気持ち悪い手で触れられるのが嫌で、早く手を離してくれないかと祈った。

「いや。蜥蜴のようだ」スパランツァーニは不機嫌そうに答えた。

「先生の作ったオートマータですか？　目玉はどこで手に入れられました？　こんなものが手に入ったのなら、先にわたしに返してくだされればいいものを。ちょっと見てもいいですか？」

大男は器用にビルの右の目玉を取り外して、光に翳《かざ》して観察した。「おや。これは本物ではないですか！」大男は驚いた拍子にビルを手から落とした。

ビルは慌てて息を吸い込むと、大男に懇願した。「お願い、僕の目玉を返して！」

「おや。喋ってる。これはうまく拵《こしら》えましたな」

「残念ながら、この蜥蜴はわたしの製作物ではないのだ、コッポラ」

「なるほど。では、この目玉を借金のかたとして返して貰《もら》う訳にはいかないようですね」

コッポラはぽんと目玉をビルの顔の眼窩《がんか》に押し込んだ。

入れ直した時の位置が少し悪かったようで、右の視界だけが九十度傾いた状態になっていた。

「なんだか目が回って気持ちが悪いよ」

「我慢しろ。目が戻っただけで御の字だ」スパランツァーニは唸るように言った。「コッポラ、借金のかたとは人聞きが悪いぞ。わたしはおまえに金など借りていない」

「これは異なことを。わたしはあなたのために美しい目玉を御用意いたしましたのに、いまだに代金を受け取っておりません。それはつまり借金ということでございましょう」

「ねえ。スパランツァーニ先生は目玉を何に使ったの？」ビルはコッポラに耳打ちした。

「オリンピアの目玉にしたのだ」コッポラはビルに耳打ちした。「ナターナエルに聞こえるから、大きな声を出すな」

「わかった。ナターナエルには言わないから安心して」ビルは朗《ほが》らかに答えた。

自分の名前を聞いてナターナエルはビルとコッポラの方を向いた。その顔から見る見る血の気が失せていった。そして、その場で吐き始めた。

「大丈夫かい、ナターナエル」ビルはナターナエルの傍に寄り、背中を擦《さす》った。

「なんてことだ。あいつがここにいるなんて」

「あいつって、コッポラのこと？」

「コッポラだと？　あいつはコッポラではなく、コッペリウスだ！」

「えっ？　コッペリウスだって？　僕はコッペリウスを探してるんだよ。でも、さっきスパランツァーニ先生はコッポラって呼んだよ。いったいどっちが本当なの、スパランツァーニ先生？」

「その男はコッポラだ。晴雨計売りのコッポラだ」

「晴雨計って何？」ビルは尋ねた。

「気圧計のことだ」スパランツァーニは言った。「天気と気圧の関係はいちいち説明せんぞ。煩《わずら》わしいのでな」

「わかった。天気と気圧は関係あるんだね。それと目玉はどう関係してるの？」

「晴雨計にはガラスが使われている。オートマータの目玉もガラスから出来ている」

「うん。だいたいわかったよ」

コッポラはナターナエルに近付いた。「だんな、気分が悪いようだね。修理してやろうか？」

コッポラはナターナエルの背中に手を置いた。

「ぎゃっ！　コッペリウス！　砂男だ!!」

ナターナエルは恐怖のため、一声上げるとその場で気を失ってしまった。

「これはまた面倒なことになったな」スパランツァーニは忌々しげに言った。「しかし、教え子を見捨てていったとあっては、悪い評判もたつことだろう。ここはこいつの家まで連れ戻すことにしよう。なに、こいつの下宿は我が家の向かいだ。さほど骨は折れぬ」

スパランツァーニはふところから工具を取り出し、オリンピアの後頭部を開けると、ぜんまいを巻きながら、歯車の調整を始めた。

「オリンピア、その男を家まで運べ」

オリンピアはナターナエルの服の背中の部分を摑むと、片手で持ち上げ、自分の肩に乗せて歩き始めた。

「凄いな。オリンピア」ビルは感心した。「でも、こんな様子を見たら、オリンピアがロボットだって、みんなにばれてしまうんじゃないかな？」

「心配することはない。オリンピアをオートマータじゃないなんて思っている間抜けはナターナエル一人だよ」スパランツァーニもオリンピアの後を追って歩き出した。

「先生、目玉の代金の方はきっと払ってくださいね。今週末までに代金をいただけない場合は、そのオリンピアの美しい目玉を返していただきますよ」

「わかった、わかった」スパランツァーニは煩わしそうに立ち去っていった。

「さてと」コッポラはビルに向かって言った。「さっき、おまえは妙なことを口走っておったな。確か、コッペリウスを探しているとか」

「そうなんだよ。僕はコッペリウスを探してるのさ」

「なるほどな。そういうことなら、わしがいいことを教えてやろう」

「いいことって何?」

「本当はわしがコッペリウスなんだ」コッポラは耳打ちした。

「じゃあ、ナターナエルは間違ってなかったんだね。どうして、自分がコッペリウスだって隠してたの?」

「その方が余計にナターナエルが間抜けに見えるからに決まっているだろう」

「でも、そんなことをしたらナターナエルが可哀そうじゃないか」

「構うものか、わしはナターナエルが破滅するように仕組んでいるのだから」

「どうして、そんなことをするの?」

「聞きたいか?」コッペリウスはにたりと笑った。「わしは人が正気を失っていくのを見るのが大好きなのだ。あいつが子供の頃から、時間をかけてじっくりと準備してきたんだ。今更、誰にも邪魔させぬぞ」

ビルは理解力の低い蜥蜴ではあったが、コッペリウスのこの言葉にはとてつもない寒気を感じた。ナターナエルは可哀そうだったが、とてもコッペリウスに逆らって彼を救うことなどできない。コッペリウスは不思議の国の頭のおかしい連中とは次元が違う。井森の知識にあった「次元」という言葉の意味はよくわからないが、とにかくビルはそう確信した。

「それで、なぜおまえはわしを探していたんだ?」

「犯罪捜査を手伝って欲しいんだ」ビルはそうは言ったが、コッペリウスと一緒に捜査を行うなどとはおぞまし過ぎて、想像もできなかった。

「わしに捜査を手伝えだと？」

「その、これはドロッセルマイアーの考えなんだよ」

「ドロッセルマイアー？　あの小男めが！　何様のつもりだ？」

「ほんと、何様のつもりなんだろう？　びっくりしちゃうよね」

「あいつは何と言ったんだ？」

「僕のアーヴァタールが、僕一人では捜査は無理なんでしっかりしたパートナーを付けてくれって言ったんだ。そしたら、その役割にぴったりの人物がいるって、ドロッセルマイアーがあなたに頼むように言ったんだよ」

「気に入らんな」コッペリウスはビルを睨み付けた。

ビルは身が竦《すく》み、動くことすらままならなかった。

「わしに頼み事があるなら、なぜやつ自らがここにやってきて頭を下げぬのか？」

「たぶん、僕の頼みだから、自分がわざわざ頭を下げるのが嫌なんじゃないかな？」

「おまえに捜査を依頼したのは誰だ？」

「それはドロッセルマイアーとクララかな？」

「だったら、結局ドロッセルマイアーの頼みではないか」

「そうなるのかな？　とにかく、捜査を手伝って欲しいんだ」

「断る」

「えっ？」

「わしはドロッセルマイアーの風下《かざしも》に立つつもりはない。もしわしの助力が必要だと思うのなら、おまえのような虫けらではなく、ドロッセルマイアー自身がわしの前に現れ、そして平伏せよ。そう伝えるんだ」

「ごめん。全然覚えられないや。もう一度言ってくれない？」

「わしに頼み事があるなら、ドロッセルマイアー自身がここに来い」

「うん。それなら、なんとか覚えられるかも」

「忘れそうなら、ちゃんとメモをしろ」

「ごめん。紙と鉛筆がないんだ。だから、まず紙と鉛筆を頂戴。それから誰か僕に字を教えなくっちゃいけないよ」

「心配するな。おまえの脳髄に直接書き込んでやるから」

ビルはその言葉を聞くや否や、逃げ出した。恐怖で逃げる以外の行動ができなかったという方が正しいかもしれない。

だが、逃げ出したにも拘《かか》わらず、ビルは一歩も進めていなかった。

不思議に思って振り向くと、ビルの足はすでに取り外された後だった。

仕方なく、ビルは尻尾を駆使して、前に進もうとした。だが、次の瞬間、尻尾を強烈な勢いで踏み付けられた。

ビルは反射的に尻尾を切ってしまった。

尻尾と二本の足が同じように、地面を蹴って跳ね回っていた。

そうだ。僕にはまだ手があった！

ビルは匍匐《ほふく》前進でドロッセルマイアーの自宅へと向かい始めた。

だが、次の瞬間、何者かに肩を掴まれた。

まるで、チューブから歯磨き粉の最後の一回分を絞り出す時のように、ビルの肩を関節から取り外し、地面に投げ出した。

ああ。僕の手と足、後でくっ付けてくれるかな？

そう思っていると突然脳天にあの不愉快なコッペリウスの毛むくじゃらの手が覆いかぶさってきた。

そして、ビルは気が遠くなった。

6

「それからビルはどうなったの？」くららが尋ねた。

井森は再びドロッセルマイアーの教授室にやってきていた。

「気が付いたら、一人で道端に倒れていたんです」井森が答えた。「何があったかはぼんやりと覚えていました。そして、ただ一つ明確に覚えていたのは、『わしに頼み事があるなら、ドロッセルマイアー自身がここに来い』という言葉だけだったんです」

「承服できんな」ドロッセルマイアーが言った。「なぜわたしがあんな下種《げす》な大男のところに行かねばならんのだ？」

「彼にあなたのところに来る気がないからでしょうね」

「あいつはなぜ来んのだ？」

「あなたの風下《かざしも》に立つ気はないそうです」

「不遜《ふそん》なやつだ」ドロッセルマイアーは苦虫を噛み潰したような顔をした。

「では、コッペリウスのところには行っていただけないんですか？」

「当然だ」

「では、約束はどうなるんですか？　ビルに協力者を付けてくれるという」

「協力者はなしだ」

「ビルは一人では何もできませんよ」

「おまえはビルを甘やかし過ぎじゃないのか？」ドロッセルマイアーは井森を睨み付けた。

「いや。甘やかすも何も僕とビルは出会うことはできないんですよ」

「おじさんも、そのコッペリウスという人も、互いに折れる気がないんなら、仕方がないわ」くららが残念そうに言った。「他に何か方法を考えましょう」

「いや。ドロッセルマイアー教授にコッペリウスに頭を下げるよう頼んだ方がいいと思いますよ。ビルだけでは絶対に埒《らち》が明かないから」

「わたしはコッペリウスには頭を下げない。この話はここまでだ」ドロッセルマイアーは宣言した。

「しかし、それではホフマン宇宙における捜査が不可能になってしまいます」井森は食い下がった。

「ふむ」ドロッセルマイアーは考え込んだ。「確かに、ビル一人には荷が重過ぎるな。……協力者については、また考えておく。とにかくおまえたちは地球での捜査を続けてくれ」

「地球で捜査しても何も出ないかもしれませんよ」

「絶対に出ないという根拠はあるのか？　とりあえず何か糸口でも摑んでくれ」

「僕としては従う理由はないと思いますが？」

「なるほど。わたしに逆らうということか？　それが何を意味するかわかっているのか？」

「教授の立場を利用して何かしようというのですか？　しかし、学科が違いますから、自《おの》ずと限界があるでしょう」

「おまえをどうこうしようというのではない。ビルのことだ」

「ビルをどうするんですか？」

「わたしは向こうでは判事なのだ。人の命ならいざ知らず、蜥蜴《とかげ》をどうこうするなんて、実に簡単なことだとは思わないのか？」

「それは脅《おど》しですか？」

「脅しだとしたら、どうする？」

井森とドロッセルマイアーはしばらく睨み合った。

「数日中にホフマン宇宙での協力者を手配すると約束して貰《もら》えるなら、捜査を実行しましょう」先に井森が口を開いた。

「いいだろう。約束しよう」ドロッセルマイアーは答えた。

「では、くららさん、実況見分に付き合っていただけますか？」井森は尋ねた。

「はい。それは構いません」くららは椅子から立ち上がった。

「えっ？　車椅子は？」井森は面食らった。

「ああ。腰ならもう治りました。前にお会いした時も殆《ほとん》ど治ってたんですけど、念のため車椅子を使ってたんです」

「なるほど。じゃあ、ホフマン宇宙のクララももう歩けるんですか？」

「えっ？……ああ。もちろん」

「はっきりしないんですか？」

「最近、ちょっとホフマン宇宙の記憶が曖昧なんです。一時的なことかもしれませんが。リンクが途切れるなんてことあるのかしら？」

「どうなんですか、ドロッセルマイアー先生」

ドロッセルマイアーは肩を竦《すく》めた。「全くお手上げだ。そもそもアーヴァタール現象のメカニズムが解明できていないのだから、推定しようもない」

「それでは仕方がないですね。とりあえず、車椅子から降りられて行動の自由が大きくなったのはよしとしましょう」

二人は事故のあった現場へと向かった。

大学のすぐ近くの青歯町《あおばちょう》五丁目の交差点だ。

「見たところ、特にこれといった特徴のない交差点ですね」井森が言った。「車は暴走する前、どこに止まっていたのですか？」

「あの電柱の辺りです」

「暴走した後、止まったのは？」

「ちょうどこの辺りです。ほらまだ少しアスファルトが黒ずんでるでしょう」

井森は地面を調べた後、車が暴走し始めた場所に行き、辺りを見回した。

「何か見付かりました？」くららも後を追ってやってきた。

「特には。尤《もっと》も、それは予想されたことですが」

「塗料とか、指紋とか採取しますか？」くららが提案した。

「それはもう警察がやっているでしょう」

「あとできることは何かありますか？」

「そうですね。目撃者の話を聞くことぐらいでしょうか？　近くに目撃者はいましたか？」

「はい。何人か。でも、それを言うなら、警察がもう話を聞いてるんじゃないでしょうか？」

「たぶん。だけど、科学的分析が必要な物的証拠と違って、我々でも新たに何かが摑める可能性は高いですよ」

「あっ！」くららが声を上げた。

「どうかしましたか？」

「向こうから、知り合いの人が来たんです。……諸星《もろぼし》さん！」

諸星と呼ばれた三十代らしき男性はくららに気付いて会釈《えしやく》した後、近付いてきた。

井森も軽く会釈した。

「井森さん、こちらは諸星さん。去年までわたしが家庭教師していた子の義理のお兄さん。諸星さん、こちらは井森さん。ええと、……わたしのおじさんの教え子よ」

井森はドロッセルマイアーの教え子ではなかったが、正直に全てを話しても理解して貰えないだろうから、この程度の説明でいいだろう。

「千秋《ちあき》ちゃんは最近どうですか？」くららは尋ねた。

「ああ。最近、あまり会ってないんだ」

「あら。前はしょっちゅう遊びにいらしてたのに」

「うん。実は……」諸星は言いにくそうだった。「家内と別居中でね」

「あら」くららはまずいことを聞いたという顔をした。

これは早目に話題を変えないといけない、と井森は思った。

「今、彼女は北海道に出張に行ってるんだけど、とりあえず僕も彼女と話し合いにいこうと思ってるんだ」

「北海道に？」井森は思わず尋ねてしまった。

「ええ」

「帰ってからじゃいけないんですか？」

「まあ、それでもいいんですが、『思い立ったが吉日』というでしょ」諸星は愛想笑いをしながら言った。

「諸星さん、作家なんですよ」くららは話題を変えようとしているようだ。

「いや。児童雑誌に童話が載っただけで、まだ作家という程ではありません」

「でも、賞を取ったんですよね」

「ええ。それでいい気になって会社を辞めたら、家内が怒ってしまって、この有り様だ……」

「諸星さん、先日くららさんが事故に遭ったのは御存知ですか？」井森は強引に話題を変えることにした。

「彼女が事故に？　何があったんですか？」

「停車中の車が急に動き出したんです。それで、僕が捜査することに……」

「捜査？　でも、学生さんですよね？」

「ええ。でも、とりあえずドロッセルマイアー先生に探偵役をするようにと依頼されたんです。確かに、ちょっと聞くとおかしい話なんですが……」

「探偵役？　最近、そんな話を聞いたような気がします。確か探偵を探しているとか……」

そっちの話題に引っ掛かった？

「いや。あくまで探偵役で、本物の探偵では……」

「井森さん……君は井森さんというんですよね」

「はい。それがどうかしましたか?」

「君の助言で探偵を探すことになったって言ってましたよ」

「誰の話ですか?」

「ビルという蜥蜴です」

井森は息を吸い込んだまま、呼吸が止まった。

「ああ。でも、あれは夢の話ですから、気にしないでください。それじゃ、急ぐので」諸星は軽く会釈して、立ち去った。

井森は呆然としたまま、頭をぺこりと下げた。

横を見ると、くららも目を丸くしたまま硬直していた。

「なんで、諸星さんがビルのことを知ってるの?」

「彼もホフマン宇宙の住人のアーヴァタールだからでしょう。しかし、驚いたな」

「彼は誰なのかしら?」

「おそらく、ナターナエルか、スパランツァーニか、オリンピアか、コッペリウスのうちの誰かでしょうね」

「オリンピアは違うんじゃないですか? 女性だし、人間でもないし」

「不思議の国と地球とのリンクでは、性別も種族も同じとは限らなかったんです。ホフマン宇宙と地球とのリンクはそうではないのかもしれませんが。今の四人の中では、一番似たタイプはナターナエルかな？」

「そう言えば、ナターナエルも文学かぶれのところがあったわ」

「クララはナターナエルと知り合いなんですか？」

「ええ。たぶん、そのナターナエルはわたしと恋人同士だと思っているはずです」

「『思っている』というのはどういう意味ですか？　恋人同士ではないんですか？」

「ドロッセルマイアーがそういう記憶を植え付けたんです」

「どうして、また？」

「コッペリウスと賭けをしたんです。ナターナエルがクララとオリンピアのどちらをとるか」

「あの二人のような能力を持っている人間はホフマン宇宙には大勢いるんですか？」

「あんな能力を持っている人間はそうはいないと思います。ただし、人間以外の者は知りませんが」

「ホフマン宇宙にも人外の者は多いんですか」

「多いかどうかはわかりませんが、仲間内の噂ではよく聞きます」

「あなたの仲間って、どういう人たちなんですか？」

「ホフマン宇宙での仲間のことですか？」

「ホフマン宇宙での仲間のことです。人外の者を話題にしてるのが、こっちの友達だったら話は別ですけど」

「友達といっても、そんなに多くないんです。マリーとピルリパートとゼルペンティーナぐらい。ああ。でも、向こうは友達だと思ってないかもしれません」

「どうして、そう思うんですか？」

「わたし、その三人がわたしに黙って遊びにいくところを見たんです」

「ひょっとして、それって暗い話ですか？」

「そうかもしれません。聞きたくないですか？」

「いいえ。聞かせていただきましょう。まずその三人とはどんな人たちなんですか？」

「まず、マリーはうちにあるお人形です」

「いきなり人ではないんですか。彼女はオートマータなんですか？」

「オートマータという訳ではないんですが、動いてますね」

「オートマータではない？」

「ええ。機械は入ってないと思います」

「じゃあ、なぜ動くんですか？」

「さあ。たぶん魔法かしら？」

「魔法……ホフマン宇宙は科学と魔法が中途半端な感じに混ざった世界なんですね」

「まあ、どっちの世界が中途半端かはいろいろな見解があると思いますが」

井森はメモをとった。「他の友達は？」

「ピルリパートはお姫様なんです」

「それは比喩《ひゆ》的な意味で？」

「比喩的ではない意味で。ドロッセルマイアーの元許嫁《いいなずけ》です」

「えっ？　ドロッセルマイアー先生の？」

「若いドロッセルマイアーと言っても、彼の従弟《いとこ》の息子にあたる若い方ですけど」

「ええ。いるんですよ」

「区別は付くんですよね。つまり、見た感じという意味ですが」

「ええ。全然違います。若い方は胡桃《くるみ》割り人形ですから」

「なるほど。彼も人形なんですね」井森は半ば諦めてメモした。「それも魔法で動いてるんですか？」

「どうですかね。魔法と言えば魔法ですけど、元は人間ですからね」

「元人間と」井森はメモを続けた。

「マウゼリンクス夫人に呪いをかけられたんです。元々はピルリパート姫にかかった呪いなんですけどね」

「どうして、そんなことに……」井森は尋ねかけて気が変わった。「あっ。その話はいいです。きっと長くなりそうですから」

「ええ。本気で説明したら、結構長くかかると思います」

「あとの一人は何といいましたか？」

「ゼルペンティーナです」

「彼女は人間？　人形？　オートマータ？」

「ゼルペンティーナは蛇です」

「あっ。動物とも友達になれるんじゃないですか。それも、爬虫類と」井森は少し嬉しくなった。

「といっても、見た目は女の子なんですけどね」

「それはあれですか？　ドロッセルマイアーか、砂男《すなおとこ》が改造したんですか？」

「彼女自身の持つ魔法の力で変身してるんじゃないかしら？」

「なるほど。込み入ってますね。その三人と向こうの世界のクララが友達だという訳ですか」

「わたしの勘違いでなかったらね。勘違いだという可能性が濃厚になってきたけれど……」

「その三人があなたに黙って遊びに出掛けたと。それはいつのことですか？」

「少し前です」

「少し前とは？　地球の時間で言うといつですか？」

「たぶん、昨日の夕方ぐらいになると思います。最新の記憶ですから」

「三人はどんな感じでしたか？」

「楽しそうでした。カーニバルに向かうところだったのでしょう」

「カーニバル？」

「ホフマン宇宙最大の祭りです。夕方から始まって、次の日の夕方まで続きます」

「あなたはどこから三人の様子を見てたんですか？」

「森の木の陰からです」

「見間違いの可能性はないんですね」

「向こうは気付いていないようでしたが、距離的には十メートルもなかったので、見間違いはあり得ません」

「後で誘うつもりだったんじゃないですか？」

「それはありません。彼女たちは山車《だし》に乗るところでした。あれは一度乗ったら、カーニバルが終わるまで降りられませんから。山車といっても、列車ぐらいの大きさがあって、食堂やトイレまであるんです。中から踊っている人たちや他の山車が眺められるんですよ。ああ。乗りたかったなぁ」くららは山車に乗れなかったのがよほど悔しいようだった。

「クララの友人関係について、他に何か思い当たりませんか？」

くららは少し考えたが、首を振った。

「その三人の誰かが脅迫状を書いたとしたら、誰だと思いますか？」

「わたしの友達を疑っているんですか？」

「別にその三人を特に疑っている訳ではありません。逆に言えば、その三人が特に信頼できるという訳でもないのです」

「その三人の誰かが脅迫状を書くとは思えません」くららは答えた。「今の証言が何か役に立ちましたか？」

「それはわかりません。しかし、将来的には何か推理の材料になる可能性はあります」井森は周囲を見渡した。「では、こちらの世界での事故について、他に何か思い出せませんか？」

「そうですね」くららは何かを思い出そうとしている様子だった。「あそこに小さな空き地が見えますか？」

「あれは空き地ですか？　公園かと思いました」

「空き地です。いったん家を建てようとした形跡はありますが、なぜかそのまま放置されているのです」

「理由はわからないんですね」

「はい」

「その空き地がどうかしたんですか？」

「あの時、あそこに誰かいました。双眼鏡のようなものでわたしの方を見ていました」

「どうして、そんな重要なことを言わなかったんですか？」

「今の今まで忘れてたんです。たった今、あの空き地を見て思い出したんです」

「つまり、それは警察にも言ってないということですか？」

「はい」

「とりあえず、この後ででも警察に行った方がいいと思います」

「おじはこちらの警察の捜査は無意味だと言ってました」

「そう断言するのは早いと思います。こちらの世界と向こうの世界はリンクしているのだから、こっちでの捜査の結果が向こうでの何かを反映している可能性はあるんです。その人物の年格好はわかりますか？」

「黒い服を着ていました。たぶん黒い帽子とサングラスも着けていたと思います。年齢も性別もよくわかりません」

「他に何か覚えていませんか？」

くららは首を振った。

「立っていた場所はわかりますか？」

「はい。ついてきてください」くららは空き地へ向かって足早に歩き出した。

井森も慌ててついていく。

近付くと、そこは確かに空き地で、建物の土台のようなものがあった。大きさは少し大きめの個人住宅ぐらいだろうか。入り口にはロープで簡単な仕切りが作ってある。侵入するのは簡単そうだった。

「その人物が立っていたのは、あの茂みの向こうぐらいです」くららはさっとロープを跨《また》いで空き地の中に入っていった。

完全に空き地の状態だから、それほど煩《うるさ》くは言わないだろうが、私有地であることは間違いないので、井森はおっかなびっくりついていった。

「ここです。ここ」くららは茂みの向こうに行った。その瞬間、彼女は落下を始めた。

落とし穴だ!!

井森は反射的にくららを追って、跳躍した。

穴の縁《ふち》に辿《たど》り着いた時にはすでにくららの姿は掻き消えていた。

井森は後先考えずに穴の中に頭を突っ込んだ。

くららが落下を始めてから、まだ一秒足らずだ。今、捕まえれば、穴の底に落下することは防げるかもしれない。

くららはまだ自分の身に起きていることを理解していない様子で、歩いているままの姿で空中にいた。

せめて、こちらに手を差し伸べていてくれたら、と井森は悔しがった。

だが、それでも、彼はくららの身体のどこかを摑もうと、さらに穴の中へと身を乗り出す。

指先がくららの髪の毛に触れた。

しめた!! 髪の毛は一本が五十グラムの力に耐えられる。くららの体重が六十キロだとしたら、千二百本の髪の毛を摑めばなんとかなる。いや。加速がついているから力はもっと掛かるのか。ええい。今、計算している余裕はない。とにかくできるだけたくさん摑むんだ。

その時、井森は自分の身体がふわりと浮かんでいるような感覚に気付いた。

あっ。僕も落下してるのか？ この場合、くららを摑んだとして、なんとかなるのか？ どうにかして、足を穴の側面に引っ掛けて止まるか、止まらないにしても、速度をできるだけ殺すしかないだろう。なんにしろ、できることをやるだけだ。

突然、くららの身体が上昇し始めた。

いや、違う。くららの落下速度が遅くなったため、落下している井森から見ると、上昇しているように感じるのだ。

しかし、なぜ落下速度が遅くなったのか？

すでに穴の底に到着したのか？　だとしたら、穴の深さはほんの数メートルだということになる。無傷とはいかないかもしれないが、致命傷は免れそうだ。

だが、どうも様子がおかしかった。

穴の底はまだかなり下に見える。そして、穴の底から無数の何かが上に向かって突き出していた。それは木か何かで出来た棒のように見えた。

突然、くららの顔が上を向いた。それは自分の意思ではなく、何かが引っ掛かって自動的に上を向いたような様子だった。

くららは目を見開いて、井森を見ていた。何かを懇願するような目だった。

突然、くららは口を大きく開いた。

喉の奥から鋭い切っ先が現れた。それは真新しい血で濡れていた。

ああ。そうか。穴の底に立っていた木の棒のようなものの先は鋭く尖っていたんだ。この落とし穴は悪戯《いたずら》用ではなく、殺人用だったのか。しかし、誰が誰を殺すために作ったんだろう。

井森がそんなことを考えている間に、くららを貫《つらぬ》いた杭の切っ先が彼の眼前に迫ってきていた。

ああ。あと三センチぐらいで、左目の下に突き刺さるな、と思った。

7

「まずいよ！　まずいよ！　まずいよ‼」踊りの輪の中にビルは飛び出した。

「おい。そこの小汚い蛙！　邪魔だから出ていけ‼」髭を生やした年老いた男がビルを怒鳴《どな》りつけた。

「どうしたの、パンタローン？」若い娘が男に声を掛けた。

「この汚らしい蛙がいきなり飛び込んできて、俺のズボンを汚しちまったのさ、トゥルーテ」

「蛙のことなんか放っておいて、みんな、僕の話を聞いてよ‼」ビルは叫んだ。

「放っておくも何もおまえが蛙じゃないか！」パンタローンが言い返した。

「違うよ。僕は蛙なんかじゃない。僕は蜥蜴《とかげ》だよ。そもそもこんな大きな蛙なんているものか！」

「いいえ。蜥蜴だとしても大き過ぎるわ」トゥルーテは目を丸くした。「いったい何なの？　気持ち悪い」

「だから、蜥蜴なんだって」

「気持ち悪いわ。いったいどういうつもりなの？」

「なんで気持ち悪いの？」ビルは尋ねた。

「わたしは爬虫類が嫌いなの！」

「じゃあ、爬虫類が好きになればいいよ」

「そんなの無理に決まってるじゃない!!」

「ごちゃごちゃ言わずに、おまえがどっかに行けば話は丸く収まるんだよ」パンタローンが苛立たしげに言った。

「そんな訳にはいかないんだ。大変な事件が起きてしまったんだ」

「知ってるさ。カーニバルの踊りの輪の中に蜥蜴が紛《まぎ》れ込んだんだろ」

「それも大変かもしれないけど、もっと大変なんだ。本当の事件が起きたんだよ」

「じゃあ、言ってみろよ。もしつまらないことだったら、承知しないぞ」

「ええとね。クララが殺されたんだ」

踊りの輪は一瞬静寂に包まれた。

「本当か？」パンタローンが尋ねた。

「本当だよ。この目で見たんだ」

「どこで、殺されたんだ？」

「地球だよ。青歯町《あおばちょう》五丁目だ」

「いったい、おまえは何を言ってるんだ？」

「クララのアーヴァタールのくららが地球で死んだんだよ」

「誰かこの蜥蜴の言っていることの意味がわかるやついるか？」

周囲に集まってきた者たちはどよめいたが、はっきりとした反応をする者は一人もいなかった。

「おまえが出鱈目《でたらめ》を言ってるんじゃないと証明してみせろ」

「じゃあ、ドロッセルマイアーを呼んできて。あの人に頼まれて僕は捜査していたんだ」

「捜査だと？　蜥蜴の捜査官など聞いたことがない」

「地球では、ちゃんとした人間なんだよ」

「つまり、本当は人間だけど、魔法で蜥蜴に変えられたと言いたいのか？」

「違うよ。僕は不思議の国では最初から蜥蜴だったんだよ」

「いったい何の騒ぎですか？」群衆の中から老婦人が現れた。

「何でもありません。ただ、蜥蜴が一匹混乱しているだけです、マドモワゼル・ド・スキュデリ」トゥルーテが答えた。

「蜥蜴ですって？」スキュデリはしげしげとビルを見つめた。「あら。本当ね。大きな蜥蜴だわ」

「僕はビルっていうんだ」

「なるほど。人語を解するのね」スキュデリは興味深げだった。

「すぐに追い払います」パンタローンがステッキを振り上げた。

「待ちなさい。わたしが話を聞いてみます」

「マドモワゼルが蜥蜴の話などお聞きになるのですか？」

「いけないかしら？」

「いえ。もしお望みでしたら」パンタローンは引き下がった。

「ビル、あなたは生き物なの？　それとも、お人形？」

「いろいろな人に分解されたから、ちょっと自信はなくなってしまったけど、たぶん生き物だと思う」

「あなたは魔法の力で話せるようになったの？」

「わからない。でも、不思議の国ではいろいろな動物が話してた」

「不思議の国？」

「ここことは違う世界なんだ。ここはホフマン宇宙という世界だけど」

スキュデリは頷いた。「確か、ドロッセルマイアー判事がそのような説を唱えてらしたわね。この世界の人物と別の世界の人物が記憶を共有しているとか」

「それは本当のことなんだ、マドモワゼル・ド・スキュデリ」

「この世界の人物と不思議の国の人物が繋がっているというの？」

「違うんだ。僕は不思議の国から直接来てしまったんだ。ホフマン宇宙の人のアーヴァタールが住んでいるのは地球なんだ」

「もし、あなたが酷《ひど》く混乱しているのでなければ、とても興味深い話だわ、ビル」

「僕のこと、混乱していると思ってるの？」

「今、この時点で判断しなければならないとしたら、そう判断するわ」

ビルはがっかりした。

「でも、今はまだ判断しないわ。なぜって、判断材料が揃っていないからよ。……マルティニエール！」

「はい。マドモワゼル」スキュデリの使用人らしき女性が近付いてきた。

「今ここにドロッセルマイアー判事をお呼びしなさい」

「お言葉ですが、マドモワゼル」マルティニエールは言った。「あと小一時間程経ってからではいけないものでしょうか？　そうすれば、カーニバルを最後まで見ることができますから」

「マルティニエール、もしビルの言っていることが本当だとしたら、殺人が行われたのですよ。一刻も早く真相を究明しなくてはなりません。三十分以内にドロッセルマイアー判事をここにお連れしなさい」

マルティニエールは慌てて走り出した。

「さて、ビル、判事が来るまでの間、事件について質問してもよろしいかしら？」

「もちろん、いいよ、マドモワゼル・ド・スキュデリ」

「クララはどんな殺され方をしたの？」

「わからない」

「わからないのに、どうして殺されたことがわかったの？」

「くららが死んだからだよ」

「ビル、あなた混乱している？」

「いつも混乱してるって言われてるよ。でも、くららというのは地球にいるクララのアーヴァタールのことなんだ」

「つまり、アーヴァタールが死んだから、クララも死んだということ？」

「逆じゃないかな。本体のクララが死んだから、アーヴァタールも死んでしまったんだよ、きっと」

「それは確かなの？」

「ドロッセルマイアーがそうだと言ってた」

「では、その点については、ドロッセルマイアー判事に確認することにしましょう。それで、地球のくららはどんな死に方をしたの？」

「落とし穴に落ちて串刺しになってしまった」

「それはまた残酷な殺し方ね。誰かが突き落としたの？」

「いいえ。くららが自分で穴の上に行ったんだ」

「どうして、わざわざ落とし穴のところに行ったの？」

「そこに不審な人物が立っていたからだよ」

「その時に？」

「ううん。何日か前にくららがそこで交通事故に遭ったんだ。その時に立ってたって言ってた」

「つまり、その人物はくららをその場所におびき寄せるためだったということかしら？」

「わからない」ビルは悲しそうに言った。「僕の脳は難しいことが嫌いみたいなんだ」

「あなたはくららが死んだ時、その場にいたの？」

「うん」

「その時、何か見なかった？」

「落とし穴と杭を見たかな」

「くららが死んだ後に何か起こらなかった？」

「わからないよ」

「どうして？　あなた、地球では誰にも知らせなかったの？」

「うん。僕も死んだから」

「えっ？」

「本当は僕じゃなくて井森だけど、自分が死んだって記憶があるよ」

「くららだけじゃなくて、あなたのアーヴァタールも死んだってこと？」

「たぶん。顔に杭が刺さる感じがしたから。とても、痛いんだ。顔の骨が折れて、ゆっくりと顔の中に入ってくるのがわかった。だけど、途中まで来たら急にぷつんという感じで何もわからなくなったんだ」

「アーヴァタールが死んでも本体は死なないのね？」

「そうなの？」

「あなた、生きているわよね、ビル？」

「ドロッセルマイアー判事がお越しです」マルティニエールが言った。

ビルが振り向くと、怒りに震えるドロッセルマイアーの姿が目に入った。

「あっ！　ドロッセルマイアー、ちょうどいいところに来たね。大変なことが起きたんで教えてあげようと思ってたところさ。あのね。クララが殺された……」

ドロッセルマイアーのステッキがビルの頭上に振り下ろされた。

ビルは後ろに倒れた。

すかさず、ドロッセルマイアーがビルの喉を踏み付けた。

「クララが殺された、だと？　この役立たずが！　この間抜けが！　この屑《くず》が！」

ビルは息ができなくなり、闇雲《やみくも》に手足と尻尾をばたばたとさせた。

「おやめください、判事」スキュデリが静かに言った。

「ほっといて貰《もら》おう。この蜥蜴は約束を違えたのだ」

「約束って何ですか？」

「クララを狙う犯人を突き止めることだ」

「あなたはそれを蜥蜴に依頼したのですか？」

その場の全員がドロッセルマイアーを見た。中にはくすくすと笑い出す者もいた。

「いや。蜥蜴といっても、人語を解するのだ」

「人語さえ解せば、それで信頼に値すると？」

「それにこいつのアーヴァタールはそこそこ優秀なのだ」

「でも、彼自身はどうなのかしら？　それに、彼のアーヴァタールも亡くなったそうですよ」

「どうして、それを知っている？」

「ビルがそう言ってました」

ビルの手足と尻尾の勢いがなくなってきた。

「いったい、何があった？」

「それはビルに問い質《ただ》すしかありませんね。クララのアーヴァタールが死亡した時にいた目撃者はビルのアーヴァタールだけです」

ビルの手足がばたんと地面にぶつかり動かなくなった。

「もし手遅れでなければですが」

「ふむ」ドロッセルマイアーはビルの喉から足をどけ、踏んでいた辺りを指で探った。「喉が潰れてしまっているし、首の骨も折れているな」ドロッセルマイアーはその場で、ビルの喉と首を取り外し、修理をし、もう一度元の場所に戻した。「まあ、応急処置だけしておいた。当面は生きられるだろ」

「息をしてないようですが」

「ちょっと待て」ドロッセルマイアーは拳をビルの胸に叩き付けた。

ビルはびくんと動き、目を見開き、息を吸った。

「まあ、よかった」スキュデリが言った。

ビルはごほごほと血を吐きながら咳をした。

「くららはどうなったのだ？」ドロッセルマイアーがビルに尋ねた。

「くららは落とし穴に落ちて、串刺しになったんだ」

「誰が掘った落とし穴だ？」

「わからない」

「井森は何か言ってなかったのか？」

「井森は死んだよ」

「いつのことだ？」

「くららが串刺しになった後、たぶん一緒に串刺しになった」

「なるほど。井森が串刺しになったのに、おまえはこうして生きている」

「さっき死にかかったけどね」

「ということはホフマン宇宙と地球の間の関係は対等でなかったということだ」

「そうなの？」

「ホフマン宇宙で誰かが死ねば地球にいるアーヴァタールも死んでしまう。だが、アーヴァタールが死んでも本体は死なないということだ。だから、井森が死んでもおまえは生きているのだ」

「ああ。よかった」

「しかし、井森が死んだとなると、おまえの証言に頼るしかないということになってくるな」ドロッセルマイアーは言った。「死ぬ前にくららは何か言ってなかったか？」

「ええとね」ビルは真剣に思い出そうとしていた。「『ここです。ここ』かな？」

「その前は？」

「『その人物が立っていたのは、あの茂みの向こうぐらいです』」

「そういうことではなく、犯人に結び付きそうなことだ」

「う〜ん」ビルは腕組みをした。

「ちょっと待って」スキュデリが言った。「クララは本当に死んだの？」

「僕はちゃんと見たよ」

「あなたが死んだのを見たのは地球にいるくららの方でしょ」

「でも、くららはクララのアーヴァタールなんだ」

「あなたのアーヴァタールである井森は死んだけど、あなたは死んでいない。同じことがクララにいえるとしたら、地球のくららは死んでもホフマン宇宙のクララは死んでいない可能性があるんじゃないかしら？」

「その通りだ。クララは死んでいないかもしれない。だが、死んでいないとも言い切れない」

ドロッセルマイアーが言った。

「どうして？ ビルが死ななかったのだから、クララも死んでないでしょう」

「今回の事件があくまで地球で完結していたら、そうだろう。地球で誰かがくららを殺害しようとして成功した。さらに、井森までが巻き込まれた。その場合、クララもビルも死ぬことはない。だが、そうではなく、原因がホフマン宇宙にあったとしたら、どうだ？ このホフマン宇宙で誰かがクララを殺害しようとして成功した。もちろん、ビルは無関係だ。ホフマン宇宙のクララの死は地球のくららの死の原因となった。この場合、井森は単にくららの死に巻き込まれただけだということになる」

「井森は死に損だね」ビルは考え深げに言った。

「どちらの場合になるか、判断するにはどうすればいいの？」スキュデリが尋ねた。

「まずはクララを見付けることだ。もし、クララが元気ならば、死んだのはくららだけということになる。クララが死んでいたら、くららが死んだ原因はクララが死んだことだということになる」

「それって、なんだかトートロジーのように思うけど？」スキュデリは皮肉を含ませたような言い方をした。

「トートロジーでもなんでもいい。クララの行方を探すことが最優先課題だ。最近、クララを見た者はいるか？」

「一週間程前、市場を歩いているのは見たぞ」パンタローンが言った。

「証言が古過ぎる。もっと最近の目撃情報はないのか？」

誰も返事をしなかった。

「ビル、くららは最近クララが誰かに会ったと言ってなかったか？」

「ええとね。マリーとピルリパートとゼルペンティーナがカーニバルの山車《だし》に乗るのを見たと言ってたよ」

「その三人は今どこにいる？」

「今、カーニバルの山車に乗ったって言ったわね。だったら、まだ山車の上にいるはずよ」マルティニエールが答えた。

ドロッセルマイアーは懐中時計を取り出した。「なるほど。あと数分でカーニバルは終わる。その三人が山車から降りたら、まず話を聞こう」

程なく、カーニバルは終わりの時を迎えた。

一同の目の前にばりばりと轟音を立てながら、巨大な山車が現れた。

出口に移動式の階段が接続され、悲鳴のような金属音と共にドアが開かれた。

ぞろぞろと大勢の人間が現れ、地上に降り立った。

百人を超える人間のほぼ全てが降りた頃、ようやく三人の娘の姿があった。

ドロッセルマイアーはお喋りに夢中になっている三人の前に飛び出して、通せんぼをした。

三人は血相を変えたドロッセルマイアーを見て、悲鳴を上げた。

「おまえたち、クララを知らないか？」ドロッセルマイアーは怯える娘たちをさらに脅《おど》すように問い質した。

「知ってるわ」マリーが答えた。

「彼女はどこにいる？」

「それは知らないわ」

「今、知ってると言ったではないか！」

「クララという人がいるのは知っているという意味よ。シュタールバウム家のお嬢さんよ」

「最後に見たのはいつだ?」

「ええと。よく覚えてないけど、山車に乗る前に見掛けたような気がするわ」

「おまえはどうだ?」ドロッセルマイアーはピルリパートに尋ねた。

「クララってどんな子だった?」ピルリパートは狐につままれたような顔をした。「あんまりよく知らないのだけれど」

「シュタールバウム家の娘だ」

「だったら、そこにいる子じゃないの?」ピルリパートは指差した。

一同の目がその指先に集中した。

そこにいたのはトゥルーテだった。

「こいつはクララではない」ドロッセルマイアーは失望の声を上げた。

「だって、前にシュタールバウム家で、その子に会ったことがあるわ」

「ええ。わたしはシュタールバウム家に住んでいるわ」トゥルーテは答えた。「わたしはクララの持っているお人形ですもの。マリーと一緒よ」

「では、今日もクララに会ったのではないか?」ドロッセルマイアーが尋ねた。

「いいえ。昨日の夜からカーニバルに来ていたから、今日クララに会ってはないわ」

「昨日、カーニバルが始まる時はどうだった?」

「昨日も会ってないわ。実を言うと、ここしばらくわたしはクララとは遊んでいないの」

ドロッセルマイアーは落胆の色を隠さなかった。「では、おまえはどうだ?」彼はゼルペンティーナにも尋ねた。

「クララって子は知ってます。前にマリーと一緒に遊んだことがあります。でも、今日山車の上から見たかどうかは覚えてません」

「山車に乗る前はどうだ？」

「マリーが見たのなら、近くにいたのかもしれません」

「役に立たない女どもだ」ドロッセルマイアーは吐き捨てるように言った。

「わたしが質問してもいいかしら？」スキュデリが言った。

「ああ。どうぞ御自由に」ドロッセルマイアーは苛々と指を動かしながら答えた。

「あなたたち三人は山車に乗ってから一度も降りなかったの？」スキュデリは尋ねた。

「ええ。山車は一度乗ったら、カーニバルが終わるまで降りられない決まりですから」ピルリパートが言った。

「それは誰か証明できる？」

「出入り口監視人が逆行する人間がいないか監視してたと思うわ」

「出入り口監視人って誰？」

「わしだよ」背の低い筋肉質の男が手を挙げた。「誰も逆行なんかしていない。そもそも、そんな目立ったことをしたら、みんな気付くと思うぜ」

「ありがとう、カルディヤック」スキュデリは言った。「それでは、この三人の中で、カーニバルの間に姿が見えなくなった人はいるかしら？」

「いません」ゼルペンティーナが言った。「わたしたちずっと同じ席に並んで座ってたんですもの」

「トイレには？　一度も行かなかったのかしら？」

「そうですね。ピルリパートとわたしは何回か行ったかしら。マリーは行きませんでした。人形だから、トイレは不要なんです」

「二人同時にトイレに行ったことは」

「ありませんわ」三人は同時に首を振った。

「どうして、トイレのことが気になるの、マドモワゼル・ド・スキュデリ？」ビルが尋ねた。

「トイレのことが気になったんじゃないわ」スキュデリは言った。「とりあえず、クララが殺されている場合を想定して、殺害が可能だった人間を絞ろうとしているのよ」

「どういうこと？」

「クララはこの三人のお嬢さんが山車に乗るのを見たって言ったのよね」

「うん。確かに言ったよ」

「だとしたら、彼女の死亡推定時刻——仮に死んでいたとして——は三人が山車に乗り込んだ後だということになる」

ドロッセルマイアーが指を動かすのをやめて、スキュデリを見た。

「そして、ここにビルが現れて、クララのアーヴァタールが地球で殺された、と言った時点より前だということになる」

「それはつまりどういうこと？」ビルは尋ねた。

「その間に山車に乗っていた人間はクララの殺害者ではあり得ないということになるわ。ただし、一つ条件があるけどね」

「なるほど」ドロッセルマイアーが呟いた。「そこに気付くとは、さすがに人気作家だけのことはあるな、マドモワゼル」

「この山車の中でクララが殺害されていないという前提の下です。という訳で、今すぐ山車の中の捜索を始めましょう」

捜索はほんの数分で終わった。広いとはいっても、山車としてはということであって、地球の列車一両分程度しかないのだ。しかも、隠し部屋も抜け穴もない。ここで殺人があったとしたら、誰も気付かないということはあり得ないと、その場の全員が同意できた。

「この三人が怪しいと踏んでたんだが、見込み違いだったとはな」ドロッセルマイアーが顔を顰《しか》めた。

「どうして、この三人が怪しいと思ったのですか？」スキュデリが尋ねた。

「クララに脅迫状が届いていたのだ。おそらく友人関係のこじれが原因じゃないかと推測していた」

「その脅迫状の犯人捜しをビル一人に任せていたのですか？」

「仕方がないだろ」ドロッセルマイアーは肩を竦《すく》めた。「ビルの相談役をコッペリウスに依頼したが、断られてしまったのだ」

「コッペリウスさんは弁護士としては優秀かもしれませんが、ビルの相談役としてはどうでしょうかね。ねえ、ビル、コッペリウスさんと組みたい？」

「組みたくないよ」ビルは首を振った。「あの人、なんだか怖いんだ」

「ビルが嫌がっているのなら、なおさら相談役に付けるのは無理だ」ドロッセルマイアーが言った。

「本来はあなたが直接捜査するのが筋ではないのですか、ドロッセルマイアー判事？」

「わたしが捜査だと？　そんな暇はない。無理だ」

「そうでしょうか？　わたしにはあなたが直接捜査を行わないのは何かの理由があってのことだと思えます」

「面白いことを言う。どんな理由だ？」

「それはまだわかりません。捜査をすれば、おいおいわかるかもしれませんがね」

「なるほど。では、ビルの捜査の進展に期待することにしよう」

スキュデリは不安そうにしているビルをしばらく見つめていた。「ビル、あなたの知性は信頼できるの？」

「僕のはわからないけど、井森は信頼できると思う。死んじゃったけどね」

「残念だが、捜査はここまでだな」ドロッセルマイアーは打ち切りを宣言した。

「ちょっと待ってください。一つ提案があるのですが」スキュデリは言った。

「マドモワゼル、それは建設的なことかな？」

「もちろんです。ビルと共にわたしを捜査に参加させてください」

「それが建設的だと？」

「少なくとも、事件を中途半端に放置するよりは遙かに建設的です」

「あんたは犯罪捜査に関しては、ずぶの素人に過ぎない」

「あなたは気のいい蜥蜴を捜査官に選びました。わたしの洞察力が蜥蜴以下だとおっしゃりたいのですか？」

ドロッセルマイアーは考え込んだ。普段は様々なことを速断する彼が相当悩んでいる様子だった。

「わたしを捜査官に選ばない理由を探しているのですか？」

ドロッセルマイアーは非常に不愉快そうな表情をした。「なぜ、わたしがそんな理由を探さねばならないんだ？」

「あなたはビルに捜査を任せました。まるで、捜査がうまくいかないことを望んでいるかのようです」

「まさか！」

カーニバルの見物客から野次馬に転じた人々は一斉にドロッセルマイアーを見つめた。

ドロッセルマイアーはポケットからくしゃくしゃになったハンカチを取り出し、額の汗を拭いた。「なるほど。あんたはわたしに何かの罪を着せようとしているようだ」

「それはあなたが勝手に思っていることです」

「わたしがあんたを捜査官に任命したら、その疑いは晴れると考えていいんだろうな？」

「それはわたしが決めることではありません。しかし、皆がわたしの洞察力が充分であると考えているとしたら、あなたに掛けられた無用な疑いは晴れることでしょう」

「わたしに疑いが掛けられていること自体、全く納得がいかない。だが、ここでくどくど弁明するよりも、あんたを捜査官に任命する方がてっとり早いようだ。いいだろう。マドモワゼル・ド・スキュデリ、あんたをビルの相談役兼捜査官に任命する」

「ありがとうございます、ドロッセルマイアー判事」

「では、失礼する。わたしは仕事で忙しいのだ。このような些事にこれ以上関わっている時間はない」ドロッセルマイアーはその場を立ち去った。

「マドモワゼル・ド・スキュデリ、あなたは僕の味方なの？」

「ええ。そうよ、ビル」

「じゃあ、教えて頂戴よ。僕はこれから何をすればいいの？」

「一番大事なのは、クララが本当に殺されたかどうかを確認することよ」

「それにはどうすればいいの？」

「両方の世界で何が起きたかを調べるのよ。こちらの世界では……そうね。クララの知り合いに虱潰《しらみ》しに訊いて回るしかないわね」

「わかった。クララの知り合いに訊けばいいんだね」

「ドロッセルマイアーも含めてね。それから、向こうの世界——地球でも、調査が必要ね」

「何を調べればいいの？」

「クララのアーヴァタールの遺体の調査が必要だわ。ひょっとしたら、わたしにも可能かもしれないわ。……あの夢が地球の夢だとしたら」

8

井森は落とし穴の前に立ち尽くしていた。

いったい何が起きたのか、しばらく理解できなかった。てっきり死んだかと思ったのに、いつものようにベッドで目覚めたのだ。

昨日の行動をみんなに訊いて回ったが、特に妙なことはなかったらしい。

井森はドロッセルマイアーの教授室を訪れた。

「ビルが妙なことを言っていたが、くららが亡くなったというのは本当なのか？」井森の顔を見るなり、ドロッセルマイアーは尋ねた。

「確かに、くららさんが亡くなったという記憶はあります。しかし、その後で僕も死んでしまったはずなのです」

「事故はあったが、一命は取り留めたということではないのか？　もしくは、全部が夢か幻覚ということはないか？」

「僕は確かに落とし穴に落下しました。仮にあの状態で、死ななかったとしても、相当な重傷を負っているはずです。しかし、僕はどこも怪我をしていません。全てが夢か幻覚ということも僕の実感からはあり得ません。しかし、それについては、今から現場に行って、幻覚でなかったことを確認しようと思います」

「もし、おまえが本当に死んだのなら、こう考えられないか？　つまり、おまえが死んだとしても、本体であるビルが生きているため、おまえという存在が死ぬ前にリセットされたと」

「『死んでしまうとは情けない』というやつですね」

「何だ、それは？」

「知らないのなら、構いません。説明する程のことではありませんから」井森は言った。「僕がリセットされたというのはどういうことなんでしょう？　僕の死体が消滅して、僕のベッドの上に僕の生きている肉体が再構成されただけなのか。それとも、僕の死そのものがなかったことにされ、世界全体が再構成されたのか」

「前者の方がありそうに思えるな。しかし、本当にそうだろうか？　世界の整合性を考えるなら、後者の方かもしれない」

「整合性って何ですか？」

「つまり、おまえの死体が消えて、突然生きているおまえが湧いて出たとしたら、それは超常現象だ。しかし、最初からおまえは死ななかったということにしてしまえば、超常現象も起こさなくて済むという訳だ」

「死んだ人間が生き返った時点で超常現象でしょう」

「だから、最初からおまえは死ななかったことになっているんだ」

「では、あの時何が起きたことになっているのでしょうか？」

「それはわからない。もし、くららもおまえと同じ状態——ホフマン宇宙におけるクララが生きている——だとしたら、おまえと同じく再構成されて生きているだろう。もし、ホフマン宇宙のクララが殺されたとしたら、この世界のくららの死もまた真実だということになる。遺体、もしくは彼女の死の証拠が現場で見付かるはずだ」

「くららが事故に遭ったという連絡はありましたか？」

「それはない。だが、単に連絡が来ていないだけかもしれない。くららはまだ事故の現場で静かに横たわっているのかもしれない。もしくららが死んでいたら……」ドロッセルマイアーは井森の胸倉を掴んだ。「おまえの仕事は失敗したということになる。どう責任をとるつもりだ？」

「責任論を出すのはおかしいでしょう」井森はきっぱりと言った。「僕はくららを助けるつもりでいました。しかし、それは失敗に終わったかもしれません。それでも、僕は捜査を続けます。犯人を見付けることが僕の責任です」

「もしくららが死んでいたとしたら、犯人を捕まえても、もう戻ってこない」

「それも理解しています。しかし、僕は必ず犯人を見付けると誓います」

井森は教授室を後にして、落とし穴の現場に向かった。

現場に着くと、落とし穴は現実に存在していた。

一辺は一・五メートル程、深さは三メートル以上はあった。冗談で作れる大きさではない。この辺りは大学の敷地に隣接した森林公園で、夜は人通りが途絶えるだろうから、その間に作ったのだろうか？　それにしてもこんなものを作るのは多人数で何日も掛かるだろう。

井森は慎重に近付き、穴の縁《ふち》から中を覗いた。

深い上に薄暗くてよくわからないが、尋常でないぐらいの数の先の尖った杭が突き出していた。それは明確な殺意以外の何物でもなかった。

スマホを懐中電灯代わりにして、穴の奥を照らしてみた。

杭の先端にべったりと血が付いていた。茶色くなりかかっているが、それほど古いものではなさそうだ。

昨日、あそこに落下したのは、くららと井森の二人だ。だとしたら、あの血は二人の血だということになる。しかし、現時点で井森は怪我をしていない。怪我をしていないのに、血だけが残っているというのもおかしな話だ。そう考えると、あれはくららだけの血なんだろうか。あの杭を警察に持っていってDNAを解析して貰《もら》えたら、くららの血かどうかわかるかもしれない。

井森は安全に穴の底に降りる方法がないかと考え込んだ。

「あんた、警察に連絡しようなんて馬鹿なこと考えてないでしょうね」

突然、すぐ近くで女の声がしたので、驚いた井森は危うく穴の中に落ちそうになった。

すぐ横に腕組みをして立っている女性がいた。年齢は三十代前半といったところだろうか。

「どなたですか？」井森は尋ねた。

「わたしは新藤礼都《しんどうれつ》」女性は答えた。

「名前を訊いている訳じゃないんですが」

「わたしの肩書を訊いてるの？　そんなものないわよ」

「そういうことでもないんですが……」

「じゃあ、わたしの何を知りたいの？」

「そう言われると、迷いますね」

「じゃあ、考えを纏《まと》めてから言って頂戴」

「ええと」井森は考えを纏めようと、必死になった。「あなたは僕のことを御存知なんですか？」

「ええ」

「どうして、御存知なんですか？」

「ドロッセルマイアーに聞いたから」

「教授を御存知なんですか？」

「ええ」

「どういった御関係で？」

「ちょっとした知り合いね」礼都は煙草《たばこ》を取り出し、火を点けた。

「道端で吸うんですか？」

「どこで吸おうが、わたしの勝手よ」

「でも、灰皿ないですよ」

礼都は穴の中に灰を落とした。

「うわっ。何するんですか？」

「穴の中に灰が落ちて、誰が迷惑するというの？」

「でも、現場の保存は犯罪捜査の鉄則じゃないですか」

「この穴は捜査の対象にならないから大丈夫」

「どうしてですか？　殺人が行われたかもしれないのに」

「あんたが警察に通報しなかったら、誰も気付かないからよ」

「どうして、僕が通報しないと決め付けるんですか？」

「こちら側の世界で捜査したって、意味ないのがわからないの？　犯罪は向こう側で起こってるのよ」

「ということは、ホフマン宇宙と地球の関係を御存知なんですね」

「それを知らない人間に、ドロッセルマイアーがあんたの手助けを依頼すると思う？」

「ドロッセルマイアー先生があなたに僕の手助けを依頼したんですか？」

「ええ」

「どうしてですか？　僕が依頼したのはビルの相談相手だけなのに？」

「あんたも頼りないと判断されたからじゃない？」

「僕が頼りない？」

「現に殺されちゃったじゃない」

「あれは事故ですよ」

「そんなことは知らないわ。確かなのは、ドロッセルマイアーはあんたも本質的にはビルと同じだと判断したってことよ」

「それは凹《へこ》みますね」

「凹んでる暇があったら、クララを殺した犯人を見付けなきゃならないわ」

「まだ、クララが殺されたと断定するのは早いでしょ」

「実際に殺されたかどうかは別にして殺されたとして捜査を開始するの。殺されたかどうかを確認するなんて時間の無駄よ。時間と手間をかけてクララが殺されたことを実証して、それから犯人捜しを始める訳？」

「でも、もしクララが殺されてなかったらどうするんですか？」

「それはそれで喜ばしいことじゃない」

「わかりました。だったら、なおさら警察にこの落とし穴のことを通報しなくては？」

「物わかりが悪いわね。そんなことに何の意味があるの？」

「もし、クララが殺されたとしたら、地球でのくららも死んだはずです」

「そうよ」

「だとしたら、ここに遺体があるはずです」

「そうよ」

「つまり、誰かが持ち去ったということになります」

「そうよ」

「持ち去った人間はクララについて何か知っている可能性が高いのです」

「そうよ」

「警察の協力があれば、持ち去った人物の特定が容易になります」

「そうよ」

「だから、僕は警察に通報します」

「駄目よ」

「どうしてなんですか？」

「あんた、警察にどう説明するつもりなの？」

「えっ？」

「くらが落とし穴に落ちて串刺しになったのを見たって言うつもり？」

「まあそう言うしか……」

「どうして、今まで放置していたの？」

「それは僕も一緒に落ちて……」

「自分も串刺しになったって言うの？」

「いや。それは無理がありますね」

「不自然じゃない説明ができるの？　あの血を鑑定して、もしくららの血だとわかったら、第一被疑者はあんたよ」

「それはおかしいでしょ」

「落とし穴の底の杭にくららの血が付着していて、くららが落下したのを見たと言っている目撃者の証言はしどろもどろで理屈に合わない。あんたが警官だとしたら、誰を疑う？」

「確かに。まずいですね」

「まずいわよ。わたしは別に構わないけど」

「でも、僕が通報しなくても、誰かが血に気付くんじゃないですか？」

「わざわざここまでやってきて、穴の底に懐中電灯を向けて、ひょっとしてあの赤いのは血じゃないかと疑う人がいるって？」

「……いないかもしれませんね」

「あと二、三回雨が降れば、血は流されて、上からは殆《ほとん》どわからなくなるわ。だから、通報者が出ることは気にしなくてもいいの」

「じゃあ、これからどうするんですか？」

「もちろん、くららの遺体を持ち去った犯人を捜すのよ。警察抜きでね」

「つまり、僕たちだけでってことですか？」

「いいえ。あんた一人でやるのよ。わたしは相談に乗るだけ。そういう約束だから」

井森は自分がいつの間にかだんだんと口が締まっていく罠の中に入り込んでしまったような気がした。

9

「すぐにでも捜査を始めるとばかり思っていたのだが、マドモワゼル」ドロッセルマイアーは不服気に言った。

「ええ。すでに始めてますよ」スキュデリは答えた。「だからこそ、あなたのお宅を訪問しているのですよ」

「わたしへの疑いはすでに晴れたはずだが？」

「あなたへの疑いが晴れた訳ではありません、判事。わたしを捜査官に選ばなかった場合よりはいくぶん薄まった程度ですよ」

「それは話が違うのではないか？」

「どうしたのですか？　わたしがあなたの周辺を嗅ぎまわるのが嫌なのですか？」

「もちろん、そんなことはない。ただ、わたしにも仕事があるということだ。いつでも、あんたの相手をできる訳ではない」

「しかし、今は緊急事態ですよ」

「緊急事態？」スキュデリはドロッセルマイアーの目を見つめた。「クララが行方不明になったのが緊急事態ではないとおっしゃるのですか？」

「いや。もちろん、重大事件ではある。しかし、果たして緊急だろうか？」

「人ひとりの命が掛かっているというのに？」

「それは本当か？　彼女の命に危機が迫っているという確かな証拠でもあるのか？」

「ホフマン宇宙の人物と地球の人物の間にはある種のリンクがあり、互いの世界を夢と認識している。そして、ホフマン宇宙で誰かが死ぬと地球でもそのアーヴァタールの誰かが死ぬ。間違いありませんね」

「うむ。間違いない」

「一方、蜥蜴《とかげ》のビルは地球で、クララのアーヴァタールであるくららという女性の死亡を確認した。これも間違いありませんね」

「ビルの証言が正しいと仮定しての話だがな」

「ビルの証言に信憑性《しんぴょうせい》がないということですか？」

「いや。今回の場合は、状況からしておそらく本当だろう。ただし、くららの遺体は確認できていない」

「何者かが持ち去ったと考えるべきですね」

「おそらく、くららを殺害した人物と関係があるのだろう」

「もし、クララが殺されていたとしたら、その結果としてアーヴァタールであるくららが死亡したと考えられます」

「もしくは、くららの殺害は地球のみで完結する事件なのかもしれない。現に、井森も殺されたはずだが、ビルはぴんぴんしとる」

「その点をはっきりさせるためには、ホフマン宇宙で、クララを見付け出す必要があります。もしくは、クララの遺体を」

ドロッセルマイアーはぴくりと片方の眉を上げた。「できれば生きて見付かって欲しいものだ」

「つまり、クララを発見するのは緊急案件だということです」

「いや。それは納得できんな」

「どうしてですか？　クララの生死が掛かっているのに？」

「クララが生死不明なのは間違いないが、捜査に彼女の生死が掛かっている訳ではないからだ」

「どう違うのですか？」

「可能性は二つ。一つは、ホフマン宇宙でクララが殺され、その結果として地球でくららが死んだというもの。もう一つは、ホフマン宇宙でクララは生きており、地球でくららが単独で殺されたというもの。ここまではいいかな？」

「はい。今、議論したところですから」

「前者だった場合、クララはすでに殺害されているということになる。したがって、もはや緊急性はない。異論はあるか？」

「いいえ」

「後者だった場合、クララは殺されず、無事だということになる。したがって、この場合も緊急性はない。証明終わり」

「いえ。そういう訳にはいきません」スキュデリは言った。

「なぜだ？」

「クララには脅迫状が来ていたそうですね」

「ああ。間違いない」

「そして、あなたは相談を受けていた」

「判事なのでね。専門家だ」

「脅迫を受けていた人物が失踪した場合、どんな可能性が考えられますか？」

「殺害された可能性が考えられる」

「それ以外の可能性は？」

「さあな。たまたま家出したか？」

「その可能性もゼロではありませんが、まず考えなければならないのは、犯人に拉致《らち》された可能性と犯人から逃れるため自ら姿を隠している可能性です。どちらも、クララの身に危険が迫っていることになります」

「彼女がそんな事態に陥《おちい》っているという、何か証拠があるのか？」

「証拠は不要です。もし彼女が危機に陥っているとしたら、緊急捜索を行わないと命の危険が増すことになります。一方、身の危険がない場合に、緊急捜索を行っても、損失は僅《わず》かです。緊急に捜索を行うのは論理的に筋が通っています」

ドロッセルマイアーは苦虫を嚙み潰したような顔をした。「よかろう。それで、わたしに何を訊きたいんだ？」

「単刀直入に訊きます。彼女が潜《ひそ》んでいるとしたら、どこだと思われますか？」

「全く見当も付かん。もしまだ彼女が殺害されていないとしたら、逃げ隠れするよりも、わたしに保護を求めるだろう」

「もし、クララがあなたを疑っていたとしたら、どうでしょうか？」

「もう一度訊く。わたしを疑う理由が何かあるのかね？」

「何もありません。そして、疑わない理由もありません」

「疑わない理由のある人間は無数にいると思うが」

「ええ。でも、全員を調べる訳にはいきません。自《おの》ずと優先順位が付きます」

「それはあんたの好き嫌いで決まっている順位かな、マドモワゼル？」

「好き嫌いとは少し違いますね。勘といえばいいでしょうか」

「勘！　あんたは勘でわたしを疑っているのか？」

「最初は勘に頼るしかありませんからね。勘で目星を付けた人物を順番に洗い出す過程で真実に至る証拠を見出す。それが捜査というものです」

「随分原始的に聞こえるが……」

その時、ドアを勢いよく開けながら、ビルが飛び込んできた。

「大変だ！　大変だよ、マドモワゼル・ド・スキュデリ！　それと、ドロッセルマイアー！」

ドロッセルマイアーは舌打ちをした。

「事件が起きたんだよ。ナターナエルが死んだんだ」

ドロッセルマイアーは片眉を上げた。

「ビル、落ち着いて話して頂戴。ナターナエルはどうして死んだの？」

「彼は殺されたんだよ、マドモワゼル・ド・スキュデリ！」

「おいおい。連続殺人か。勘弁してくれよ」ドロッセルマイアーが言った。

「えっ？　連続殺人なの？」

「いいえ、ビル。ドロッセルマイアー判事の言うことは気にしないで、ナターナエル以外には誰も殺されたと決まっていないので、これは連続殺人ではないわ」

「いいや、連続だ。少なくとも、くららと井森が殺されている」ドロッセルマイアーが反論した。

「今のところ、あれは事故以外のなにものでもありません。仮に殺人だったとしても、たまたま連続で起きた殺人を連続殺人と呼んでしまうと、余計な先入観を持ってしまいます。二つの殺人事件は別物という前提で捜査すべきです」

「たまたまビル自身のアーヴァタールや知り合いが次々と事故死したと主張したいのか？　馬鹿馬鹿しい」

　スキュデリはドロッセルマイアーを無視した。「それで、ナターナエルが誰に殺されたかはわかってるの？」

「もちろんさ。ナターナエルは自分に殺されたんだよ、マドモワゼル・ド・スキュデリ」

「自分というのは、彼自身――つまり、ナターナエルのことかしら、ビル？」

「もちろんだ。ナターナエルはナターナエルに殺されたんだよ」

「それは分身とか、幽体離脱とか、ドッペルゲンガーとかの不思議な現象が起きたと言ってるの？　それとも、単なる自殺という意味なの？」

「幽体離脱とか、ドッペルゲンガーとかって何？」

「いちいち説明するなんて面倒なことは誰もしないぞ、蜥蜴」ドロッセルマイアーが言った。

「ビル、幽体離脱というのは魂や心が身体から抜け出して、彷徨《さまよ》う現象よ。ドッペルゲンガーというのは自分とそっくりなもう一人の自分のことよ」スキュデリはドロッセルマイアーに構わずに言った。

「うん。わかったよ。本当はよくわからなかったけど」ビルは言った。

「で、ナターナエルの場合はどっちだったの？」

「ナターナエルは自殺したんだ」ビルはぽつりと言った。

「いったい何があったの？」

「市役所の前を歩いている時に、ナターナエルは突然、市役所の塔に上ることを思い付いたみたいなんだ。まるで、誰かと話しているような感じで、どんどん塔を上っていったんだ。そして、てっぺんに着いたら、ポケットから望遠鏡を取り出したんだ」

「コッポラの望遠鏡だな。あいつがナターナエルに売り付けているのを見た」ドロッセルマイアーが言った。

「望遠鏡で景色を見ていたかと思うと、突然飛び跳ねて大笑いを始めたんだ。そして、『木の人形、回れ。木の人形、回れ』と叫んだんだ。それで、ナターナエルの様子を見ていた友達が慌てて、塔に上ったんだ」

「誰だ？」ドロッセルマイアーが尋ねた。

「ロータルとか言っていた。何かクララのことで言い合ってたみたいだった」

「それは確かなの、ビル？」

「う〜ん。なんか言ってたような気がするんだ」

「あなたどこにいたの、ビル？」

「塔の下だよ。地面の上さ」

「そこから屋上の声はよく聞こえたの？」

「あんまり聞こえないんだけど、時々聞こえる単語を元に想像を膨らませるんだ」

「わかったわ。話を続けて頂戴、ビル」

「ナターナエルは『火の輪、回れ。火の輪、回れ』とか『綺麗な目ん玉。綺麗な目ん玉』とか叫ぶとそのまま飛び降りたんだ。舗装された地面にぶつかった途端、ナターナエルの頭は砕けたんだ。赤いぶつぶつが綺麗に広がっていた。それを見て、コッペリウスは満足そうに頷くと、その場を去ったんだ」

「ちょっと待って。現場にコッペリウスがいたの？」

「うん。そう言わなかったっけ？」

「言ったわよ、ビル。でも、突然出てきたから、ちょっと驚いたのよ」

「突然、出てきたんじゃないよ。ずっと、下から見ていたんだ。ナターナエルが塔の上で踊り出した時には、大笑いしていたよ」

「ナターナエルもコッペリウスに気付いたのかしら？」

「うん。気付いたと思うよ。コッペリウスと目が合った途端、飛び降りたから」

「ビル、コッペリウスをすぐここに呼んできて。訊きたいことがあるの」スキュデリが言った。

「うん。わかったよ」ビルは飛び出していきそうになった。

「待った!!」ドロッセルマイアーが叫んだ。「それは駄目だ」

「なぜですか、判事？」

「あんな気味の悪いやつを家の中に入れたくない」

「でも、気味悪さではあなたもいい勝負だよ、ドロッセルマイアー」ビルが言った。

「ビル、なんでもかんでも正直に言っていいものではないのですよ」スキュデリはビルの耳元で囁いた。

「聞こえてるよ、マドモワゼル」ドロッセルマイアーが言った。

「あら。失礼」

「ねえ。わざと聞こえるように言ったの？」ビルが尋ねた。

「だから、なんでもかんでも正直に訊いていいものではないのですよ」スキュデリは窘《たしな》めた。

「とにかく、気味の悪いやつはこの家には入れない。もちろん、わたしを除いてだ」

「わかりました」スキュデリは言った。「それでは、わたしたちの方から出向くことにしましょう。御一緒にどうですか、判事？」

「気味の悪い弁護士と気味の悪い蜥蜴と底意地の悪い女流作家と話をするだって？　それは御免蒙《こうむ》る」ドロッセルマイアーは不気味な口をへの字に曲げた。

「わかりました。ビル、二人でコッペリウスの家に行きましょう」

コッペリウスの家には小一時間程で着いた。

ノックをすると、すぐにドアが開いた。

ドアの向こうは真っ暗で、その奥に大男の姿がぼんやりと浮かび上がっている。

「コッペリウスさん？」スキュデリが尋ねた。

大男の影は頷いた。

「訊きたいことがありますの。外に出ていただけますか？」

「訊きたいことがあるなら、そこで言え。わざわざ外に出る気にならん」

スキュデリは考え込んだ。

「どうしたの、マドモワゼル・ド・スキュデリ?」ビルは尋ねた。

「明るい外から暗い家の中を見たら、コッペリウスの表情がよく見えないのよ」

「コッペリウスの表情が見たいんだね。ファンなの?」

「違うわ、ビル。質問に答える時の表情が大事なのよ。その言葉が嘘かどうか、そして他にも大事なことを知っているか、などを推し量るのにね」

「じゃあ、そう言って、コッペリウスに頼んでみる?」

「『あなたの言葉が嘘かどうか、判断が付きやすいように外に出てくださる?』って? いいえ、ビル。こっちの手の内を常に明かすのはあまり賢いやり方ではないわ」スキュデリはコッペリウスの方を向いた。「コッペリウスさん、では、わたしたちがお宅の中に入って、いくつか質問させて貰《もら》っていいですか?」

「おまえたちが?……いいだろう。だが、中でこそこそ嗅ぎまわるのはなしだ。ここはわしのプライベートな場所なのだから」

「承知しました」スキュデリは答えるや否や家の中に入った。

ビルも後に続く。

「ちょっと待て。その気持ちの悪い蜥蜴も入ってくるのか?」

「もちろんですよ、コッペリウスさん」

「そいつは駄目だ」

「どうしてですか?」スキュデリは尋ねた。

「蜥蜴はちょろちょろと狭いところに入り込んで、出てこなくなる。そして、餌も水も見付からず、結局何か月か経って、便所の隅とかで干からびて見付かるんだ。そんな不快なことは真《ま》っ平《ぴら》だ」

「ビル、あなた、この家の中でちょろちょろと狭いところに入り込んだりしないわよね？」

「えっ？　ちょろちょろと狭いところに入り込んじゃいけないの？」

「やっぱり、入り込むつもりだったんだ」コッペリウスが言った。

「そんなところに入り込んだら、干からびてしまうわよ。干からびたら、コッペリウスさんに迷惑でしょ」スキュデリが注意した。

「じゃあ、入り込んでも、干からびなければいいの？」

「さあ。それはどうかしら？」

「駄目に決まってるだろ！」

「ビル、今回は入り込むのは我慢して頂戴な」

「わかったよ」ビルは頷いた。「ところで、入り込まなかったら、干からびてもいいの？」

「さあ。それはどうかしら？」

「それも駄目だ！」

「それも駄目だそうよ、ビル」

「そうか。じゃあ仕方ないね。狭いところに入り込むのも、干からびるのも諦めることにするよ」

「お入りなさい、ビル」スキュデリが言った。

「えっ？　わしはまだ許しては……」コッペリウスは慌てて言った。

「もう入ってしまいましたよ、コッペリウスさん」

「すぐに出ていかせろ」

「でも、わたしが出ていけなんて言ったら、この子はへそを曲げて狭いところに入ってしまうかもしれませんよ」

「それに、干からびるかも」ビルが付け足した。

「わかった。じゃあ、さっさと質問をして帰ってくれ」

「質問をしただけでは帰れませんよ。あなたから答えを貰わなくては」

「わかった。答えてやるから、早く質問しろ！」

「コッペリウスさん、あなたはナターナエルの死に関係していますか？」

「そんな曖昧な訊かれ方をしても答えられないだろ」

「なるほど」スキュデリは微笑んだ。「では、質問を変えます。あなたはナターナエルを殺しましたか？」

「ちょっと待ってくれ。……ええと……。ノーだ」

「そんなに考えないと答えられないのですか？」

「『殺す』という言葉の定義とか、その辺りを正確に考えただけだ」

「一般的には、『ある人物を殺したか』と尋ねられた場合、殺してないなら、『殺してない』と即答できるもんじゃないですか？」

「そんなやつらはとてつもなく決断力があるか、論理的でないかどちらかだ」

「もう一度お尋ねします。あなたはよく考えないと自分がナターナエルを殺したかどうかわからないということですか？」

「普通そうだろう」

「そもそも、普通の人なら、『あなたはナターナエルの死に関係していますか？』という質問にも即答するはずです。多少曖昧であっても、自分がナターナエルの死に責任がないなら、『関係ない』と答えるのが人情というものでしょう」

「わしは論理性を売り物にしている弁護士だ。一般人と物事の捉え方が違って当たり前だろう」

「それで、あなたはナターナエルに何をしたんですか？」

「たいしたことはしていない」

「それはクララと関係があることですね？」

コッペリウスの目付きが変わった。「ばばあ、どこまで知ってるんだ？」

「何も知りません。ただ推測しているだけです」

「だったら、わしがぺらぺらと喋る必要はないな」

「もしあなたが喋らないなら、わたしはわたしの推測した内容をドロッセルマイアー判事に伝えるだけです。彼なら、強制的に捜査を行う権限があるでしょうから、もしあなたが悪事をしていたのなら、全て明るみに出ることでしょう」

「ドロッセルマイアーに捜査の口実を与えるのはまずい」コッペリウスは焦っているようだった。「もしわしが捜査協力をしたなら、ドロッセルマイアーに告げ口するのはやめてくれるか？」

「ええ。もちろん」

「だが、問題はこいつだ」コッペリウスはビルを指差した。「こいつはとても口が軽いに決まっている」

「それなら、心配ないよ」ビルが答えた。「確かに、僕は口が軽いけど、ドロッセルマイアーは僕の言うことをいちいち真に受けたりしないから」

「確かに、たかが蜥蜴の言うことなんか気にするやつなんているはずがない」コッペリウスはほっとしたようだった。

「それで、あなたはナターナエルに何をしたんですか？」

「たいしたことはしていない。ただ、ちょっとからかうために脳を弄《いじ》っただけだ」

「それ以上にたいしたことには滅多に出くわしませんけどね」スキュデリは呆れたように言った。「それで、具体的にはどういうふうに弄ったのでしょうか？」

「妄想を一つ与えた」

「妄想？」スキュデリが言った。

「わかった。オリンピアを本当の人間だと思い込ませたんだ！」ビルが言った。

「残念だが、それはわしの企んだことじゃない。あいつが勝手にオリンピアを生身の人間だと勘違いして恋をしたのだ」

「オリンピアって、ロボットにしては可愛いよね。あの綺麗な目玉はあなたが作ったんでしょ」ビルが言った。

「ああ。オリンピアの目玉は最高傑作だ」

「弁護士のあなたが目玉作りなんて職人のような真似をなさるとは不思議ですね」

「全く不思議ではない。そこの蜥蜴は知っているが、わしは晴雨計売りでもあるのだよ」

「その時はコッポラっていうんだよ。コッペリウスじゃなく」ビルが補足した。

「ナターナエルをからかうためには、全く労を厭《いと》わないのですね」スキュデリは溜め息を吐《つ》いた。

「コッペリウスには、もう一つ砂男《すなおとこ》っていう秘密の名前があるんだよ」ビルが言った。

「蜥蜴よ、あまりいい気になっていると、足元をすくわれるぞ」コッペリウスは凄んだ。

「ビルを脅《おど》す前に、まず訊かれたことに答えてください」スキュデリは言った。

「わしはナターナエルにわしが彼の父親を殺したと思い込ませたのだ」

「なぜ、そんなことを？」

「そうすれば、ナターナエルは秘密を知っている自分もまたいつか砂男に殺されると恐怖することになる」

「だから、なぜそんなことを？」

「ナターナエルのような生真面目で気の小さい男は死の恐怖に耐え切れず、必ず心が壊れてしまうに決まっている。わしは人間の心が壊れていくのを見るのが大好きなのだ」

「現場にはロータルもいたようですね」

「あいつには、クララの兄という役回りを与えた。大事な妹をナターナエルに傷付けられた可哀そうな兄だ。因《ちな》みに、ナターナエルに自分がクララの恋人だという記憶を植え付けたのはわしではない。ドロッセルマイアーだ」

「その結果、彼らは憎しみ合い、苦しんだのですね」

「なかなかの見ものだったが、ナターナエルが意気地なしだったので、せっかくの賭けが台無しになった」

「ナターナエルの死はあなたに責任があるのではないですか？」

「まさか、あいつは勝手に自殺したんだよ。わしはナターナエルが自殺するようには調整しなかった」

「やろうと思えばできたのですか？」

「いいや。わしにできるのは妄想を移植することだけだ。もし、ナターナエルに自殺しないという強い意志があったなら、それを覆《くつがえ》すことは不可能だ」

「つまり、自殺はナターナエル自身の責任で行われたと主張されるのですね」

「当然だ。他人の手で行われたのなら、それは自殺ではなく他殺だ」

　スキュデリは悲しそうに首を振った。「残念ですが、コッペリウスさんにナターナエルの死の責任を問うのは難しそうですね。もし、彼の責任を問うのなら、自殺を行った人物の気分を

「くらが穴に落ちるのを見た後、助けようとしたところ、後ろから誰かに殴られて昏倒した、

「もし、遺体が見付かったら、どうするの？　ちゃんと言い逃れの方法を考えてる？」

「だけど、遺体がないと立件はできないでしょう」

「その話を何度蒸し返す気？　警察に連絡したら、まず疑われるのはあんたよ」礼都《れつ》は顔を顰《しか》めた。「こんな単純なこと理解できないなんて言わないで」

「やっぱり、警察に頼った方がいいですよ」井森は弱音を吐いた。「そうすれば、防犯カメラの映像を活用できるし」

10

「砂男が犯人であるとはいえない。だけど、彼の疑いはまだ晴れていないわ」スキュデリは言った。

「ねえ、マドモワゼル・ド・スキュデリ、コッペリウスは犯人じゃないの？」ビルは尋ねた。

二人はコッペリウスの家から立ち去った。

「わたしが残念なだけです」スキュデリは言った。「では、今日はこれで失礼します」

「なぜ、残念なのだ？　無実の者が罪に問われないのは当然のことだ」

滅入らせた人物全員の責任を問わなくてはならなくなります」

ということでしょうか？」

「殴られた跡はどこにあるの？」

「じゃあ、新藤さん、そこらに落ちている枝で、僕の頭を軽く殴っといてくれますか？」

「軽くじゃ駄目よ。気絶するぐらいの傷じゃなきゃ、ばれるわ。というか、完璧に疑われるわ」

「じゃあ、ちょっと強めに」

「バットか何かで殺す気で殴らなきゃ駄目よ。骨にひびが入るか、少なくとも出血しなきゃ信じて貰《もら》えないわ」

「そんなことしたら、本当に死んでしまうかもしれないじゃないですか」

「そうよ。犯人があんたを気絶させるぐらいの勢いで殴ったというのは、あんたに対して殺意があったと解釈できるのよ」

「まあ、そういうことでしょうね」

「だとしたら、どうして止めを刺さなかったの？」

「それは犯人に訊いて貰わないと……」

「そうやって、逃げる気？　くららは念入りな罠を仕掛けて殺害したのに、あんたの殺害はそんなに杜撰《ずさん》だなんて不自然でしょう」

「だから、僕に目撃されるのは想定外だったとか」

「くららは落とし穴に落ちて死んだんだから、あんたは犯人を目撃してないんでしょ。犯人がわざわざあんたを口封じする意味はないじゃないの」

「でも、何の取っ掛かりもないですよ」

「そんなことはないんじゃない？　地道に目撃者を探すのを諦めるのはまだ早いわ」

「警察に頼れないとしたら、もう打つ手がないじゃないですか」

「そうよ」

「それは心神喪失的な意味ですか？」

「くらら殺害の犯人だという疑いが濃くなるかもね。ただし、無罪になる可能性も高くなるけど」

「だとしたら、僕はどうなるんですか？」

「わたしは絶対に証言しない。ホフマン宇宙のことを話しても、あんたの個人的な妄想だと思われるだけよ」

「包み隠さず全部話しますよ。あなたやドロッセルマイアー先生にも証言して貰えれば」

「警察は込み入った事情は知らないわ」

「だから、警察ですよ」

「何言ってるの？　あんたが警察に拘束されたら、捜査は誰がするの？」

「もう、それでもいいんじゃないかと思うんですよね」

「そんな屁理屈を考えても仕方がないのよ。警察が不自然だと感じた時点であんたは被疑者になる」

「犯人は動転していたとか」

「誰かこの付近に知り合い、住んでないの?」

「知り合い……あっ!」

「どうしたの?」

「知ってるわ。いました。諸星隼人《はやと》っていう人です」

「知ってるわ。それって、くららが家庭教師をしていた家の人でしょ」

「はい。くららさんの教え子の義理のお兄さんです」

「正確な関係はどうでもいいわ。でも、その人に話を聞くのは無理よ」

「どうして無理だと決め付けるんですか?」

「あんた、知らないの?」

「何の話ですか?」

「ちょっと待って。ちょうど読んでた新聞に載ってたはずよ」礼都は鞄の中から新聞を取り出した。「この記事見て」

「えっ? 一〇二四便の墜落の記事ですか?」井森は目を丸くした。

「先日、旅客機が墜落したの」

「知ってます。旅客機が球電だか隕石だかにぶつかって、翼が吹き飛んで墜落したってことですよね」

「諸星隼人はあの飛行機に乗ってたのよ」

「まさか」井森は口をあんぐりと開けた。

「そのまさかよ。凄まじい事故で、生存者は一人もいないってことよ」

「それも知ってます。でも、諸星さんが乗ってたなんてあり得ない」

「じゃあ、わたしが嘘を吐《つ》いてるって言うの⁈　冗談じゃないわ！　ちゃんと、乗客名簿にも載ってたし、ドロッセルマイアーにも確認したんだから」

「もし諸星さんがその飛行機に乗ってたなら、生きているはずがない」

「そうよ。さっきから何度も言ってるじゃない‼」

「じゃあ、あの人は誰ですか？」井森は震える指で、十数メートル離れた場所にいる人物を指差した。

礼都は井森が指差す方向を見た。「誰？」

「諸星さんです」

「嘘」

「嘘じゃありませんよ」

「じゃあ、一緒に来なさい」礼都は諸星に向かってすたすたと歩き出した。

井森も慌てて後に続く。

諸星は井森に気付いて会釈《えしゃく》した。

「あんた諸星隼人なの？」礼都がいきなり尋ねた。

「えっ⁈」諸星は驚いたようだった。

「すみません。こちら新藤さんです」井森は慌てて紹介した。

「お知り合いの方ですか？」諸星は井森に尋ねた。

「あっ、はい。知り合いというか、その……ドロッセルマイアー先生の知り合いというか……」

「ああ。くららさんのおじさんのお知り合いですか」

「社交辞令なんてどうでもいいわ」礼都は諸星を睨み付けた。「あんた、なぜ生きてるの？」

諸星は返答に困っているようだった。「……それはつまり哲学的な質問ですか？」

「いいえ。現実的な質問よ。あんた一〇二四便に乗ってたはずよね。乗員、乗客とも全員死亡したと報道されていたわ」

「ああ。よく御存知で」

「あんたは幽霊には見えないわ。どういうこと？」

「それは、わたしの方が訊きたいぐらいなんですよ。死体と間違えられて、遺体安置所に並べられてたそうなんですが、たまたま家内が来た時に蘇生して……」

「確か、一万メートル上空から落下したのよね。機体はいくつかに分裂した。あんたは機体の中に残っていたの？」

「それが落下の途中で、外に飛ばされたみたいなんですよ」

「だとしたら、絶対に死んでいるはずよ」

「生きてますよ」

礼都は突然諸星の胸に耳を当てた。

「うわっ！」諸星はきょろきょろした。「人が見てます!!」

「大丈夫。気にしないわ」

「いや。わたしは妻帯者なんですが」

「心臓の音を確認しているの。静かにして」

諸星は嬉しいような困ったような顔をしていた。

「生きているわ」礼都は呟いた。

「そりゃそうでしょ」諸星が言った。

「あんたが確かに一〇二四便から生還したって証明できる人はいる？」

「ええ。家内だけじゃなくて、警察関係者やたまたまその場にいた犠牲者の遺族の方とかが目撃しています」

「これはどういうことかしら？」礼都は考え込んだ。

「いや。今ここで、結論を出さなくていいでしょう」諸星が言った。

「あれじゃないですか？」井森が言った。「きっと、僕と同じことが起きたんですよ」

「あんたと同じこと？」

「僕も一度死んだけど、こうして生きてるじゃないですか」

「えっ?! 君も？ 奇遇だな」諸星は嬉しそうに言った。

「絶対にとはいえないけど、あんたの場合とは違うと思う」礼都は言った。

「死んだと思ったけど、生きていたというのは同じでしょ」

「井森君、あんたの場合は主観的には死んだけど、その事実自体がなくなってしまった。つまり、客観的には死んでないということ。それに対し、諸星さんは客観的にも死んだことになっている。もう一つ、復活するためには、ホフマン宇宙の本体が死んでないことが重要だけど、彼の場合は……」

「あっ。そうだ」井森が言った。「今度会ったら、確認しようと思ってたんですよ。あなた、蜥蜴《とかげ》のビルに会ったって言ってましたよね」

「はい。夢の中の話ですが」

「夢の中であなたは誰だったんですか?」

「大学生でした。どこか外国の。名前はナターナエルです」

礼都は唇の端を持ち上げた。微笑んだようだ。「最近、夢の中で何かトラブルがなかった?」

「ええ。ありましたよ。錯乱して……夢の中で錯乱というのも変ですが、恋人を殺そうとして、その恋人の兄に止められたんですが、その、何というか怪人と目が合ってしまって、そのまま塔から飛び降りたんです」

井森と礼都は無言になった。

「はは。変な話ですよね。でも、夢ですから」

「砂男《すなおとこ》ですよね」井森が言った。

「えっ?」諸星が目を丸くした。

「怪人の名前。砂男ですよね」

「どうして、それを?」

「わたしたちもその世界にいたから」礼都が言った。

「まさか」

「別に信じる必要はないわ。重要なのは、ナターナエルは死んだということ」

「あっ。ナターナエル、やっぱり死んだんだ。道理で」

「道理で、何？」

「ナターナエルの夢を見なくなったんですよ」

「なるほど。リンクが切れたのね」

「そんなことあるんですね」井森が言った。

「彼の場合は特別な事態だと思うわ。一度は原理に基づいて死んだ訳だから」

「死んだ時点ではリンクは切れてなかったんですよね」井森は言った。

「きっと、ホフマン宇宙とは別の原理のリンクが形成されたんだわ」礼都は考えた。「諸星さん、あんた最近変な夢を見ない？」

「ええ。それなんですが、前とは全然違うタイプの夢なんです。自分が怪物というか超人に変身する夢なんですが……」

「はい、解決」

「何が解決なんですか？」

「何というか、我々にとっての謎が一つ解決したということなんです」井森が補足した。「申し訳ないですが、あなたにとって新たに発生したであろう謎は全然解決できてませんが」

「あんたの謎はあんたが解決して。わたしたちそれどころじゃないんで」礼都は言った。

「はあ。謎ですか？」

「まだ、謎という認識はないでしょうけど、これからたぶんどんどん厄介になっていくわ」

「厄介って、どんな類《たぐい》のものでしょうか？」

「それもわからないの。悪いけど、自分でなんとかして」

「そう言われても、別になんともありませんが」

「でも、もう奇妙な夢を見始めてるんでしょ」井森が言った。

「夢を見るのは正常でしょう」諸星が言った。

「そうね。そう言っていられるうちが幸せだと思うわ」

「まあ、今は気にしなくても大丈夫だと思います。今の会話は忘れてください」

「はあ」諸星は腑に落ちない様子で、その場を去った。

「彼に何が起こったんでしょうね」

「飛行機が落ちたのは、ナターナエルの墜落死と連動してたんだと思う。そして、その後、生き返ったのはナターナエルではなく、諸星隼人単独に起きたことでしょうね」

「なるほど。ナターナエルが蘇生したら、諸星も蘇生するけど、諸星が蘇生してもナターナエルは蘇生しないという訳ですか」

「つまり、あんたと諸星に起きたことは似て非なることだったという訳よ。あんたの復活は日常的な出来事といってもいいわ」

「一度死んで生き返るのが普通のことですか？」

「あんたの主観で言えば、奇妙なことかもしれないけど、あんた以外の人の目から見る限り、奇妙なことは何一つ起こってないのよ。だけど、諸星の場合は違う。つまり、同じ非日常だけど、たぶんレイヤーが違うのよ」

「つまり、彼が直面している問題と我々の問題は質が違うということですか？」

「簡単に言うとそうね。当面、彼のことは忘れて。わたしたちはくららの足取りを追うことに集中するのよ」

「じゃあ、もう一度、落とし穴を確認しましょうか。少なくとも、あそこにくららの遺体があったのは、間違いない訳ですし」

「あんたの遺体もね」礼都は言った。「悪いけど、わたしはそっちのアプローチには意味がないと考えてるの。もし、まだあんたが落とし穴の調査を続けたいのなら、わたしは失礼させて貰うわ。時間を無駄遣いしたくないの」

「ええ。だったら、結構ですよ」井森はぶっきらぼうに言った。「無駄だと思われるなら、帰っていただいて結構です」

「わかったわ。じゃ」礼都はそう言うと会釈も振り向きもせず、さっさと行ってしまった。

さて。

井森は考え込んだ。

あの新藤礼都という女性、頭は良さそうだが、性格はあまり良くなさそうだ。それに効率を重視し過ぎるきらいがある。一見、無駄なように見えても、実際に手を動かして調べているうちに何か発見があるかもしれないではないか。普段から実験をしていると、そういうことがよくあるというのは感覚的に理解しているのだ。

穴の周囲には目立った足跡はない。尤《もっと》も、背の低い雑草がびっしり生えているので、足跡は残りにくいと考えられる。

落とし穴の上には毛布のようなものが掛けられていたようで、穴の周囲の壁に張り付くようにぶら下がっていた。おそらく毛布の上に薄く砂か土が掛けられていたのだろう。四つん這いになり、そうっと穴の底を覗くと、やはり無数の杭が天に向かって突き立っていた。真ん中あたりの杭は茶色く汚れている。

血が変色したようだな。あのサンプルを取って、くららの遺留品に残っているDNAと比較すれば、何かわかるかもしれない。

井森は穴の縁《ふち》で腹這いになり、穴を覗き込むような体勢になり、腕を底に向けて伸ばした。

全然届かない。

どうしようか？　まずは手掛かりを探しながら、ゆっくりと穴の底に降りるというのはどうだろうか？　血の付いた杭を何本か見繕って、それを持って上がる。最近は、DNA検査をする民間企業もあるそうなので、そこに依頼するという手もある。

井森はどこかに降りられそうな手掛かりはないかと、穴の周囲を見て回った。

一か所、うまく足場になりそうな凹《へこ》みを見付けた。

ただ、それだけでは、まだ底に降りるのは難しそうだった。できれば、さらに下側に別の足場が欲しい。

井森は凹みの下に別の足場がないかと身を乗り出して、穴の中を観察した。

何か白いものが底に落ちているのに気付いた。

誰かに足首を掴まれた。

「やめろよ」誰かの冗談かと思い、軽くいなす。

だが、足首を掴んだ手は足を持ち上げると、穴に向かって、猛烈な力で押し出そうとした。

井森はようやく気付いた。

ここには、僕の足首を掴んで、ふざけるような真似をする人間はいない。

そう思った瞬間、穴の縁から手が離れた。

あわわっ！

ずるっと身体が前に滑った。

またもや、身体が無重力になったような感覚になった。

今度は、杭の先端が顎の下に刺さり、井森の身体の奥へと入り込んでいった。

11

「大変だ！　大変だ！」ビルが叫びながら、街を走り回っていた。

「煩《うるさ》いぞ、この畜生めが‼」パンタローンは苛立たしげに怒鳴《どな》った。

「蜥蜴《とかげ》さん、何を騒いでいるのかしら？」マリーが立ち止まって、ビルの様子を眺めていた。

「もう我慢ならん‼」背の低い筋肉質の中年男が家の中から飛び出してきた。「毎日毎日、騒ぎやがって！　わしが叩きのめしてやる‼」

「物騒なことを言うものではないですよ、ルネ・カルディヤックさん」スキュデリが静かに言った。

「これは、マドモワゼル」カルディヤックは畏《かしこ》まった。「しかし、あのきいきい声は全く我慢なりません」

「だからといって、暴力はよくありませんね」

「では、どうすればよろしいのでしょう？」

「ちゃんと言葉で言って聞かせればいいのです」スキュデリは言った。「ビル、少し落ち着きなさい」

「でも、落ち着いている場合ではないんですよ、マドモワゼル・ド・スキュデリ」

「何があったの？」

「僕が死んでしまったんだ‼」

「ちゃんと生きてるわ。もし、あなたが幽霊でないとしたらね」

「違う‼　僕じゃなくて、もう一人の方だよ」

「なるほど。地球で、井森が死んだのね」

「そうそう」

「だけど、それは深刻なことではありませんよ、ビル」

「どうして、マドモワゼル・ド・スキュデリ？」

「前にもあったことじゃないの。死んだのはあなたではなく、井森なんだから。あなたは死なないし、井森は復活するわ」

「それは知ってるよ」ビルが言った。

「じゃあ、どうして騒いでいるの？」

「死んだからだよ」

「井森が死んだってこと？　それはさっき聞いたわ。そして、それは何の問題もないことよ」

「いや。問題大ありなんだ!!」

「それはどんな問題？」

「つまり、嫌なんだ。死ぬのはとても痛くて、物凄く怖いんだ!!」

「可哀そうに。痛かったのね」

「ここから刺さったんだ」ビルは下顎の下を指した。「それで、こうぐっと斜め上に刺さっていって、喉の奥を突き破って、頭の中に入ったな、と思ったらぷつんなんだ」

「だったら、一瞬じゃなかったの？」

「いや。もうスローモーションみたいにゆっくりゆっくり入っていくんだ。それがもう死ぬ程痛いんだ。まあ、死んだんだけどね」

「死ぬ程痛くて、その後死んだのね」

「それから、物凄く怖いんだ。一度死んでるから、ああ、またこれ死ぬなってわかる。本当に死ぬ時の怖さは物凄いんだ。怖くて怖くて何もできなかった。まあ、落ちている途中だから、怖くなくても何もできないんだけどね」

「ひょっとして、前と同じ落とし穴に落ちたの？」

「そうだよ。どうしてわかったの？」

「聞きしに勝るボンクラぶりだ」カルディヤックが目を丸くした。「二度も同じ落とし穴に落ちるなんてあり得ない」

「井森は穴の縁《ふち》に立った時、注意してなかったの？」

「注意はしていたよ。だけど、誰かに落とされたんだ」

「犯人は誰だったの？」

「何の犯人？」

「井森を殺した犯人よ。そいつがクララの失踪について何か知っている可能性が高いわ」

「どうして？」

「井森を殺す理由を考えれば、わかるわ。あなた落とし穴を調べていたんでしょ」

「うん。もし本当にくららが死んでいたなら、誰かが遺体を持ち去ったことになるから、何か痕跡がないかと調べていたんだ」

「蜥蜴にしてはなかなか頭が切れるな」カルディヤックが感心した。

「今のを考えたのは、井森だよ。僕のアーヴァタールだけど、人間で頭が切れるんだ。ところで、頭が切れるって髪の毛がナイフみたいになっているってこと？」

「問題よ。井森に何かを見付けられると困る人物って誰でしょう？」

「その辺でお金を落とした人かな？」ビルが言った。

「くららの遺体を持ち去った人に決まってるじゃないの！」マリーはさっきからビルとスキュデリの会話を聞いて苛々していたが、ついに我慢できなくなって口を挟んだようだ。

「なるほど」ビルはぽんと手を打った。「よく考えると、そうだよね。そうとわかってれば、誰が落とそうとしているかを見ておくんだったよ」

「……って、見てないの？」マリーが叫んだ。

「聞きしに勝るボンクラぶりだ」カルディヤックがさっきと同じ言葉を繰り返した。

「だって、自分が死ぬって思ったんだよ。誰が自分を落としたかなんて、気に掛けている余裕なんか全くなかったんだよ」ビルは口を尖らした。「でも、気付いてよかったよ。次に殺される時はちゃんと見ておくよ」

「ビル、あなたまだ殺されるつもりなの？」スキュデリが呆れて言った。

「できるなら、殺されたくないけどね。でも、よく言うじゃないか、『二度あることは三度ある』って」

「その諺《ことわざ》は一面真理ね。本来頻度の低いはずの事象が続けて起きた場合、それを偶然と見做《みな》すべきではないということよ。サイコロを振った時に同じ目が何度も出たら、それは偶然ではなく、サイコロに偏《かたよ》りがあると考えるべきだということ。誰かに殺されるなんて経験は非常に珍しいけど、それが続けて起こったなら、それは何か共通の原因があると考えるべきで、これからも命を狙われる蓋然性《がいぜんせい》が高いということよ」

「つまり、どういうこと？」

「井森はこれからも命を狙われ続けるだろうということ。これ以上、殺されないよう、気を付けながら、犯人の正体を突き止めるように頑張って」

「頑張るのは僕じゃなくて、井森だけどね。まあ、今の言葉は僕を通じて、井森にも伝わると思うよ」

「ねえ、マドモワゼル」マリーが言った。「わたしの推理を喋っていいかしら？」

「ええ。もちろんよ、マリー」

「クララは——もちろん、この世界のクララはもう死んでるんじゃないかしら？」

「それは大胆な推理ね」

「でも、そうとしか考えられないんです」

「推理の根拠は？」

「もし、この世界のクララが生きているとしたら、地球のくららは死んでも生き返るんでしょ」

「ええ。なぜかそういうルールになっているようね」

「ということは、つまり、この世界のクララが生きているなら、地球のくららの遺体は存在しないということになりますよね」

「そうなるはずね」

「だとしたら、なぜ犯人は落とし穴の調査を嫌がったのでしょう？ 遺体が消滅すると同時に、くららが落下したという事実そのもの自体が消滅するため、原理的に落下に関する証拠は全て消えてしまったはずです」

「その通りね」

「となると、結論としては、くららの遺体は存在したし、落下事故も起きたということになりませんか？」

「あなたの結論ね、マリー」

「マドモワゼルの結論は違うんですか？」

「わたしは保留にしているの。まだ、必要な情報が全部揃ってないので」

「わたしには充分です。犯人はくららの遺体を含めて証拠隠滅しようとした。つまり、くららの死はキャンセルされなかったことになります。なぜなら、クララも死亡したから」

「ありがとう、マリー。あなたの推理は理解したわ」

「どこかに穴はありますか？」

「穴？」

「わたしの推理のどこかに穴があるかと訊いているんです」

「そうね。穴があるのか、ないのか、と訊かれたら、ない、と答えるでしょう」

「それを聞いて安心しました」

「安心？　なぜ？」

「わたしにもそこそこの推理力があるってことがわかったからです」

「マリー、穴がないことと正しいこととは違うのよ」

「どういうことですか？」

「明日は晴れると思う？」

「突然、何の話ですか？」

「あなたに説明するための質問よ。答えて。明日は晴れると思う？」

「そうですね」マリーは考え込んだ。「まあ、晴れるんじゃないですか？」

「理由は？」

「ここしばらく晴天が続いていて、天気が崩れる気配がないからです」

「その推理には特に穴はないわ。そうでしょ、マリー？」

「はい」

「でも、実際に明日晴れるかどうかは明日になってみないとわからない。そうじゃない？」

「それはそうですが、まず晴れるのは間違いないでしょう」

「例えば、明日ピクニックの予定があるなら、明日晴れるかどうかを予測しておく必要があるわね」

「当然です」

「でも、明日が何でもない日だった場合、どうして天気を予測しなくてはならないのかしら?」

「わかりません。好奇心でしょうか?」

「晴れるかどうかは、明日になってみればわかることなのよ。だとしたら、無理に明日の天気を予測するより、黙って明日になるのを待ったらどうかしら?」

「つまり、クララが生存しているか、死亡しているかを推理する必要はないということですか?」

「そう。推理しなくても、クララが見付かればわかることでしょ」

「でも、見付けるには、手間がかかるかもしれないじゃないですか」

「そうね。手間がかかるかもしれないわね」スキュデリは考え込んだ。

「何を考えていらっしゃるんですか、マドモワゼル?」

「手間をかけてはいけない理由を考えていたの。どうして、クララを見付けるのに、手間をかけてはいけないの?」

「考えてみてください。クララが殺害されたとしたら、殺害した犯人がいるはずです。そして、その犯人は現在、野放しになっています」

「もしクララが殺害されているとしたらね」

「まず、クララが殺害されたかどうかを判断して、殺害されてないことがわかったら、ゆっくりクララを探せばいいと思います。でも、殺害されたと判断したなら、クララの捜索よりも犯人の捜索を急ぐべきです。そして、わたしの推理では、クララは殺害されたのです」

「なるほど。どう思う、ビル？」

「ごめん。僕、よく聞いてなかったよ」ビルが答えた。

「全然聞いてなかったの？」

「ええと。ところどころは聞いていたよ、マドモワゼル・ド・スキュデリ」

「じゃあ、覚えているところだけでいいわ。あなたの率直な感想を聞きたいの」

「ごめん。僕、嘘を吐《つ》いてた。本当は何一つ聞いてなかったんだ」

「ビル、嘘を吐くのはよくないことだわ。でも、ちゃんと告白したことは偉いわ。褒められるべきことよ」

「そう言われると、なんか照れちゃうよ」

「間抜けな蜥蜴の意見なんかどうでもいいじゃないですか」マリーは言った。

「でも、彼はあまり間抜けでない人間と繫がっているのよ」スキュデリは言った。「ビル、マリーの考えでは、もうクララは殺されているから、クララを探すのはやめて、犯人捜しを先にすべきだと言ってるわ。あなたはどう思う？　クララは殺されているかしら？」

「うん。僕もきっとクララはもう殺されていると思う」

「どうして？」

「だって生きているなら、そろそろ現れてもいい頃だと思うんだ」

「何か姿を見せられない訳があるのかもしれないわよ」

「そう言われたら、そうかもしれないね」

「いったいどんな訳よ？」マリーが苛立たしげに言った。「わかるものなら言ってみなさい」

「わからないから言わないよ」ビルが答えた。

「ほら。ビルは何もわかっていないわ」マリーが勝ち誇って言った。

「あなたはクララは死んだと思うのね」

「うん。そうだよ」

「じゃあ、井森はどうなのかしら？　井森もあなたと同じ考え？」

「井森は違うことを考えているみたいだよ」

「違うことって？」

「井森は殺人現場をもっと詳しく調べたいと思っているんだ」

「どうして？」

「そこに殺人の痕跡があるかどうかを確認したいんだよ」

「何のために？」

「井森の考えていることはよくわからないんだ。もちろん、考えたことは覚えている。だけど、僕の脳では理解できないんだ」

「理解できなくていいのよ、ビル。井森はなぜ痕跡の有無を重視したのかしら？　何か覚えてない？」

「『もしくららが死んでいるとすると、誰かが死体を隠した。もし死んでいないとすると、誰かが殺人現場を偽装したということになる。どちらも不自然極まりない』」

「ありがとう、ビル」

「どういたしまして。でも、井森の考えていたことは、どういう意味？」

「犯人の動機が見えないってことよ。事件の全容を摑むためには、犯人の動機を知ることが必要なのよ」

「それは犯人を突き止めれば、自《おの》ずとわかることです」マリーは言った。「まず、犯行が可能だった人物、不可能だった人物をリストアップして……」

「そのリストを無限に長いものにしたくないのなら、まず動機の解明が必要ね。最初に作らなければならないのは、動機のある人物のリストよ。それが完成してから、二つのリストに分ければいいのよ」

「動機なんか、後回しでいいんです。クララを脅迫したのは、彼女の知り合いなんだから、クララの知り合いのリストを作るというのはどうですか？　もちろん、わたしもそのリストに入ることになりますが」

「わかったわ。どうしてもリストを作りたいというのなら、あなたがリストを作って頂戴、マリー」

「わたしがですか？」

「嫌なのですか？」

「いいえ。そうではありません。でも、わたしじゃなくて、捜査官が作るのが本当じゃないんですか？」

「本当も嘘もないわ。リストは必要だと思う人が作ればいいのよ」

「……わかりました。わたしがリストを作ります」マリーはくるりと背を向けると、急ぎ足で歩いていった。

「マリー、怒ってるの？」

「怒らせてしまったかもしれないわね」

「どうして、マリーの言うことを聞かなかったの？」

「それはね、どうしても一つ引っ掛かることがあるからよ」スキュデリはまた考え込んだ。

12

「また、殺されたんだって？」ドロッセルマイアーの教授室に入ってきた礼都《れつ》が開口一番、馬鹿にしたように言った。

「一度殺されたら、用心しそうなものだ」ドロッセルマイアーも同調した。「なぜ周囲に気を配らなかった？」

「この間、死んだのは殺された訳じゃありません」

「くらら殺害に巻き込まれたんだから、殺されたも同然だ」ドロッセルマイアーは椅子の上で反り返った。

「くららさんは殺害された訳ではありません。あくまでも事故です」

「ホフマン宇宙で、クララが殺害されたことに連動したのなら、殺害されたも同然だろう」

「その点ですが、クララが殺害されたとはまだ確定していませんよ」

「わたしも最初はそう思っていた。だが、こちらでも、向こうでも、クララとくららはもう一週間も行方不明だ。すでに死亡していると考えるのが自然だ」

「そこが引っ掛かるところです。よりによって、両方の世界で彼女は行方不明になってるんですよ。仮に死んでいたとしても、どちらの世界でも遺体が見付かってないことになります。これは偶然ではないでしょ」

「偶然だと思っている人は一人もいないと思うわ」

「じゃあ、なぜ行方不明なんでしょうか？」

「それは、犯人が死体を隠したからだろう」

「どうして、死体を隠したんですか？」

「殺人が起こったこと自体を隠したかったからとか、死体の特徴から殺害方法や犯人の手掛かりが得られてしまう可能性があったとか、死体の残らない殺し方をしたとか」

「それはホフマン宇宙のクララには当て嵌まるかもしれません。しかし、地球のくららはあくまで事故死なんです。どうして、死体を隠す必要があるんですか？」

「捜査を攪乱《かくらん》するつもりだろ。死体がなければ、くららは復活した可能性があり、クララも死んでいない可能性がある。そう思わせるためだ」

「もしくは、実際にクララもくららも死んでいないことを隠すためかもしれません」

「死んでない者を死んだことにしてどういうメリットがあるのかね？」

「例えば、死んだことにしておけば、殺人犯はさらに彼女を殺そうとは思わないでしょう。クララ自身が身を守るためにやったことかもしれません」

「どうして彼女はその計画を我々に打ち明けなかったのか？」

「クララは我々をも疑っていたのかもしれません」

「おまえも我々を疑っているのかね？」ドロッセルマイアーは井森を睨んだ。

「それは……」井森は言葉に窮した。

「仮にクララ生存説を採用するとして、そのことをクララが打ち明けなかったのは、単純に信用がなかったからじゃない？　クララが生きているというあんたの仮説が正しいとしてだけど」

「信用がない？」

「あんたのことよ。正確には、ビルのことだけど」

「そうか」ドロッセルマイアーが言った。「あの蜥蜴《とかげ》なら、べらべら秘密を喋ってしまうだろうな」

「確かに、その可能性は大いにあります」井森は認めた。「これで、クララ生存説は濃厚になってきましたね」

「それとこれとは話が別だ」ドロッセルマイアーは言った。「もし、クララが生きているとするなら、くららの事故死はどう説明するんだ？　たまたま、脅迫状が届くような状況で、悲惨な事故が起きたというつもりか？」

「偶然ではないとしたら、どうでしょうか？」

「事故ではないと言うのか？」

「くららさんが自殺した可能性があります」

「それは聞き捨てならないな。なぜくららに自殺する必要がある？」

「もちろん、この世界で死んでも復活すると知ってのことです。つまり、一種の狂言自殺ということになります」

「だから、なぜ狂言自殺する必要があるんだ？」

「例えば、こういう仮説も成り立つんじゃないでしょうか？　脅迫状が来ているタイミングで、くららさんが死亡すれば、関係者はクララが脅迫犯に殺害されたと考えるでしょう」

「当然だ」

「クララ／くららさんはその点を利用したのです。殺人の罪を着せられていると知って、犯人が動揺して尻尾を出すかもしれない」

「どうも納得できんな」ドロッセルマイアーは疑わしげだった。

「全て、あんたの推測じゃないの」礼都が言った。「単に、あんたがどうしてもクララ／くららに生きていて欲しいってことじゃないの？」

「そ、そういうことではありません」

「わたしからすると、あんたはクララ／くらら生存説に拘《こだわ》っているように見えるわ」

「僕からすると、お二人がクララ／くらら死亡説に拘っているように見えます」

「わかった。じゃあ、まずくららの探索から始めるとしよう。死体が見付かれば、井森も納得するだろう」

「生きて見付かったら、お二人は納得していただけますか？」

「何、言ってるの？　実際に生きているなら、納得するとかしないとか言っても仕方がないじゃない」

「その場合、捜査は終了ということでいいですね」

「駄目だ。おまえの本来の目的は脅迫犯を見付けることだ」

「ああ。そうでしたね」井森は肩を落とした。「とりあえず、調査に出掛けましょうか、新藤さん」

「わたしは助言を与えるだけの役目だから、井森についていく必要はないわね、ドロッセルマイアー」

「もちろんだ」ドロッセルマイアーは言った。

「じゃあ、一人で行ってきて、わたし無駄な仕事はしたくないの」

「わかりましたよ。もし何かわかったら、連絡しますから……」

井森が言い掛けた時、教授室の電話が鳴った。

ドロッセルマイアーは電話を取った。「もしもし。……何だと？」ドロッセルマイアーは眉《み》間《けん》に深い皺《しわ》を寄せた。「場所はどこだ？　わかった今すぐ行く。わたしともう一人……。うん。

くららの友人だ」

「何の電話ですか？」井森が尋ねた。

「井森、調査に行く必要はなくなった」

「ひょっとして、くららさんが見付かったんですか？」井森の顔がぱっと明るくなった。

礼都は腕組みをしたまま、つまらなそうに二人を見つめていた。

「どこにいたんですか？」

「近くの川の橋脚に引っ掛かっとったそうだ。そう。おまえの推理は大外れだ。くららは死体で見付かったんだ」

井森はぽかんと口を開けた。

礼都は噴き出した。


くららの両親は現在、海外に在住しており、近くにいるくららの近親者はドロッセルマイアーだけだったため、彼に連絡が入ったとのことだった。

ドロッセルマイアーは井森をくららの親しい友人として、一緒に連れていくことにした。もちろん、井森が事情聴取で要らぬ疑いを掛けられるというリスクはあったが、それよりも直接警察の捜査状況を把握するメリットの方が大きいと判断したのだった。

「わたし一人では見落としがあるかもしれないからな。まあ、とりあえずあれこれ訊かれるだろうが、余計なことさえ言わなければ、疑われることはないだろう」ドロッセルマイアーは言った。「幸運なことにこの世界ではおまえはビルのような間抜けではない」

「見落としのことが気になるのなら、新藤さんにもついてきて貰《もら》った方がいいんじゃないですか？」

「はあ？」礼都は睨み付けた。「なんでわたしがそんな面倒なことに巻き込まれなくっちゃならないのよ?!」

「そもそも彼女はくららと面識がない。ついてくるのは不自然だ」

「くららさんと知り合いだったことにすればいいんじゃないですか？」

「警察の事情聴取で嘘を吐《つ》けって？　あんた、馬鹿じゃないの？　辻褄《つじつま》が合わなくなったら、疑われてしまうじゃないの！　あんた、助けてくれるの？」

「わかりました」井森はすぐに引き下がった。「今の話は忘れてください」


警察署に着くと、ドロッセルマイアーと井森は事情聴取を受けた。

とりあえず、井森はできるだけ嘘を吐かないという方針で臨み、ホフマン宇宙に関すること以外は、脅迫状が来ていたことも含めて、全て正直に話した。

検視によると、死因は窒息死だとのことだった。

死後しばらく水に浸かっていたので、所謂《いわゆる》「土左衛門」になりかかっていた。目撃者はいないが、数日前の大雨の時に川に落ちて溺れたのではないかという結論のようだった。流木が当たったのか、遺体の損傷はかなり激しかったが、着衣の乱れなどはなかったとのことだった。

「狂言自殺だと？　聞いて呆れる」警察署から戻ると、ドロッセルマイアーは苦々しげに井森を責めたてた。「やはりクララは殺されたんだ」

「断言するのはまだ早いでしょう。もしホフマン宇宙でクララが生きていたなら、まだ復活の可能性が残っています」

「遺体は死後数日経っている」ドロッセルマイアーは苛立ちを隠そうともしなかった。「復活するなら、おまえと同じタイミングでないとおかしい」

「それでどうするの？　殺人犯捜しを始めるんでしょ」礼都が面倒そうに言った。「死体が見つかったんだし、クララは殺されたって、ちゃんと納得できたわよね」

井森は考え込んだ。

「どうしたの？　往生際が悪いわよ」

「ちょっと待ってください。ビルが聞いた言葉を思い出しているんです」

「あの蜥蜴が意味のある言葉など喋らんだろ」ドロッセルマイアーは煙草《たばこ》を取り出し、火を点けようとした。

「ビルの言葉ではなく、ビルが聞いた言葉です」

「ビルが誰の言葉を聞いたの？」礼都が尋ねた。

「マドモワゼル・ド・スキュデリ」

ドロッセルマイアーがびくりとして、煙草を取り落とした。

「彼女の言葉が気に入ったの？」礼都は微笑みながら、井森に尋ねた。

「いや。気に入ったというか、彼女の言葉がちょっと気になったもので」

「それは今回のことに関係あるのか？」

「それを考えていたのです。彼女はどういう意図だったのかと」

「それで？」礼都が尋ねた。「結論は出たの？」

「はい。結論は出ました。今から、犯人捜しを始めようと思います」

「くららは殺されたということで納得したのね？」

「正確に言うなら、殺されたのは地球のくららの本体であるホフマン宇宙のクララですが」

「そこは拘るところではないだろ」ドロッセルマイアーが言った。

「重要ですよ。犯人はこっちの世界では直接手を下していないので、証拠は残ってないはずです」

「落とし穴から死体を持ち出した痕跡はあるだろ」

「それについての考えはあるのですが、少し確かめてから説明したいと思います」

「やる気になったと考えていいんだな？」ドロッセルマイアーが確認した。

「くららさんが亡くなったのは残念なことですが、彼女の遺体が見つかったことで全貌が少しずつ見えてきました」

「で、これからどうするの？」

「正直、地球で実際にできる捜査は殆《ほとん》どないのではないかと思います」

「落とし穴の捜査はできるんじゃないか？」

「そのことについて、新藤さんとも話し合いましたが、警察抜きで捜査することは殆ど不可能だと思います」

「じゃあ、警察と協力するか？」

「その場合、まず地球とホフマン宇宙の関係について話さなければなりません。警察がホフマン宇宙について理解してくれればいいのですが、もし説明に失敗したら、不審人物だと見做《みな》される危険があります」

「彼らの中にもホフマン宇宙の記憶がある人物がいるんじゃないか？」

「その可能性に期待するのは無謀です。少なくとも、僕は元々ホフマン宇宙とは別の世界の住人のアーヴァタールだった訳ですし、もっと他の世界の住人のアーヴァタールもいるかもしれない。あるいは、そもそもアーヴァタールではない純粋な地球の住民が多数派なのかもしれない」

「じゃあ、捜査はホフマン宇宙のビルとスキュデリに任せて、我々は地球で手を拱《こまぬ》いているしかないという訳か？」

「いえ。そうとは限りません。実際に行動することはできませんが、捜査の計画を立案することもできますし、ホフマン宇宙での捜査の結果を利用して推理を組み立てることもできます」

「では、早速その立案を始めようではないか。犯人を突き止めるには何が必要だ？」

「まずは関係者の証言を集めることです」

「関係者といっても、殆どいないぞ。クララの家族と向こうのドロッセルマイアーとビルぐらいなものだ」

「友人関係も探ればいいでしょう」

「主だった友人たちにはアリバイがあったじゃないか」

井森は片方の眉を吊り上げた。「それは気にする必要はないでしょう。犯人以外の証言も有用ですからね。調査を被疑者に限定しない方がいい」

「クララの友人たちって誰だった？」礼都が尋ねた。

「ゼルペンティーナとピルリパートとマリーだ」ドロッセルマイアーが答えた。

「あとナターナエルの関係者の証言も欲しいですね」

「ナターナエルは関係ないだろう」

「ちょうど事件のさなかに死亡したんですから、関係ないとは言い切れないでしょう。しかも、彼はクララを自分の婚約者だと思い込んでいた」

「そう言えばそうだった」ドロッセルマイアーはコッペリウスとの間の賭けを思い出したようだった。「しかし、あいつは死んでしまった。ナターナエル自身の証言が得られたらいいんだがな」

「彼の証言なら得ました。厳密に言うと、彼のアーヴァタールの証言ですが」

「あり得ない」ドロッセルマイアーは疑わしげな目で井森を見た。「本体が死ねば、アーヴァタールも死ぬ」

「井森が言ったのは本当のことよ。わたしもその人に会ったから」

「ふむ。本当か？　それが本当だとすると、大前提が崩れてしまうが」

「彼は本当に特殊な例なので、気にする必要はないわ」

「そもそもその人物がナターナエルのアーヴァタールだというのは、本当なのか？」

「どういうことですか？」

「ナターナエルのアーヴァタールを騙《かた》っているだけではないかということだ」

「確かに、その可能性は思い付きませんでした」井森は言った。「しかし、ナターナエルのアーヴァタールになりすますためだけに、あれだけの大事故を起こして、大勢の人間の前で、死体復活マジックを演ずる程リスキーなことをするとは思えません」

「事故？　何の話だ？」

「一〇二四便の事故のことよ」

「あの事故も今回のクララ殺しに関係があるのか?!」珍しくドロッセルマイアーが驚いたようだった。

「直接的にはないでしょ。関係があるのは、ナターナエルの事故死の方よ」

「ナターナエルの事故死に関係があるのは、彼の師であるスパランツァーニ教授と思い人のオリンピアと親友のロータルと」井森はここでひと息ついた。「恐怖の対象であったコッペリウス／コッポラ／砂男《すなおとこ》です」

「コッペリウスについては、もう取り調べたじゃない」

「そうですね。さらに詳しく調べたいところですが、あの人物からこれ以上の情報を引き出すことは難しいでしょう。ビルも彼を怖がっているので、取り調べに乗り気ではありませんし」

「乗り気じゃないという理由で調べないのは、探偵の風上《かざかみ》にも置けないわ」

「いや。ビルはそもそも蜥蜴で探偵じゃありませんし」

「砂男はあんたが担当じゃないの？」礼都はドロッセルマイアーを指差した。「親友なんでしょ？」

「わたしとあいつが親友？　はっ。気色の悪いことを言わんでくれ。あいつは怪物だよ。わたしのようなまともな人間じゃない」

井森と礼都は顔を見合わせた。

まさか、新藤さんと意見が一致することがあるとは思わなかった、と井森は考えた。

「なんだ？　二人してわたしに含むところがあるのか？」

「いいえ、ドロッセルマイアー」礼都は冷静に答えた。「ただ、キングコングがゴジラを見た時に、どう思ったかを考えていたのよ。怪物だと思ったか、常識的な生物だと思ったか」

「キングコングはゴジラに出会っとらんだろ。権利的にも問題がある」

「いいえ。出会ってるわ。当時、権利はクリアできてたのよ」

「井森」ドロッセルマイアーはこの話題には興味を覚えなかったようだった。「とりあえず、ビルとスキュデリはホフマン宇宙でクララやナターナエルの関係者の取り調べをするということで進めてくれ」

「了解しました」

そして、井森はまた考え込んだ。

礼都は彼を冷たい目で見つめていた。

13

「マリーの言った通りになっちゃったね」ビルは俯いた。

「あなたのせいではないのだから、気落ちする必要はないわ」スキュデリは言った。

「いいや。その蜥蜴《とかげ》のせいだ。わたしはおまえにクララの命を守るようにと命じたはずだぞ、ビル！」ドロッセルマイアーは怒鳴《どな》り付けた。

「ビルがあなたの依頼を受けた時点で、すでに事態はのっぴきならない状態にあった可能性が高いのです。ホフマン宇宙でも地球でも、捜査をする時間は殆《ほとん》どなかったのですから、その点でビルを責めるのは筋違いです」

「他人事のように言ってるが、あんたにも犯人を突き止める責任があるんだぞ、マドモワゼル。わたしの見る限り、殆ど進展しておらんようだが？」

「わたしのするべきことに関しては理解しています」

「ところで、マリーは何と言ったんだ？」ドロッセルマイアーは尋ねた。

「クララはもう殺されているって言ってたんだ」ビルは言った。「犯人の疑いのある人たちのリストを作って犯人を捜すべきだって言ってた」

「わたしもほぼ同意見だ」ドロッセルマイアーは言った。「なぜ、その通りにしなかったのだ、マドモワゼル？」

「そのことに意味が見出せなかったからですよ、ドロッセルマイアー判事」

「今でもか？」

「そうですね。今となっては完全に無意味ではないかもしれません」

「だったら、すぐにリスト作りを始めるべきではないか？」

「どうやって作ればいいと思いますか？」

「それは動機のある人物全てだろう」

「どうやって、動機を絞るんですか？」

「そうだな。当面は、動機の線より、友人の線で調べたらどうだろうか？ 脅迫状は友人よりとなっていた」

「友人とは誰ですか？」

「確か、マリーとピルリパートとゼルペンティーナと言ってなかったか？ もし、彼女たちにアリバイがなければ、最有力被疑者といってもいいだろう。……あっ。駄目だ」

「どうしましたか、ドロッセルマイアー判事」

「彼女たちには、アリバイがある」

「アリバイ？」

「その三人が山車《だし》に乗り込むのは、クララ自身によって目撃されているのだ。そうだな、ビル？」

「ああ。井森がくららから聞いたんだよ」ビルが答えた。

「そして、三人はずっと山車に乗り続けていた。山車から降りたのは、クララ殺害後だ。ということは、その三人にはアリバイがあるということになる」

「三人とも、一秒も席を立たなかったの？」ビルが言った。

「ゼルペンティーナによると、彼女とピルリパートは何度かトイレに行ったらしいが、トイレぐらいの時間では、どうしようもないだろう」ドロッセルマイアーは言った。

スキュデリは黙って考え込んでいた。

「どうしたんだ？　この三人の嫌疑は晴れたといってもいいんじゃないか？」

「本当にこの三人が事件に関わっていた可能性を排除していいのか、迷っているのです」

「トイレの時間と言えば、せいぜい数分だろう。その間に何ができたというんだ？　山車から降りることは不可能なんだぞ」

「山車は衆人環視下にあったといってもいいですね。だから、脱出の可能性はないでしょう。しかし……」

「しかし、何だ？」

「何かが引っ掛かるのです」

「馬鹿馬鹿しい、何かが引っ掛かるといって、推理を拒んでいたら、いつまで経っても事件は解決しないではないか」

「そうですね。考えているばかりでは、埒《らち》が明きません」

「さっきの三人を排除した被疑者リストを作成するか？」

「その前に事情聴取です」

「事情聴取って誰に？」

「事件の関係者にです。ビル、ついてきなさい」

「蜥蜴が何かの役に立つのか？」

「彼が見聞きしたことは井森に伝わります。今のところ、井森はわたしの最大の協力者です」

「あんたのやってることはどうもまどろっこしいな。まあいい。犯人さえ見付け出してくれれば、それでいいのだから。だが、もし見付けられなかったら、相応の責任はとって貰《もら》うことになるぞ」

「もちろん。そのつもりで、捜査していますよ、ドロッセルマイアー判事」

「凄い自信だな。まさか、もう目星は付いているんじゃないだろうな、マドモワゼル？」

「まさか。そこまでは行ってませんよ。ただ、何を探せばいいのかはぼんやりと見えてきましたよ」

「こんにちは、ピルリパート姫」スキュデリは言った。

「こんにちは。確かマドモワゼル・ド・スキュデリとおっしゃったわね」ピルリパートはお付きの女官たちに髪を梳《す》かれていた。「今日は何の御用事？」

「あなたとクララの関係について、お訊きしたいの。先日の話だとあまり親しくはないようだけど」

「そうね。あの後、よく考えたらそんな名前の子がいるって、思い出したわ。まあ、知り合いと友達の間ぐらいの感じかしら」

「聞いた話ですが、クララには婚約者がいたと……」

「誰から聞いた話か知らないけど、あなたにそういうことを詮索する権利はあるの？」

「失礼しました。わたしはドロッセルマイアー判事から正式に捜査官に任命されたのです」

「捜査官？　犯罪か何かが行われたのかしら？」

「実は……」スキュデリは声を落とした。「遺体が見つかったのです」

「まさか、クララの？」

「静かに」スキュデリは唇の前で人差し指を立てた。「まだ公《おおやけ》にはなっていませんので、内密にお願いします」

「どこで見付かったの？」

「それはお教えできません」

「わかったわ。それで、何が知りたいの？」

「クララの婚約者のことです。そして、できればあなたとの関係も」

「彼は元々わたしの婚約者だったのよ」

「彼とは誰ですか？」

「ドロッセルマイアーよ」

「判事の?!」ビルが叫んだ。

「きゃっ！　なんて、いやらしい蜥蜴なんでしょう」

「えっ？　いやらしい蜥蜴がいるの？　どこどこ？」

「蜥蜴が呆けているようだけど、突っ込む必要があるのかしら？」ピルリパートはスキュデリに尋ねた。

「どうぞ、突っ込まずに優しく諭《さと》してあげてください。もしそれが面倒なら無視してくださって結構です」スキュデリが言った。

「面倒なので、無視するわね」ピルリパートが言った。「ところで、さっきわたしが言ったドロッセルマイアーは判事のことではなく、もちろん若いドロッセルマイアーのことよ」

「なるほど。ドロッセルマイアーには年をとった方と若い方がいる訳ね。その二人はどういう関係なのかしら？」

「若い方が年をとった方の従弟《いとこ》の息子だと聞いたことがあるわ」

「なぜ、あなたと若いドロッセルマイアーは結婚しなかったんですか？」

ピルリパートはげらげらと笑い出した。「わたしとあのポンコツの間に何があったのかを知らない人がいるのね」

「何があったんですか？」

「何があったか、ですって？　どこから話せばいいのかしら？……まずわたしの身に起こったことから話さなくてはならないわね。わたしはマウゼリンクス夫人の呪いで、胡桃《くるみ》割り人形にされていたのよ」

「マウゼリンクス夫人って、誰？」ビルが尋ねた。

「宮殿の台所に住んでいる鼠《ねずみ》の王妃よ」

「鼠なのに、王妃なんだ」ビルは目を丸くした。

「逆よ。王妃なのに、鼠なのよ」

「同じ意味じゃないの？」

「『鼠なのに王妃』なんて言ったら、『鼠だと馬鹿にするな。この方は王妃なんだぞ！』ってニュアンスになるじゃない？」

「そう言えば、そんな感じだね」ビルは感心した。

「逆に『王妃なのに鼠』って言ったら、『王妃などと威張ってはいても、所詮は鼠の分際ではないか』というニュアンスになるでしょ」

「そう言われれば、そんな感じがするよ」ビルはますます感心した。「つまり、『ビルの癖に、蜥蜴だ』と同じニュアンスだね」

「あんた、何を言ってるの？　全然喩《たと》えになっていないわ、それ」ピルリパートは呆れた調子で言った。

「ビルの言うことに一々反応せずに、話を続けていただけますか？」スキュデリは続きを話すよう、ピルリパートを促した。

「ドロッセルマイアー――もちろん、若い方の話をしてるのよ――は、その呪いを解く条件を備えた唯一の若者だったの」

「唯一の条件？」

「クラカトゥック胡桃を噛み割れて、今まで一度も髭を剃ったことがなく、一度も長靴を履いたことがないことよ」

「クラカトゥック胡桃？」

「世界一硬い胡桃よ」

「普通の胡桃だって、なかなか噛み割れるものじゃありませんね」

「そうよ。だから、ドロッセルマイアーは世界一丈夫な歯を持ってるってことよ。わたしの父である国王はドロッセルマイアーが無事呪いを解くことができれば、わたしと結婚させると言ったのよ」

「なるほど、それで婚約者だったという訳ね。ところで、あなたが今胡桃割り人形の姿をしていないってことは、呪いは無事解けたようね」

「ええ。呪いは解けたけど、その儀式の最中《さなか》にマウゼリンクス夫人の邪魔が入ってしまったの。その結果、ドロッセルマイアーが胡桃割り人形になってしまったのよ」

「あなたのために犠牲になったともいえるわね」

「そうかもね。でも、わたしは王女なのだから、気持ちの悪い胡桃割り人形なんかと結婚できる訳がないわ。父はかんかんに怒って、ドロッセルマイアーを宮殿から追放したわ」

「ドロッセルマイアーにどんな罪があったというんですか？」

「気持ちの悪い胡桃割り人形の分際で、わたしと結婚しようだなんて大それたことを考えた罰よ。全く今、思い出しただけで、胸糞が悪くなるわ」

「その後、ドロッセルマイアーはクララと知り合ったんですね」

「七つの頭を持つ鼠の王様と戦う時に、彼女が手助けしたことが縁になったってことだわ。また人間の姿に戻ったって話もあるけど、実際はどうなのかしら？　まあ、人間の姿になったとしても、一度は胡桃割り人形になった訳だから、そんな気持ち悪い人と結婚する気になんか、金輪際《こんりんざい》ならないけどね」

「でも、ピルリパート」ビルが言った。「あなたも一度は胡桃割り人形になったんだよね？」

「だから、何？」

「一度胡桃割り人形になったドロッセルマイアーが気持ち悪いとしたら、あなたも気持ち悪いってことにならない？」

「わたしが気持ち悪いですって！　何よ！　蜥蜴の分際で!!」ピルリパートは靴のかかとで、ビルを踏みつぶそうとした。

「わっ！　何するんだ？　そんなことをしたら、死んでしまうじゃないか」

「王女を罵倒した罰よ」

「罵倒なんかしていないよ」

「いいえ。確かに罵倒したわ。『気持ち悪い』って」

「それは、ドロッセルマイアーが気持ち悪いっていうなら、あなたもそうじゃないかってことだよ」

「また言った！」ピルリパートは足を振り上げた。

ビルは素早く、その場から遠ざかった。

「みんな！　そのいやらしい蜥蜴を踏みつぶして頂戴」

女官たちは一斉に足を振り上げた。

「ちょっと待ってください。皆さん、落ち着いてください」スキュデリが皆を宥《なだ》め始めた。

「蜥蜴が言ったことぐらいで、腹を立てるなんて大人げないじゃないですか」

「蜥蜴だって、言っていいことと悪いことがあるわ」

スキュデリはビルを抱え上げると、自分の肩に乗せた。

女官たちはビルを踏もうと足を上げ過ぎたために、全員がひっくり返ってしまった。

「とりあえず、落ち着いてください。この蜥蜴を踏むことに、あなたがたがはしたない格好をしなくてはならない程の価値がありますか？」

「まあ、冷静に考えれば、それほどの価値はないかもね」ピルリパートは裏返ったスカートを戻しながら言った。

「こんにちは、ゼルペンティーナ」スキュデリは言った。

「こんにちは、マドモワゼル。今日は何の御用でしょうか？」ゼルペンティーナは上品に答えた。

「わたしがクララの捜索をしているのは知ってるわね？」

「ええ。ドロッセルマイアー判事の指示ですね」

「実は、事件に大きな進展があったの」

「クララが見付かったんですか？」

「ええ。正確には、地球のくららの遺体がね」

ゼルペンティーナは息を飲んだ。「犯人はわかってるのですか？」

「いいえ」スキュデリは首を振った。「今、調べているところよ」

「わたしも取り調べを受けるのですか？」

「ええ。ただし、疑っている訳じゃないの。ただ、脅迫状には犯人が自分をクララの友人だと書いていたものだから……」

「わかりました」

「もちろん、形式的なことよ」

「何を話せばいいんでしょうか？」

「あなたとクララの間に何かの確執はなかったかしら？」

「わたしにはありません。あるとしたら、ピルリパートか、オリンピアですが、たぶん二人とも犯人じゃありません」

「どうして、そういえるの？」

「ピルリパートは若いドロッセルマイアーに未練はありませんし、オートマータであるオリンピアはそもそも憎しみなど持っていません」

「山車に乗っていたのはピルリパートとマリーとあなただったわね。マリーについては、どう思う？」

「マリーは完璧なアリバイがありますよ」

「アリバイ？」

「わたしたち——わたしとマリーとピルリパートの三人が山車に乗り込むところは、クララによって目撃されていると聞きました」

「ええ。そうよ」

「つまり、クララが殺害されたのは、わたしたちが山車に乗り込んだ後だということになります」

「そうなるわね」

「そして、わたしたちが山車から降りた時、クララはすでに殺害されていました。つまり、クララはわたしたちが山車に乗っている間に殺されたことになります」

「三人が互いから目を離した時間もあるんでしょ」

「トイレの時間はそうなります。しかし、例外が一人います」

「人形であるマリーだけはトイレに行かなかったのね」

ゼルペンティーナは頷いた。「マリーは常にわたしかピルリパートのどちらかと一緒にいました。マリーには完全なアリバイがあるのです」

「残りはあなたね、ゼルペンティーナ。あなたとクララの間には確執はなかったと言ってたわね。でも、あなたにも何かしらのトラブルはあったんじゃないの？」

「そのトラブルというのはクララと関係ない話も含まれるのですか？」

「ええ。ごたごたがあったのなら、全て話して頂戴。それが恋愛絡みのものなら、是非」

「わたしにはアンゼルムスという婚約者がおります」

「それはおめでとう」

「そして、アンゼルムスは一時《いっとき》ヴェロニカという娘と恋に落ちたのです。しかし、彼が恋に落ちたのは、わたしの父と敵対するある老魔女の力をヴェロニカが借りたからだったのです」

「因《ちな》みに、あなたのお父さんは何者？」

「火の精霊サラマンダーです。名前はリントホルストと申します。霊界の王に誤解を受けて、追放された身の上でした」

「なるほど。ということはあなたもまた、恋愛トラブルの関係者である訳ですね」

「しかし、クララとは関係ありません」

「でも、ヴェロニカの恨みをかっている訳なんでしょ。彼女があなたに罪を着せるために、クララ殺しを仕組んだとも考えられないかしら？」

「それはありません」ゼルペンティーナは微笑んだ。「彼女の目的はアンゼルムスと結婚することではなく、宮廷顧問官と結婚することだったのです。彼女はヘールブラントという宮廷顧問官と結婚し、念願の宮廷顧問官夫人になれたので、もう何の恨みもないはずです」

「なるほど。あなたはトラブルからほど遠いようね。お話ししてくれてありがとう」

「こんな話でよろしかったら、いつでも訪ねてきてくださいな。ところで、首に巻いておられるのは、蛇皮の襟巻ですか？」

「ああ。これが気になっていたのね。安心して。あなたの同族の皮を剝いだ訳じゃないから」

スキュデリは襟巻の尻尾の辺りを軽く叩いた。「ビル、そろそろ起きなさい。もうゼルペンティーナへの事情聴取は終わったわよ」

「えっ。そうなの？　僕、聞き逃しちゃったよ」

「後で、纏《まと》めて聞かせてあげるから安心して」スキュデリは言った。

「こんにちは、ビル」ゼルペンティーナが言った。

「こんにちは、ゼルペンティーナ。僕たち爬虫類同士だね」

「ええ。でも、わたしは人の姿になれるのよ。あなたはどうなの？」

「僕は変身魔法とか使えないんだ」ビルは項垂《うなだ》れた。

「あら。それは残念ね。人間になるって素敵なことよ」

「でも」ビルは顔を上げた。「僕の地球でのアーヴァタールは人間なんだ。だから、人間になった時の気持ちはだいたいわかってるよ」

「よくわからないけど、それは魔法じゃないのね」

「よくわからないよ」ビルはにこやかに答えた。

「そう。よくわからないのね」

「まあ、僕にとってはたいていのことはよくわからないんだけどね」

「さあ、ビル、次に行きますよ。一人ずつ話を聞くたびに、少しずつ全体像が見えてきましたよ」


「初めまして、オリンピア」スキュデリは言った。

「初めまして、マドモワゼル」オリンピアは機械的に言った。

「オリンピアはロボットだから、質問しても仕方がないんじゃないかな、マドモワゼル・ド・スキュデリ」ビルが言った。

「マリーやパンタローンやトゥルーテも人形だわ」

「あれとは違うんだよ。彼らは魔法で命を与えられた人形だもの」

「つまり、あなたはこう言いたいのね。オリンピアは命のないオートマータだから、尋問しても仕方がない」

「まあ、そういうことかな。彼女が何か言っても、それは歯車が回って答えているだけだから、本当にそう思っている訳じゃないんだよ」

「彼女の言動が本当に全て歯車のプログラム通りだとしても、彼女から事情聴取する意味がないとまではいえないんじゃないかしら、ビル」

「だって、オリンピアには心がないんだよ」

「心がなくたって、受け答えができるのなら、問題はないわ。そもそも心って何かしら？」

「心は心だよ。嬉しいとか悲しいとか感じるあれだよ」

「オリンピアに心がないってどうしてわかるの？　泣いたり、笑ったりするんでしょ」

「それは歯車が泣いたり、笑ったりさせているだけなんだよ」

「じゃあ、きっと歯車がオリンピアの心なのよ」

「ああ。そうか」ビルは納得したらしかった。

そして、もちろんスキュデリは自分自身のそんな説明に納得していなかった。

オリンピアはじっと二人の会話を聞いていた――もしくは聞いているように振る舞っていた。がくんがくんと首が左右に動き、二人の顔を交互に見ている。

「オリンピア、あなたに心はあるの？」

がらがらと歯車が回る音が聞こえた。

これは人間が考えているのに相当する動きかもしれない、とスキュデリは思った。

「心があるように振る舞うことと、心があるということは同じことでしょうか？」オリンピアが答えた。唇の動きと声が微妙にずれているのは御愛嬌だろう。

「わたしは、そのことを確かめるために質問しているのよ。あなたに心はあるの、オリンピア？」

がらがらと歯車が回転する音が聞こえ、オリンピアの頭ががくんがくんと揺れた。

「それはわたしの父であり、設計者であるスパランツァーニ教授にもわからないことです」

「設計者の意見などどうでもいいわ。わたしはあなたの直観を知りたいの。あなたに心はあるの？」

「その質問には意味がありません。わたしが『自分には心がある』と答えたら、あなたは信じるのですか、マドモワゼル？」

「『心がある』と答えるように歯車にプログラムされているとしたら、それは心があるという証拠にはならないわね。それでも、わたしはあなたにこの質問に答えて欲しかったのよ、オリンピア」

「わたしには通常の意味での心はありません。でも、歯車を心と呼べるなら、わたしにも心があるのかもしれません」

「なるほど。そうですか」スキュデリは言った。「では、あなたを物ではなく、心のある普通の人間として事情聴取を行います」

「はい。どうぞ」

「まず最初に断っておきますが、遺体発見により、捜査は次の段階に入りました」

「そうですか」オリンピアは表情を変えなかった。

「予想していたのですか？」

「いいえ」

「あまり驚いていないようですね」

「はい。あまり驚いていません。人は必ず死にますから」

「では、ナターナエルが死んだ時も特に驚かなかったのですか？」

「ナターナエルが死んだのですか？」

「あなたとクララの板挟みとなり、自殺したのです。それも知らなかったのですか？」

「はい。誰も知らせてくれませんでしたので」

「なぜ、誰も知らせてくれなかったのでしょう？」

「機械に人間の死を知らせてもしようがないと思われたのでしょう」

「ナターナエルの死について、何か感想は持ちましたか？」

オリンピアはがくんと首を垂れ、歯車の音を響かせた。「おそらく、ある種の達成感があるのだと思います」

「達成？　人一人が亡くなったのに？」

「わたしはナターナエルがどのような恋愛行動をとるのかを確認するために、彼の恋人として振る舞うようプログラムされました。彼の死を以《もっ》て実験は無事終了し、当初の目的を達成したことになります。達成感の理由は以上です」

「あなたとクララは客観的には恋敵同士に見えていたことは認識していますか？」

「ナターナエルはそう思っていたでしょう。しかし、それ以外の人々はわたしがオートマータであることは認識していたはずです」

「オートマータが人間の恋敵になり得ない理由はありますか?」スキュデリは尋ねた。

オリンピアの動きが停止し、歯車の音が一段と高くなった。

「理由はありません。オートマータが人間の恋敵になっても驚くべきことではないでしょう」

オリンピアは機械的に答えた。

「クララへの脅迫状には、犯人がクララの友人であると書かれていました。何か心当たりはありますか?」

「ありません」

「クララの友人にはマリーやゼルペンティーナもいますが、男性を取り合った仲ということで、あなたやピルリパートが特に注目されることになります」

「それは不正確な表現です。ピルリパートとクララはドロッセルマイアーを取り合いした訳ではなく、ピルリパートが彼を捨てた後、恋人になったはずです」

「あなたはどうなのですか、オリンピア?」

「わたしが疑われているのですか?」

「もしあなたに心があるのなら、ナターナエルの愛を得たクララに嫉妬を覚えたかもしれないわ」

「わたしはナターナエルを愛していません。また、クララを憎んでもいません」

「あなたは犯人じゃないのね?」

「はい、マドモワゼル」

「じゃあ、誰が犯人だと思うの、オリンピア？」ビルが尋ねた。

オリンピアの中で歯車が回る音がした。

「推理する根拠が不足しているので、推理できないわ、蜥蜴」

「僕はマリーが怪しいんじゃないかと思うんだ」

「どうして？」スキュデリが尋ねた。

「マリーはクララが死んでるって何度も言ってたもの」

「論理的にマリーは犯人ではない」オリンピアが言った。「被害者なのだから」

「じゃあ、ゼルペンティーナかな？　爬虫類仲間としては庇《かば》いたいけど、魔法が使えるのが怪しいもの」

「魔法を使った場合、魔法使い同士が必ず探知するの。ゼルペンティーナが最近魔法を使った様子はないそうよ」スキュデリが言った。

「ただし、魔法を使わずに殺した可能性はある」オリンピアは言った。

「それって、犯人はゼルペンティーナだってこと？」

「彼女が犯人であっても、矛盾しないということだ、蜥蜴。もちろん、おまえやマドモワゼルが殺した可能性もある」

「それは何かの根拠があって言ってるんですか？」スキュデリは言った。

「いいえ、マドモワゼル。論理的な可能性の問題です」

「つまり、単にわたしやビルが犯人でないという証拠がない、ということで、別に犯人扱いしている訳ではないということですか？」

「そうです」

「あなたの言説は論理的には正しいかもしれないけど、誤解を生む可能性が高いようですね」

「どうしてでしょうか？　論理的であればある程、誤解を生む要素は排除されるはずですが」

「言葉は論理だけで構成されている訳ではないからですよ、オリンピア。あなたは修辞学の勉強もすべきです。それとも、スパランツァーニ先生に修辞学的な歯車の調整をして貰った方が早いのかしら？」

「では、父に依頼してみます」

「オリンピア、もう一つ訊きたいことがあるんだ」ビルが言った。

「何だ、蜥蜴？」

「どうして、マドモワゼル・ド・スキュデリには丁寧な口のきき方をするのに、僕にはぞんざいなの？」

「おまえが蜥蜴だからだ。礼儀とは人に対するものだと、歯車にプログラムされている」

「じゃあ、ゼルペンティーナにもそんな口のきき方をしてるの？」

「ゼルペンティーナと話したことはない」

「もし話すとしたら、どうなの？」

「ゼルペンティーナが蛇形であったなら、このような言葉を使うだろう」

「人の姿だったら？」

しばらく歯車の動く音が続いた。

「視覚的な観察で、蛇としての特徴と人としての特徴を比較して決定する」

「結構真面目なんだ」

「もう訊くことはあまりないようですね。ビル、行きましょう」スキュデリは言った。そして、去り際に振り向いた。「オリンピア、あなたの論理性は結構使い道があるかもしれないわよ」

「初めまして、ロータルさん」スキュデリは言った。

「初めまして……確か、マドモワゼル・ド・スキュデリですね」ロータルはおずおずと言った。

「よく御存知ですね」

「もっぱらの噂ですからね。その……」ロータルは苦しげに言った。「あなたがクララ失踪事件の捜査を任されたと」

「どうして、今苦しそうだったの？」ビルが尋ねた。

「そりゃ、妹が失踪したのだから、辛《つら》いに決まってるだろ」

「妹？」ビルがスキュデリの顔を見た。

スキュデリは黙って頷いた。

余計なことは言わないで、ビル。

だが、それを口で言ったら、藪蛇《やぶへび》になってしまうことは目に見えていた。

ロータルの額の皺《しわ》は左右の真ん中あたりで、明確にずれていた。これはドロッセルマイアーや砂男《すなおとこ》に記憶を植え付けられた人間の証拠だ。逆に言えば、この特徴がない者は正しい記憶を持っていることになる。

「クララにお兄さんがいたなんて初耳だよ」ビルが言った。

「あなたもコッペリウスから話を聞いて知っているはずですよ。もうすっかり忘れてしまったみたいだけど」

「僕たちはたった二人の兄妹なんだよ」ロータルは言った。

「それはおかしいよ。だって、クララはシュタールバウムさんの……」

「実は状況が変わったため、捜査の方針も変わったのです」スキュデリはビルの発言を遮るように言った。

今、記憶の改竄《かいざん》に触れたら、ロータルはパニック状態に陥《おちい》ってしまい、事情聴取どころじゃなくなるだろう。

「状況が変わったって、どういうことでしょうか？」

「落ち着いて聞いてください。遺体が発見されたのです」

ロータルの顔は一瞬で悲愴なものになり、その場に崩れるように跪《ひざまず》いてしまった。

スキュデリはロータルを冷静に観察した。

「クララは苦しんだのでしょうか？」

「申し訳ありません。遺体の状況については、捜査の関係で詳しくお教えできないのです」

「えっ？　そうだったの？」ビルは驚いたように尋ねた。

「犯人は誰ですか？」ロータルの目が憎しみの火でらんらんと輝いた。

「それはわかりません」

「わかった！　ナターナエルのやつだな！　あいつはクララを殺そうとした前科がある」

「えっ？　そうなの？　じゃあ、犯人はナターナエルで確定だね」ビルは嬉しそうに言った。

「ナターナエルがクララさんを殺そうとしたのはいつですか？」スキュデリは冷静に質問を続けた。

「はっきり覚えている。あいつが自殺する直前だった」

「何の直前ですか？」

「ナターナエルの自殺だ。はっきり覚えている。こんなこと、忘れようがない」

「その時は未遂だったんですよね」スキュデリが念を押した。

「はい。クララは僕が助けました」

「そうか。ナターナエルは自殺してから、クララを殺したんだね」ビルが頷いた。

「えっ？」ロータルはぽかんと口を開けた。

ああ。気付いてしまったわ。でも、もう彼の反応を見ることができたから、問題はないわ。

「どうしてだ？　どうして、いなくなったはずのクララがあそこにいたんだ？」ロータルは考え込んだ。

「えっ？　ナターナエルが自殺したのって、クララがいなくなった後なの？」ビルが驚いたように言った。

ビルは自分がナターナエルの自殺現場にいたことをすっかり忘れているようだった。

「ちょっと待ってくれ。時間の順番がぐちゃぐちゃだ。辻褄《つじつま》が合わない」ロータルは頭を抱えた。

記憶の不整合を指摘してやろうか、と思っていると、額の皺のずれの部分がずるずると往復運動を始めた。

そろそろ、限界らしい。

突如、ロータルは絶叫し、気を失った。

「ロータルはどうなったの？」ビルが尋ねた。

スキュデリはロータルの額を確認した。「大丈夫。ずれは修正されたわ。目が覚めたら、クララが妹だったことは夢として記憶されていると思うわ」

スキュデリとビルはロータルをそのままにして、その場を去った。

「これだけいろいろな人に話を聞いたけど、結局何もわからなかったね」ビルが残念そうに言った。

「とんでもありませんよ。今日は大収穫でした。あとはどういう形で事態を終息させるか、それが問題ですね」

14

「大収穫とはどういうことだ？」ドロッセルマイアーが不機嫌そうに尋ねた。

「だから、それはマドモワゼル・ド・スキュデリが言ったことで、僕にはよくわからないのです」

「ビルが聞き漏らしたんじゃないか？」

「確かに、事情聴取中、一部居眠りをしていましたが、スキュデリが補完してくれたので、大きな聞き漏らしはないと思いますよ」

「捜査は進展していると考えていいのか？」ドロッセルマイアーはさらに追及した。

「おそらく。彼女の頭の中ではすでに解決へ向かっての道筋は見えているようでした」

「もし本当にそうだったら、ビルにそれを教えればいいんじゃないか？」

「ビルに教えるのは時期尚早ってことじゃないの？」礼都《れつ》が言った。「ビルを口止めするのは不可能だということを忘れてるんじゃない、ドロッセルマイアー？」

「なるほど。犯人に知られちゃまずいこともビルから筒抜けになってしまう可能性があるな」

「それで、こちら側では何をするつもりなの、井森君？　捜査計画を立案とか、推理とか、言ってたけど」

「それですよ、今考えていたのは」

「どういうこと？　まさかのノーアイデアってこと？」

「そうじゃありません。僕が言いたいのは、捜査にしても推理にしても、ホフマン宇宙側のキーパーソンはマドモワゼル・ド・スキュデリだってことなんですよ」

「それは客観的な事実だな」ドロッセルマイアーが言った。

「それなのに、地球上で、彼女抜きで会議を続けるのは、非常に効率が悪いのです」

「おまえがしっかり連絡係をすれば、問題ないだろう」

「はっきりと断言します。ビルに連絡係は荷が重いと思われます」

「あんたがやればいいんじゃないの、ドロッセルマイアー？」

「いや。やめておこう」

「理由は何ですか？」井森が尋ねた。

「あの女は苦手なんだよ。できれば、一分一秒でも一緒にいたくない」

礼都はドロッセルマイアーから顔を背けて、微笑んだ。

「一つ思い付いたんですが」井森が言った。「マドモワゼル・ド・スキュデリのアーヴァタールを探すっていうのはどうでしょうか？　彼女も地球の夢を見ているというようなことを……」

「言ったのか？」ドロッセルマイアーが色めきたった。

「言ったような、言わなかったような」

「どっちよ?!」礼都はまるでコントのように、こけそうになりながら突っ込んだ。

「で、どうやって探す気だ？」

「何らかの手段で呼び掛けるんです。貼り紙とか、ミニコミ誌にメッセージを載せるとか、ネットを使うとか」井森は言った。

「もし、彼女のアーヴァタールが地球にいて、我々と合流したいと思っていたら、すでにここにやってきてるんじゃないか？　現時点で、ここにいないところからして、彼女を見付け出すのは、望み薄だな」

「我々を見付け出せないでいるのかもしれませんよ」

「あのスキュデリが？　それはあり得ないな」

「マドモワゼル・ド・スキュデリの地球上でのアーヴァタールが彼女程優秀だと決まった訳ではありませんよ」

「確かにな。おまえとビルでは、間抜け具合が雲泥《うんでい》の差だ」

「それって、僕のことも間抜けだと言ってますよね」

「間抜けでなければ、二度も殺されたりするものか」

「そこを突かれると痛いですね」井森は頭を掻いた。「とりあえず、こっちの世界の彼女はそれほど優秀じゃないという前提で、探してみるのはどうでしょう？」

「あんた、馬鹿じゃないの？」

「はっ？」

「スキュデリが必要なのは、彼女の鋭い頭脳の故でしょ？　間抜けなスキュデリなんていたっ

「殺害はホフマン宇宙で行われたのだから、地球で見張っていても仕方がないんじゃないか？」

「そうですね。犯人は犯行現場に戻ると言われています。何か見落としがないか、捜査がどこまで進んでいるか、気になるからですね」

「犯人？」

「つまりですね。犯行現場にやってくる人といえば誰でしょうか？」

「通常じゃない犯罪捜査って何？」

「人捜しは通常じゃないってこと？　人捜しの異常性について説明してくれない？」

「人捜しですよ」

「通常の犯罪捜査は意味がないってことです」

「犯行現場付近の調査です」

「それは無意味だと結論が出たんじゃなかった？」

「じゃあ、もう反論しないから結論だけ言え。おまえはどうやって事件を解決するつもりだ？」

「だから、それはお二人が僕の言うことに一々反論するからじゃないですか」

「さっきから話が堂々巡りしているぞ」

「いや。だから、何度も言っているように、僕じゃなくて、ビルが問題なんですよ」

「あんたがしっかりすれば済む話じゃないの？」

「いや。少なくとも、地球とホフマン宇宙の間の連絡経路がもう一本増えることになりますよ」

て意味がないわ」

「いいえ。地球でも犯罪は行われていますよ。僕——井森建の殺害です」

「それはあんたの主観内の話でしょ」

「そうです。だが、それに伴って、もう一つ犯罪が行われました。くららの遺体の遺棄です」

「なるほど。落とし穴に落ちた遺体を運び出す作業は地球で行われた訳だ」ドロッセルマイアーは言った。「確かに、その行為に関しては、地球でも犯罪が成立する」

「犯行現場の候補としては僕が落ちた落とし穴とくららの遺体が見付かった橋脚が考えられます」

「橋脚はどうかしら？　もっと上流で遺棄《いき》されて、流れ着いたのかもしれないわ」

「じゃあ、調査範囲をさらに上流側まで広げればいい」

「雲を摑むような話だな」ドロッセルマイアーはうんざりした調子で言った。「その方法で犯人を捜すのは効率的と思えないが」

「もちろん、犯人捜しだけなら、あまり効率的とはいえません。しかし、目的はそれだけじゃないんです」

「だから、結論から言えと言っとるだろ！」

「結論から言うなら、マドモワゼル・ド・スキュデリのアーヴァタールです」

「なぜ、彼女が犯行現場に現れるんだ？　まさか、彼女が犯人だということではあるまい」

「犯行現場に足繁《しげ》く通う者は犯人だけとは限りません。むしろ、犯人よりも多く、現場を訪れる者がいるはずです。そうです。探偵です」

「なるほど。スキュデリ自身のアーヴァタールが現場の調査に現れるはずだから、そこを捕まえようという訳か？」

「ええと。言ってもいい？」礼都が言った。

「僕の作戦の欠点を論《あげつら》うつもりですね」

「そうよ」

井森は掌を立てて、礼都を制止し、目を瞑《つむ》るとしばらく深呼吸をした。

「さあ。どうぞ」

「スキュデリのアーヴァタールが本体と同じく切れ者なのか、あんたに対するビルのように間抜けなのかはわからない。だから、両方の可能性について、検討してみるわね。あっ。そもそも、地球にスキュデリのアーヴァタールが存在しない可能性もあるけど、それは省略していいわね。単にあんたの努力が徒労に終わるだけという結論だから」

「はい。ＯＫです」

「まず、切れ者だった場合、ここに姿を現していないということは、つまりわたしたちに合流したくないということよ。これはいいわね」

「はい。ＯＫです」

「そんな切れ者の彼女が簡単にあんたに見付けられると思う？」

「無理ですね」

「次に、この世界の彼女がたいして切れ者じゃないビルのような存在だったとする。そんな人を仲間に引き入れて、何の得があるの？」

「得じゃないですね」

「そもそも、調査のために、あんた自身が犯行現場をうろつくことになるのは理解している？」

「はい」

「犯行現場を見張っているのは、犯人と探偵だけじゃない。警察も見張っているのよ。犯行現場をうろつくあんたを警察が見付けたら、どう思うかしら？」

「事件の関係者だと思われるでしょうね。……実際に関係者ですし」

「いったいどういう理由で、犯行現場をうろついているんだ、と訊かれたら？」

「一刻も早く犯人を捕まえたい一心です、と言います」

「それを信じるか信じないかは相手次第じゃない？」

「そうですね。で、仮に僕が疑われたとして、何か不都合がありますか？」

「あんた、自分が捕まっても構わないの？」

「仮令《たとえ》、疑われたとしても逮捕まで行くことはまずないでしょう。第一、本当に殺していないのだから、証拠はありません。もし僕が逮捕されたら、誰かが意図的に僕を陥《おとしい》れようとしていることになります」

「犯人はそのつもりかもしれないわよ」

「もし、犯人がそのつもりなら、僕の行動に拘《かか》わらず、陥れるでしょう」井森は断言した。

「あと、この世界のマドモワゼル・ド・スキュデリのレベルについて、超切れ者か、ビル程度の間抜けか、と二分して検討していましたが、たいていの人間はその間のどこかのレベルです。極端でない限り、我々に見付けられないことはないし、足手まといにもならないでしょう」

「スキュデリのアーヴァタールが常識的なレベルだと、断言できるの？」

「確かに断言はできませんよ。しかし、断言できないことを全て疑っていたら、食事をとることも息をすることもできなくなってしまいます。食事の中に毒が入っていないことをどうやって確認しているのですか？　あるいは、空気の中に毒ガスが混じっていないことを」

「あんたが逮捕される確率や、スキュデリのアーヴァタールが間抜けである確率を提示することができないのが残念だわ。でも、わたしの勘は当たるのよ」

「『わたしの勘を信じろ』と言われても、それこそ根拠がありません」

「彼が調べたいというのなら、調べさせればいいんじゃないか？」ドロッセルマイアーが言った。「彼が調べることで、事態がより悪化することはないだろう」

「そうね。彼がトラブルに巻き込まれたら、厄介だと思って止めたけど、彼が自己責任でやる分には構わないわ。その代わり、わたしはトラブルには一切関わらない。わかったわね？」

「それで構いません」井森は言い放った。

とは言ってみたものの、実際どうやって探せばいいのやら。

井森は橋の上からぼうっと水面を眺めていた。

くららの遺体がこの橋脚に引っ掛かっていたなら、ここから投げ落とした可能性もあるが、さらに上流のどこかで川に投げ込んだ可能性もある。地図を見る限り、この川はここから上流部は二十キロメートル程もある。最上流部は遺体を流す程の水量はないだろうが、それでも必要な水量がある範囲は結構な距離であるのは間違いない。当て所もなく、ぶらぶらと川岸を遡《さかのぼ》っていって、何か見付けることができるだろうか？

井森は頭を振った。

考えてばかりいても、埒《らち》が明かないのはわかっている。とにかく行動を起こすことだ。

井森は上流に向かって、堤防の上をぶらぶらと歩き出した。

河川敷はさほど広くなく、左右とも五メートル程の幅しかないが、舗装されていて、市民の散歩やサイクリングに利用されている。ただ、水量が結構あるので、子供たちの水遊びには向いていないようだった。

百メートル程進むと、別の川が合流しているポイントにぶつかった。合流部には水門があって、現状では開いていた。おそらく、本流から支流に逆流する可能性がある場合などはこの水門を閉じて、洪水を防ぐのだろう。

そして、井森は気付いた。

くららの遺体は本流を流れてきたとは限らないのだ。本流だけを調べても意味がないのかもしれない。このような支流も全て網羅しなければ。

井森は再度地図を確認した。

地図によると、くららが発見されたポイントより上流側で、八本の支流が流れ込んでいる。

そして、さらにその支流一つ一つが二つか三つの流れに分かれている。

井森は気が遠くなった。

とにかく、落ち着いて考えた方がいい。

井森は堤防の端に腰を下ろした。

だが、一向に名案は浮かばない。しばらくぼんやりと景色を眺めていると、ふと背後からの視線を感じた。

振り向くと、背後に高齢の男性が立っていた。髪の毛はまばらで、肌の色は酒焼け風の色合いになっているが、眼光はあくまで鋭かった。

「ええと。何か御用でしょうか？」井森はおそるおそる尋ねた。

老人は笑った。前歯は殆《ほとん》ど残っていない。「いや。あんたの様子が随分思い詰めとるようだったでの。心配して見とったんじゃ」

ああ。なるほど。僕が身投げをするんじゃないか、と思ったのか。

「御心配には及びませんよ。この川は流れが穏やかなので、飛び込んでも死ぬことはできないでしょう」

「なんだ。身投げの場所を探しとったんかの？　わしは、探偵が推理にでも行き詰まって悩んでいるのかと思っとったよ」

この爺さん、結構鋭いな。

「確かに、今の流れは穏やかだな。だが、先日の大雨の後なんかはごうごうと凄い勢いじゃったぞ」

　ああ。爺さん、この辺に住んでるのかな？　だったら、駄目元で訊いてみるか。

「すみません。ちょっとお訊きしてよろしいでしょうか？」

「ああ。いいぞ。何でも訊いてくれ」

「この辺りにお住まいなんでしょうか？」

「ああ。ちょっと前に越してきた。前は山の方に住んでたんじゃが、娘が近くに住めと言って煩《うるさ》いんでな。因《ちな》みに、わしの名前は岡崎徳三郎《おかざきとくさぶろう》じゃ。『徳さん』と呼んでくれ」

「この辺りで最近、不審な出来事はなかったですか？」

「不審な出来事？」

「些細なことでも結構ですので」

「やっぱり、あんた探偵さんかの？」

「まあ、探偵というか、探偵役というか」

「不審なことなんか、あったかの？」徳さんは腕組みをして考え始めた。「特にはないなぁ」

　やはり、無理だったか。

「あっ！」徳さんがぽんと手を打った。「そう言えば！」

「何か思い出されましたか？」

「少し前に、事件があったぞ！」

「どんな事件ですか?!」

早くも糸口が摑めそうだ。

「ここから百メートル程下流でじゃ」

「ふんふん」

「若い女の遺体が見付かったんじゃ」

それは知ってる。

「そうでしたね。それ以外に何かありませんか?」

「それ以外って、死体が見付かる以上の出来事なんかあるかの?」

「それはそうなんですけどね。実はその遺体となった若い女性に何があったかを調べているのです」

「なんと、本当に殺人事件を調べている探偵さんだったのか!」

「行きがかり上、そうなってしまったのです」

「しかし、こうやって調べるのは非効率的じゃぞ」

「やはりそう思いますか」

「もし彼女が殺されたのだとしたら、死体が引っ掛かっとったあの橋か、それよりも上流で遺棄されたことになる。で、この川は本流だけでも、ここから上流は二十キロメートルはあるし、支流だって、二、三十本あったはずじゃ。川べりにぼんやり座って、やってくる暇人に話を聞くというような捜査方法だと、何年掛かるかわからんの」

「そうなんですよね。ちょっと甘かったです」

「そもそもそういう捜査は警察がやってくれるんじゃないのかの？」

「まあそうなんですけどね。少し事情がありまして……」

「それって、警察にばれるとまずい話なのか？」

「まずいってことはないですね。いや、まずいかもしれませんが、おそらく徳さんが思っているようなまずさではないです」

「あんたはいったい何を言っとるんだ？」

「つまり、正直に言うと、正気を疑われそうな話なんですよ」

「ほう」徳さんは目を輝かせた。「それは面白そうじゃの。詳しく話してみてくれんか？　力になれるかもしれんぞ」

「今の発言は忘れてください。僕の話を聞いてもたぶん引くだけですよ」

「何じゃ、つまらん。せっかく面白い話が聞けると思ったのに」

井森と徳さんはそのまま黙り込んだ。

井森は考えに行き詰まり時々川に小石を投げ込んだ。

「つまり、その事件には警察の知らない一面があるということじゃの？」徳さんがぽつりと言った。

「はっ？」井森は驚いて振り返った。「まだ、おられたんですか？　気配がなかったから、てっきり、もう帰られたのかと」

徳さんは無表情なままじっと井森を見つめていた。

「あんたは自分の正気を疑われるのが嫌で警察に話していないことがあるんじゃろ？」

「はあ」

「ということは、それが警察の知らない一面ということになる」

「そうですね」

「だとしたら、その部分に関しては警察の捜査は進んでいないことになる」

「確かに」

「ここで見付かった遺体に関しては、警察はすでに摑んでいる。ということは、上流の捜査は警察がやってくれるはずで、あんたのやるべきことではないという結論になるはずじゃ」

「しかし、僕なら警察とは別の視点での捜査ができるはずなんです」

「その『別の視点』というのは、具体的にどんな視点なんじゃ？」

「具体的には……」

この事件に関係しているホフマン宇宙での事件の関係者のアーヴァタールとコンタクトをとるということだ。まてよ。でも、どうやって、ホフマン宇宙の関係者のアーヴァタールだと確認すればいいんだ？

井森はその方法がないことに気付いた。

今周囲を見渡すと、ざっと十人以上の人間がいるが、その中の誰かがホフマン宇宙の人間のアーヴァタールであるという証拠はない。そして、そうでないという証拠もない。

ということはここでの調査は全く無意味ということになる。

しかし、大見得を切って出てきただけに、ドロッセルマイアーと礼都の元に手ぶらで帰る訳にもいかない。

「どうした。まさか具体案がないという訳ではあるまい」

「そのまさかですよ」

「なるほど。しかし、どこを探すべきかはすぐにわかると思うがの」

「どこですか？」

「この事件には警察も知らない側面があるんじゃろ？」

「はい」

「だったら、ここは別に警察の知らない現場があるんじゃないのか？」

なるほど。警察が知らない場所については、そもそも捜査が及ぶ可能性はない。

「ありますね」

「だったら、まずそこを調べるべきじゃろう」

警察が知らない現場。……落とし穴だ。

「ありがとうございます。おかげで何をすべきかがわかりました」

「それで何かが解決するかどうかはわからんけどもな」

「ここでぼんやりしているよりは、遥かにましです」

井森は徳さんに礼を言うと、落とし穴へと向かった。

落とし穴の状況は以前と変わりなかった。調査された跡すらない。ここは警察に知られていないのだから、当然だろう。

だが、ここにくららの遺体があったことは間違いない。何者かがここからくららの遺体を運び出し、川に遺棄したのだ。

理由は何だろう？

クララが死んでいることを隠すためだろうか。だが、そうだとすると、簡単にくららの遺体が見付かってしまうのはおかしい。

可能性は主に三つだろう。

一つ目は、何らかの原因で隠していたくららの遺体が外に出てしまったという可能性だ。先日の大雨で土中に埋められていたくららの遺体が流出して、川を流れたということは充分に考えられる。だが、その場合、簡単に流出するような場所にくららの遺体を埋めたということで、犯人は相当に不注意だということになる。

二つ目の可能性は、そもそもクララの死を隠す意図はなかったという可能性だ。つまり、くららの遺体を持ち出したのには、隠蔽以外の理由があったことになる。しかし、くららが死んだのはホフマン世界でクララが殺されたのが原因なのだから、くららの遺体には殺人の痕跡は残っていないはずだ。だとすると、犯人が危険を冒してまで、くららの遺体を運び出す理由がない。

三つ目の可能性は、当初は隠蔽のために遺体を隠したが、どこかの時点でその必要がなくなったというものだ。例えば、ホフマン宇宙で、クララの遺体が発見されたのなら、隠蔽の必要性はなくなる。だが、クララの遺体はいまだに見付かっていない。

考えれば考える程、袋小路に入り込んでいきそうだ。

井森は慎重に周囲の様子を確認してから、穴の底へ降りる方法を検討した。

先日の雨で、落とし穴の一角が崩れていて、その部分だけ比較的傾斜が緩やかになっているのを発見した。

爪先で探ってみると、ある程度の硬さはあった。

この傾斜を使えば、底までは降りられるだろう。のぼるのは少し手間がかかりそうだが、最悪ドロッセルマイアーか礼都を呼び出せばなんとかなるだろう。嫌がりはするだろうが、さすがに見殺しにはしないはずだ。どうしても駄目だった場合は、一一九にでも電話すればいい。穴に落ちた理由は散歩していて偶然見付けたので、覗いていたら落ちてしまったということにでもすればいい。

井森は杭の上に落下しないように注意して、底まで降りた。

いくつかの杭の先には変色した血のようなものがこびり付いていた。くららが死んだことが確実になる前なら、血のサンプルを持ち帰る意味もあったが、今となっては、たいした意味はない。

足下を見ると、白いものが落ちていた。

拾い上げると、紙切れだった。何か書かれていたが、雨で滲《にじ》んでいる上、穴の底は光が届かないので、よく読めなかった。

他には何もなさそうなので、井森は紙切れをポケットに入れると、斜面を上り始めた。一歩足を進める度にぐずぐずと崩れていくので苦労したが、それでも三十分程頑張ったら、なんとか穴の縁《ふち》に到着できた。

辺りはすでに薄暗くなりかけていた。

井森は街灯の近くで、紙切れを広げて読み始めた。インクは殆ど流れてしまっていたが、なんとか次の文章が読み取れた。

……もしわたしが本当に死んでしまったら、クララを探してください。マリーのことは気にする必要はありません。……

これはくららの文章なのだろうか？　帰ってドロッセルマイアーに見せれば、筆跡で判定できるかもしれない。

「くっ……」

突然、息ができなくなった。

首の辺りに手を伸ばすと、紐のようなものに触れた。

どうやら誰かに首を絞められているらしい。

この手紙はやはり重要だったようだ。

井森は懸命に紐を外そうとし、同時に犯人の顔を見ようとしたが、どちらも叶わなかった。息ができないことはもとより、頸動脈を押さえられることによって、脳に血液が届かなくなっているのがまずいようだ。

全身から力が抜け、視野が真っ暗になる。

15

「その手紙はどうなったのかしら？」スキュデリは言った。

「わからない。気を失ったから。そういえば、僕、気を失うのは初めてだよ」ビルが言った。

「たぶん、あなた——というか、井森は気を失ったのではないと思いますよ」

「えっ。じゃあ、ただ眠っただけなの？」

「いいえ。殺されたんでしょう」

「わっ！」ビルは叫んだ。

「どうしたのですか？」

「これで三度目なんだ」

「三度目ですか」

「なんだか、四度目な気もするんだけどね」

「その蜥蜴《とかげ》は自分が何度殺されたのかもわからないのか？」ドロッセルマイアーが顰《しか》め面《つら》で言った。

「ドロッセルマイアーは今まで何度殺されたのか、覚えているの？」

「わたしは一度も殺されてなぞおらん」

「覚えてないってこと？」

「覚えてないのではなく、殺された事実がないのだ」

「本当にそうでしょうか？」スキュデリが言った。

「何を言ってる？」

「ビルの言ってることは案外真実を突いているのかもしれませんよ」

「あんたまで間抜けになったんじゃないだろうな、マドモワゼル？」

「いいえ。わたしが言いたいのは、『殺されてないこと』と『殺されたことを覚えていないこと』を区別することはできないんじゃないかってことですよ」

「馬鹿馬鹿しい。いくらなんでも、殺されたんなら覚えているだろう」

「常識的な話をさせて貰《もら》うと、殺されたことを覚えている人はいません。脳が機能停止するから、覚えることができないのです」

「ああ。普通の場合はな。今は、アーヴァタールが殺された場合の話をしとるんだ」

「アーヴァタールだって、一緒ですよ。殺されれば、脳は機能しなくなる。なのに、なぜ覚えていられるのでしょう？」

「そんなこと知るもんか」

「ひょっとすると、覚えていられることの方が稀《まれ》で、たいていは忘れてしまうのかもしれませんよ」

「だからといって、わたしのアーヴァタールが殺されたことがあるという証拠にはならない」

「そうですね。でも、殺されたかもしれないと思って生きるのと、そうでないのとでは、生き方が変わると思いませんか？」

「そんなことは気にならないし、気にするつもりもない。そんなことより、犯人の目星は付いたのか？」

「推理はぼんやりと出来上がっていましたが、ビルの報告を聞いて、さらに形が明確になってきました」

「つまり、どういうことだ？」

「まだお話しすることはできません。それまでに確認すべきことがあるのです」

「今更、何を確認するんだ？」

「マリーの所在です」

「マリーが犯人なのか？」ドロッセルマイアーは尋ねた。

「そこまでは断言できませんが、彼女がこの事件に深く関与していることは間違いないでしょう」

「でも、手紙には、『マリーのことは気にする必要はありません』って書いてあったよ」

「どうして、鵜呑《うの》みにできるんだ？　そもそもその文章を誰が書いたのかもわからんだろう」

「たぶんくららだと思うよ。あなたはくららが書いたものなら、わかるんでしょ、ドロッセルマイアー」

「現物があればな」

「ええと」ビルはドロッセルマイアーのテーブルの上のペンを取った。「こんな感じの字だった」ビルは絨毯の上に文章を書き始めた。「どう？　これ、くららの字かな？」

「紛《まぎ》れもなく、おまえの字だ」ドロッセルマイアーは怒りに震えながら言った。

「へえ。くららの字って、僕の字に似てるんだ」

「マリーについては、前々から疑問に思っていたのです。そして、井森がマリーに言及した手紙を見たということで、疑問は確信に変わりました」

「マリーに怪しいところがあったというのか？」

「彼女はわたしに『クララの捜索よりも犯人の捜査を急ぐべきです』と言ってきました。これは友人が行方不明になっている者の言葉としては、不自然です」

「確かに不自然だが、それだけで犯人とは決め付けられまい」

「マリーはなぜ犯人捜しを優先すべきだと言ったのでしょう？　犯人は脅迫状の中で、自分はクララの友人だと語っていました。ということは、マリーを含む遊び仲間のグループが真っ先に疑われることになります」

「その点については異議はない」

「被疑者と見做《みな》されれば、生活に様々な支障が出ることは容易に想像できます。それなのになぜマリーは自らを被疑者の立場に追い込むような提案をしたのでしょうか？」

「自分にアリバイがあるって知ってたからではないのか？」

スキュデリは頷いた。「彼女は自分に強力なアリバイがあることを理解していました。そして、それをわたしに気付かせるために、敢えて犯人捜しを進言したのでしょう」

「でも、アリバイのことは知ってたんでしょ、マドモワゼル・ド・スキュデリ」ビルが尋ねた。

「もちろんですよ。しかし、そのことは明言しなかったのです」

「どうして？」

「あまりにも、マリーにとって都合のいいアリバイだったからです。だから、わたしは当初からそのアリバイは重要視しなかったのです」

「凄いな、マドモワゼル・ド・スキュデリ。ところで、アリバイって何のこと？」

「くららはマリーたちが山車《だし》に乗るのを目撃したと、井森に言いましたね」

「そうだよ、マドモワゼル・ド・スキュデリ」

「そして、彼女たちが山車に乗っている間に、クララは殺されました。その後で、彼女たちは山車から降りてきました。つまり、山車に乗っているマリーたちにクララは殺せないことになります」

「本当だ！　凄いよ、マドモワゼル・ド・スキュデリ」

「マリーはこのことをわたしに明言して欲しいがため、わざと犯人捜しを優先させようとしたのです」

「自分の疑いを晴らそうとするのは、自然な行為なのではないか？」

「すでに疑われているのならそうですね。だけど、マリーはまだ表立っては、疑われていませんでした」

「いったん疑われてでも、自分にアリバイがあることをはっきりさせておきたかったということか。確かに不自然だ」ドロッセルマイアーは唸った。

「さらに、このアリバイ自体が不自然なのです。マリーにとって、都合が良過ぎるのです。このような参加者を拘束するようなイベントは一年に一度しかなく、まさにちょうどその期間に殺人が起きるというのは、参加者のアリバイを確保するために狙ってやったとしか思えません」

「さっき、あんたはマリーが犯人であるとは断言できないと言った。決め手に欠ける部分はどこなのだ、マドモワゼル？」

「まさに、このアリバイです。このアリバイを成立させるトリックが見付からないのです」

「アリバイを崩すことができなければ、彼女を犯人呼ばわりすることはできないな」ドロッセルマイアーはスキュデリを馬鹿にするような笑みを見せた。

「その通りです。しかし、今、ビルの証言によって、マリーが事件に関連しているという推測が補強されました」

「物的証拠はない。しかも証言者はビルだ。信憑性《しんぴょうせい》は限りなく低い」

「だから、彼女を逮捕することはしません。彼女の所在を確認して、任意での事情聴取を要請するつもりです」

「なるほど。それで、彼女はどこにいるんだ？」

「それが、昨日から行方がわからないのです」

「逃げたのか？　だとしたら、白状したも同然だな」

「判事、重要参考人として、彼女を指名手配していただくことは可能ですか？」

「大変です！　伯父上、大変です！」かたかたとけたたましい音を立てて、木製の人形が部屋に飛び込んできた。

「人形が喋ってる‼」ビルが叫んだ。

「今更、何を言ってるんだ、蜥蜴？」ドロッセルマイアーが舌打ちをした。

「ビル、この方はドロッセルマイアーさんの甥《おい》――正確に言うと、従弟《いとこ》の息子のドロッセルマイアーさんですよ」

「へえ。ドロッセルマイアーと同じ名前なんだ。偶然？」

「偶然ではありませんよ」若いドロッセルマイアーは言った。「同じ一族なので、苗字が同じなのです」

「その蜥蜴に説明するのは時間の無駄だ」ドロッセルマイアーが言った。「二度と答える必要はないぞ」

「はい、伯父上」若いドロッセルマイアーは素直に返事をした。

「ところで、大変って何のこと？」ビルは尋ねた。

「うるさい、蜥蜴！　おまえは黙っていろ!!」若いドロッセルマイアーはビルを怒鳴《どな》り付けた。

「凄く素直な若者ですね」スキュデリは言った。

「でも、ビルだって立派な捜査官なのですよ。わたしと一緒にビルリパートやオリンピアといったクララの友人たちへの事情聴取も行ったんですから」

「ところで、大変って何のこと？」

若いドロッセルマイアーは困ったようにドロッセルマイアーの方を見た。

「何だ？　どうした？」ドロッセルマイアーは尋ねた。

「この方の質問には答えてよろしいんですか？」若いドロッセルマイアーは小声で尋ねた。

「おまえには、この御婦人が蜥蜴に見えるのか？」

「いいえ」

「だったら、なぜ答えぬ？」

「伯父上には、蜥蜴に見えているのかもしれないと思いまして」

「ねえねえ。どうして、人形なの？」ビルが尋ねた。

「黙れ、蜥蜴」若いドロッセルマイアーが怒鳴った。

「この方は鼠《ねずみ》の女王の呪いで、胡桃《くるみ》割り人形にされてしまったのですよ」スキュデリが説明した。「ところで、もう一度質問しますけど、大変というのは、何のことですか？」

若いドロッセルマイアーはドロッセルマイアーの顔を見た。

「この御婦人の質問には答えろ」ドロッセルマイアーは言った。

「マリーが見付かりました」

「えっ？」さすがにスキュデリも驚いて声を上げた。「判事、すでにあなたはマリーの捜索を命じていたのですか？」

「いや。そんなことはない。どういうことだ？」ドロッセルマイアーは若者に問い掛けた。

「だから、言った通りです。マリーが見付かったのです」

「誰が探せと命じたのだ？」

「誰も探せなんて言ってないと思います」

「じゃあ、なぜ探したのだ？」

「別に探してなどおりません」

「おまえはさっきマリーが見付かったと言ったな？」

「はい。見付かりました」

「誰も探していないのに、見付かったとはどういうことだ？」

「たぶん、偶然見付かったのでしょう」

「おまえの話は要領を得ない。そもそも誰が見付けたのだ？」

「市民からの通報です」

「官憲ではなく、一市民が見付けたというのか？」

「はい。そのようです」

「どうして、その市民は我々がマリーを探していると思ったのだ？」

「いや。言ってない」ドロッセルマイアーは断言した。

「最初にそう言ったでしょ？」若者が言った。

「死んでいたなら、死んでいたとまず言え！」ドロッセルマイアーが言った。

「ええ。側溝の中で死んでいるのが見付かったのです。見付けた市民がすぐ通報してきました」

「マリーの遺体が発見されたのですか？」スキュデリが発言した。

「僕、何かまずいことを言いましたか？」

その場はしばし沈黙に包まれた。

「だって、彼女は死んでいますから」

「なぜ不可能だと言い切れるのだ？」

「まさか、そんなことは不可能ですよ」

「では、マリーは犯罪を行っていたのか？」

「その場合は通報などしません」

「いや。単に歩いているだけだ」

「何か犯罪を行っていたという前提でしょうか？」

「例えば、おまえが街中を歩いていて、この蜥蜴を見掛けたとしたら、当局に通報するか？」

「そうでしょうか？」

「思わなければ、通報などしないだろう」

「そんなことを思ったのですか？」

「どうだったかな？　言ったような気もするよ」ビルが言った。

若いドロッセルマイアーはビルに助けて貰って、どう対応していいか、少し迷っているようだった。

「どうも」彼は殆《ほとん》ど聞こえないような小さな声でビルにお礼を言った。

「どういたしまして」ビルは大きな声で返した。

「黙れ、蜥蜴！」若いドロッセルマイアーは怒鳴った。

「遺体は今、どこにあるのですか？」

「役所の方に運び込んでいます」若者は答えた。

「すぐに役所に向かいましょう。それから、ビル、すぐにシュタールバウム先生のところへ行って、役所に来るように伝えて」

「これは窒息死ですな」シュタールバウムは解剖をしながら言った。「肺の中まで汚水が詰まっている。着衣に乱れはなく、暴れた後もありません。油断しているところを突然水中に引き込まれたようです」

「人形なのに、窒息死などするのですか？」スキュデリが尋ねた。

「彼女はオートマータではなく、魔法の力で動く人形ですから、人間と同じく呼吸をするのです。ひょっとすると、元人間だったのかもしれません。そう言えば、改造されたような跡もありますね」

「さてと、事件は振り出しに戻ってしまったな、マドモワゼル」ドロッセルマイアーが言った。

「どうして、そう思われるんですか、判事？」スキュデリは答えた。

「確か、先程、あんたはマリーが犯人だと断言した」

「いいえ。正確にはマリーが犯人とは断言できないと言ったのです」

「それは言い逃れに過ぎない。あんたはマリーを限りなく黒に近い灰色だと考えていた。違うかな？」

「マリーはそんなに色黒じゃないよ」ビルが言った。

「そうね」スキュデリは呟いた。「マリーは黒ではなかった。……でも、白くもない」

「何を言ってるんだ、マドモワゼル？」ドロッセルマイアーは言った。

「ほんの十秒程待ってください。今、考えを纏《まと》めていますから」スキュデリが言った。

「あんたはまるっきり間違えていたんだ。負けを認めるんだ」

スキュデリは何も答えず目を瞑《つむ》った。

「おい。考えているふりをするのはよすんだ」ドロッセルマイアーは肩を揺すった。

スキュデリは目を開いた。「答えは単純よ。人違いだったのよ」

「いや。これは確かにマリーの遺体だ」シュタールバウムが言った。

「そんな単純な話ではなく、複雑な人違いだったのよ」スキュデリは言った。「ビル、あなたに頼みがあるの。今から言うことをよく覚えるの。意味がわからなくても構わないから。井森に伝われば、彼は理解するはずよ」

「わかったよ」ビルは屈託なく、答えた。

スキュデリはビルに耳打ちをした。

16

「クララだけではなく、マリーまでもが殺されてしまった。しかも、彼女はクララ殺しの重要参考人だったのに」ドロッセルマイアーが言った。「いったいおまえはどう責任をとるつもりなんだ？」

「僕の責任ですか？」井森は呆気にとられた。

「わたしがおまえに事件解決の依頼をしてから二人も殺害されているんだぞ」

「僕だって、三回も殺されていますよ」

「殺されたからって、罪は消えないぞ」

「だから、クララとマリーの死の責任は犯人にあるに決まっているでしょう」

「その犯人の見当が全く付かないから困っているんだ。いいか。おまえに命ずる。二十四時間以内に犯人を見付けろ。さもなくば、ビルを犯人として逮捕する」

「そんな。めちゃくちゃじゃないですか。どうして、ビルが犯人なんですか？」

「ビルがホフマン宇宙に現れてから、立て続けに二件の殺人事件が起こった。どう考えても、ビルが犯人だ」

「根拠が薄弱過ぎますよ」

「薄弱だろうと何だろうと構うものか。誰かが死刑になれば、住民は納得する」

「今、死刑と言いましたか?」

「ああ。確かに言った」

「どうして僕が死刑なんですか?」

「今、言っただろ。誰かが死刑になればそれでいいんだ」

「真犯人はどうするんですか?」

「正体がわからんのだから、放っておくしかないだろう」

「真犯人を放置でいいんですか?」

「もちろんよくない。そんなことでは、判事としてのわたしの威厳が地に落ちてしまう」

「じゃあ、どうするんですか?」

「だから、蜥蜴《とかげ》のビルを犯人だということにして、死刑にするのだ。そうすれば、八方丸く収まる」

「ビルは収まりませんよ」

「収まるも何も、ビルは死刑になるのだから、もう文句は言えないさ」

「ビルが死んだら、僕も死にます」

「気の毒に思うよ」ドロッセルマイアーは悲しげに言った。「しかし、悪いことばかりではない。おまえは死に慣れしているから、わりと楽に死ねそうじゃないか」

「冗談じゃない。ちゃんと裁判に掛ければビルが無実だということはわかるはずです」

「裁判官はわたしなんだから、判決は自由自在だ」

「そんなことをしたら、マドモワゼル・ド・スキュデリが黙っていませんよ」

「スキュデリが何だというんだ？　彼女はマリーを犯人だと言った。しかし、そのマリーは殺されてしまったんだ。これは大失態じゃないか！　スキュデリにわたしに刃向かう権利などあるものか」

「ちょっと。随分な言い方ね」教授室に礼都《れつ》が入ってきた。「スキュデリはスキュデリなりに頑張ったんでしょ」

「偉そうに名探偵ぶっているから、こんな大恥を搔くんだ」ドロッセルマイアーはなおも、スキュデリに対する悪口を続けた。

「悪口を考えている暇があったら、真犯人を見付ける努力をしたら？」礼都は苛立たしげに言った。「あんただって、無実の蜥蜴を死刑にするよりは、真犯人を捕まえたいでしょ？」

「真犯人がわかればな。だが、スキュデリが手掛かりだと思っていたものは手掛かりでも何でもなかった訳だから、正直いって、手の打ちようがないだろう」

「本当にそうかしら？　スキュデリはマリーの死を知って、どんな様子だった、井森君？」

「それが結構余裕があるような感じでしたよ」

「空元気《から》だろ」ドロッセルマイアーが言った。

「スキュデリは虚勢を張るようなタイプなの？」

「いいえ。どちらかというと、元々自信が漲《みなぎ》っているタイプですね」

「失敗したら、どうなるのかしら？」

「失敗はしないんじゃないでしょうか？」

「今回は失敗しただろ？」ドロッセルマイアーが言った。

「本人は失敗してないつもりなんじゃないでしょうか？」井森が言った。

ドロッセルマイアーは無言になった。

礼都はにやにやと笑った。

「どういうことだ？」ドロッセルマイアーはやっとのことで声を出した。「犯人だと思っている人間が殺されたんだぞ。推理がまるっきり間違っていたということだ」

「よくはわからないのですが、スキュデリは人違いだと言ってました」

「それはそうだろう。しかし、犯人を間違えて『人違いでした』で済むはずがない」

「本当にそういうことかしら？」礼都が言った。「スキュデリは『犯人を間違えた』という意味で『人違い』と言ったのかしら？」

「それ以外に何がある？」

「彼女の推理が外れているように見えるのは、ある要素が欠けていただけだとしたら？　そして、その要素が『人違い』だとしたら？」

「全く話が見えない。井森、おまえは理解できるか？」

「礼都さんの話を聞いて、少し納得できました。マリーの遺体が見付かる直前の段階で、マドモワゼル・ド・スキュデリは事件の謎が解けたと思っていたふしがあります」

「しかし、マリーの遺体が見付かったことで推理は振り出しに戻った」ドロッセルマイアーが言った。

「そうじゃなかったとしたら？　推理は振り出しに戻った訳じゃなく、新しい要素が付け加わっただけだとしたら？」

「つまり、マリーの遺体発見という新しい要素を付け加えれば、推理が完成するということか？　全くもって、ちんぷんかんぷんだ」

「とりあえず、彼女の推理を辿《たど》ってみたら、どうかしら？」礼都が提案した。「この世界のスキュデリが見付からないのなら、わたしたちで彼女の思考をシミュレートしてみればいいのよ」

「彼女が真実に辿り着いている確証はないだろう」ドロッセルマイアーは不満げに言った。

「確証はなくても、彼女が謎を解いたという仮定で彼女の推理を推定することは無駄ではないと思うわ。もしそれで、犯人がわかれば儲けものだし、わからなくても、情報の整理ができるのだから、決して無駄にはならない」

「いいだろう。今日は暇だから、付き合ってやってもいい。しかし、忘れるな、井森。二十四時間以内に解決しなければ、ビルは死刑だ」

「それって冗談じゃないんですか？」

「わたしは冗談は好かない」

井森は溜め息を吐《つ》いた。

「マリーの遺体が発見されるまで、スキュデリは彼女が犯人だと思っていた。これは間違いないのね」

「断定はしていなかったけど、限りなく黒に近いと思っていたはずです」井森が答えた。

「彼女がそう考えた理由は？」

「マリーのアリバイがあまりにも出来過ぎていたからです」

「つまり、スキュデリは彼女のアリバイが嘘だと思っていたのね」

「しかし、実際にはマリーは犯人じゃなかったのだから、アリバイは真実だったんだろ」ドロッセルマイアーが言った。

「どうしてそう思うの？」礼都は尋ねた。

「いや。現にマリーは犯人じゃないんだから、アリバイ工作などしても意味がないだろ」

「アリバイの真偽の話をしているのではないの。そうじゃなくて、どうして、あんたはマリーが犯人じゃないと思うの？」

「だって、マリーは殺されたではないか」

「ええ。そうよ。でも、それとマリーが殺人犯かどうかは関係ないでしょ」

「マリーを殺した者が殺人犯だ」

「ええ。その通りよ」

「マリーが巧妙な手段で自殺を他殺に見せ掛けたのでない限り、マリーを殺したのは彼女本人ではない」

「同意するわ」

「したがって、マリーは殺人犯ではない。ＱＥＤ」

「違うわよ。殺人犯が二人いても、問題ないじゃない」

「殺人犯が二人？　いったい全体、どんな偶然が重なって殺人犯が二人も生まれたんだ？」

「偶然じゃないわ。殺人は非日常における異常な事件よね」

「ああ。だから、そんなことが立て続けに何度も起きることは考えにくい」

「逆よ。非日常の出来事が一つ起きれば、それに誘発されて非日常の出来事が続けて起きることは容易に推測できるわ。例えば、誰かが誰かを殺したとして、それを目撃した人間がいたら、殺人犯が目撃者を消そうとするかもしれない。あるいは、目撃者が逆上して、殺人犯を殺してしまうかもしれない。もしくは正当防衛で殺してしまうかもしれない」

「つまり、マリーは殺人現場を誰かに見られて、その目撃した人物が彼女を殺したってことか？」

「今のは喩《たと》え話よ。実際に何が起こったのかはわからないけど、マリーは殺人犯で、殺人を実行した後、別の誰かに殺されたということは充分にあり得るわ」

「それで、その別の誰かというのは誰だ？」

「それは具体的にはわからないわ」

「だとしたら、完全な机上の空論だな」

「そんなことはないわ。もしマリーがクララ殺しの犯人なら、アリバイ工作のためにトリックを使ったはずだわ。そのトリックがわかれば、事件の全貌がわかるんじゃないかしら？」

「そうだとしても、なぜ我々がそんな面倒なことをしなければならないんだ？　次にホフマン宇宙に行った時に、スキュデリに問えばいいことだ」

「おそらく、スキュデリはまだ推理の内容を公開するつもりはないわ。どうも話を聞いていると、彼女は神経質なぐらい慎重に事を運ぶ性格のようだから、百パーセントの確証を得るまでは、教えてくれないと思うわ」

「じゃあ、彼女が百パーセントの確証を得るまで、待っていればどうなんだ？」

「その言葉は、彼女が百パーセントの確証を得るまで、ビルの処刑は行わないととっていいんですか？」井森は尋ねた。

「それとこれとは話が別だ。二十四時間以内に犯人が見付からなければ、おまえは死刑だ」

「やっぱりですか」井森は愕然とした。「だったら、やはり僅《わず》かな手掛かりも活用して、犯人を推理するしかないじゃないですか」

「そうかもしれないな。だが、それはわたしの仕事ではない」

「わかってますよ」井森はぶっきらぼうに言った。

「さあ、必死に考えて。あんたの命が掛かっているのよ。マリーはどんなトリックを使ったと思う？」

「そんなことを言われても、わかるはずがないじゃないですか？　あまりにも情報が少な過ぎます」

「スキュデリはわかったみたいじゃないの。彼女はあんたが知らない何かを知っているのかしら？」

「いや。それはないでしょう。ビルは殆《ほとん》ど彼女と一緒に行動している。彼女が見聞きしたことは、全てビルも見聞きしている」

「だとしたら、推理のための材料はすでに揃っているはずよ」

「そう言われても何も思い付きませんよ。……あっ。そうか」

「何か思い出した？」

「なぜ、僕は三度も殺されたのか？」

「おまえが間抜けだからだ」ドロッセルマイアーが言った。

「そうではなくて、殺した側の理由ですよ」

「一度目は殺されたんじゃなくて、巻き込まれただけでしょ」

「じゃあ、それは除外します。二度目は落とし穴の中を覗き込んでいた時です」

「他に理由があったのかもしれないけど、あんたが何かを見付けるのを恐れたのかもしれないわね」

「三度目は穴の底に落ちていた手紙のようなものを読んでいる時です」

「つまり、犯人はその手紙のようなものを見られたくなかったという公算が大きいわね」

「手紙の中身をもう一度言ってくれないか？」ドロッセルマイアーは気になり出したようだっ

た。

……もしわたしが本当に死んでしまったら、クララを探してください。マリーのことは気にする必要はありません。……


「それ誰が書いたの？」

「くららさんじゃないでしょうか？」

「死んだ後に自分を探せって？」

「死体のことでしょうか？」

「そもそも死んでいるのがわかっているんだから、その状況では、死体はすでに見付かっているわ」

「あっ。そうか。『くらら』ではなくて、『クララ』なんだ。つまり、これはホフマン宇宙のクララの遺体を探せということだったんだ」

「なるほど。ということは、つまりこれはホフマン宇宙について知っている人間に宛てたものだということになる」

「それは当然よ。マリーについても言及しているし」

「マリーなんてありふれた名前はどこにでもあるだろう」

「日本で？」

「最近はいろいろな名前を付けるのが流行《はや》っている。それに芸名とか、源氏名とか、筆名とか、ハンドルネームとかいろいろな可能性があるぞ」

「言い訳はもういいわ。とにかく、その手紙は、井森君宛てか、ドロッセルマイアー宛てか、どちらかだということでいいかしら？　他に心当たりはある？」

ドロッセルマイアーと井森は首を振った。

「えっと。それで、クララの死体には何か特徴があった？」

「クララの遺体は見付かってませんよ」井森は答えた。

「本当に？」

「本当だ」ドロッセルマイアーも答えた。

「じゃあ、すぐに見付け出さなくっちゃ」

「ここでは、どうしようもありませんよ」

「もちろん、ホフマン宇宙で探すに決まってるでしょ」

「マリーの遺体なら見付かってるんですけどね」

「マリーのことは気にしなくていいって書いてあったのよね」

「ええ。でも、どうしてわざわざそんなことが書いてあったんでしょう？」

「前後の文章に理由が書いてあったんじゃない？」

「そうでしょうね」井森は考え込んだ。「しかし、妙な指示ですね。わざわざマリーに言及して、気にしなくていいと書くなんて。本当に気にしなくていいなら、最初からマリーに言及しなければいいのに」

「つまり、それは真の意味は『マリーを気にしろ』ってことなのかしら？」

「なんだか、リアクション芸人の台詞《せりふ》みたいですね」

「何それ？」

「知りませんか？　『押すなよ！』みたいなやつです」

「馬鹿馬鹿しい」

「もしくは、マリーに見られることを想定したとか、もしくはマリーに脅《おど》されて書いたとか」

ドロッセルマイアーが言った。

「前者だとしたら、くららはマリーのことを相当低く見ていますね。後者だとしたら、マリーは本当に間抜けですが」

「どちらにしても、地球にマリーのアーヴァタールがいたということになるわ」礼都が言った。

「その人物とくららとの接点を探れば何かわかりそうだわ」

「井森、マリーのアーヴァタールに相当する人物を洗い出せ」

「雲を摑むような話ですね」

「そんなことはない。最近、不審死をした人物の誰かだろう」

「調べたいのはやまやまですが、僕にはあまり時間がないのです」

「二十四時間あってもか？」

「実はマドモワゼル・ド・スキュデリに頼まれた仕事があるのです」

「いったい何だ？」

「落とし穴の中の血痕のＤＮＡ鑑定です」

「そんなことに今更意味があるのか？　あれはくららのものだろう」

「マドモワゼル・ド・スキュデリは意味があると思ったようです」

「ＤＮＡ鑑定といっても、おまえが直接する訳でもあるまい。杭の先っちょを削り取って、どこかの分析業者に送るだけだろ」

「まあそうですが、穴へ降りたり、上ったりや、業者との打ち合わせとかなんかで、結局一日仕事になってしまいます」

「どう考えても、マリーのアーヴァタールの探索を優先すべきだろう」

「じゃあ、ＤＮＡ鑑定の方は礼都さんにお願いしていいですか？」

「どうして、わたしが？　わたしは相談に乗るだけで、調査はしないって約束よ」

「すまん。今回だけ、井森の頼みを聞いてくれ。追加報酬は出すから」

「まあそれなら、やってあげてもいいわ。どこの業者にするの？」

井森は業者の連絡先を書いたメモを礼都に渡した。

「じゃあ、今から行ってくるわ」礼都は部屋から出ていった。

「さあ。おまえもマリーのアーヴァタールを探しにいってこい」

「はい。しかし、その前にマドモワゼル・ド・スキュデリからの問い合わせの回答をお願いします」

「くららの血液のＤＮＡ分析の件なら、今さっき新藤女史が向かったではないか」

「そっちではなく、マドモワゼル・ド・スキュデリがあなたに直接、問い合わせた件です」

「ああ。そっちの件か」

井森は頷いた。「はい。くららさんが車椅子に乗っている間に行った場所を全てピックアップして、一覧表にしていただく件です」

「まだ完成してないんだ。今日中には渡せるとは思うが」ドロッセルマイアーは欠伸《あくび》を堪《こら》えながら言った。「しかし、スキュデリは何を考えているんだ？　ＤＮＡ鑑定といい、くららの訪問場所といい、解決に結び付くとは到底思えないんだが？」

「彼女の推理を構成する重要なピースになる、と言ってました」

「時間稼ぎをしているだけじゃないだろうな。彼女には、事件解決の期限があることをちゃんと伝えておいてくれよ。二十三時間以内に犯人が捕まらない場合は、ビルを処刑する、とな」

「さっきは二十四時間とおっしゃってませんでしたか？」

「もう一時間経ったんだよ」

「まさか、せいぜい三十分ですよ」

「四捨五入すれば、一時間だ」

「ひょっとして、人は焦らせれば、何でもすると思ってないですか？」

ドロッセルマイアーは何も答えず、ただにやりと笑った。

17

「ビル、井森はあなたに伝えたことをちゃんと実行しましたか?」スキュデリは忠実な蜥蜴《とかげ》に呼び掛けた。

「もちろんだよ、マドモワゼル・ド・スキュデリ。井森はちゃんと言われた通りにやったよ」

スキュデリは満足げに微笑んだ。

一方、ドロッセルマイアーは居心地が悪そうに顔を顰《しか》めた。

「何だって、わたしが、こんな狭っ苦しい場所に連れてこられなければならないんだ?」

「あなたの家で、わたしたちが相談することを嫌がったのは、あなた自身ではないですか、判事」

「確かにそうだが、だからといって、わたしがこんな場所に連れてこられなくてはならない理由が思い当たらないのだが、マドモワゼル」

「理由はちゃんと説明いたします。その前にこの家の住人たちの紹介をさせていただきます。まず、この若者はわたしの養女の長男であるオリヴィエ・ブリュッソンです」

「初めまして」オリヴィエは誠実な若者らしく、ドロッセルマイアーに手を差し出した。

だが、ドロッセルマイアーはふんと鼻を鳴らしただけで、相手にしようとはしなかった。

「そして、こちらのお嬢さんはオリヴィエの許婚《いいなずけ》であるマドロン・カルディヤックです」

マドロンは可愛らしいお辞儀をしたが、ドロッセルマイアーはそれにも心を動かされることはないようだった。

「最後に、マドロンの父であるルネ・カルディヤックです」

「おお。あんたがあの有名な金細工師のルネ・カルディヤックだったのか!」ドロッセルマイアーはなぜかカルディヤックには心を動かされたようだった。

カルディヤックはじろりとドロッセルマイアーを睨んだ。「奇妙な鬘《かつら》を被っておるようだな」

「このガラスの鬘のことか?」

「わしなら、そんなガラスの紛《まが》い物なんかではなく、金で鬘を作ってやれるぞ。どうだ? 作ってみないか?」

「ふむ。趣味で作ってくれるというのか?」

「とんでもない。これはわしの生業《なりわい》だ。ちゃんとそれ相応の対価をいただくことになる」

ドロッセルマイアーは手で振り払う動作をした。「ならば、結構。わたしはこのガラス細工が気に入っておるのだ」

「どうやら一通り、御挨拶は終わったようですね」スキュデリが言った。

「いったい、ここで何をするつもりなのだ、マドモワゼル?」ドロッセルマイアーが言った。

「いつも通りのことですよ。殺人犯を見付け出すための会議を行うのです」

「こいつらは部外者だ」ドロッセルマイアーは不快感を隠そうともせずに言った。

「そうですね」

「どうして、こいつらに捜査上の秘密を教えてやらねばならんのだ」

「この事件はすでに、秘密捜査の段階を終えてしまったと考えていいでしょう。すでに犠牲者も出ていることですし」

「捜査を始めてから二人も犠牲者が出ているんだ。責任は感じてるんだろうな」

「わたしが捜査を始めてから亡くなったのは一人ですよ」スキュデリは言った。

「まさか、一人なら責任はないと言うつもりじゃないだろうな、マドモワゼル？」

「もちろん、そんなつもりはありませんよ、判事」

「そこの獣にはすでに言ってあるのだが……」ドロッセルマイアーは言った。

「獣というのは、この蜥蜴のことか？」カルディヤックが尋ねた。

「この家の中で、獣らしいのは、そいつだけだろう？」

「こいつは獣ではない」

ビルは嬉しそうに顔を上げた。「えっ？　僕のこと、獣扱いしないでくれるんだ？」

「こいつは獣なんかじゃない」カルディヤックはビルを見て顔を顰めた。「こいつは虫だ」

「虫？」ドロッセルマイアーはしげしげとビルを眺めた。

「僕は虫じゃないよ。虫だったら、脚が六本のはずだもの」

「それは昆虫のことだろう。おまえが昆虫でないのはわかっている」カルディヤックが言った。

「でも、虫って昆虫のことでしょ？」

「虫とは本来、人、獣、鳥、魚、貝以外の動物のことなのだ。昆虫とは虫の一部にしか過ぎない。人は人類のことで、獣というのは人類以外の哺乳類のことだ。鳥と魚と貝はわかるな？　この分類でいうと、貝以外の軟体動物などは全て虫だ」

「僕は何虫になるの？」

「考えれば、すぐにわかることだ。おまえは爬虫だ」

「なるほど！」

「蛇のことを長虫というのは知っているだろう。そもそも蜥蜴という文字は虫偏ではないか」

「そうか。勉強になったよ。僕は獣ではなく、虫なんだね」

「わかったら、黙ってろ、この虫けらめ！」カルディヤックは毒づいた。

「お父様、そのような酷《ひど》い言い様はあんまりです」マドロンが言った。「この蜥蜴さんは人語を解するのですから、獣だとか、虫けらだとか、そのような侮辱の言葉は相応《ふさわ》しくありません」

「侮辱などではない。その者は虫けらであるから、正しく虫けらと呼んだまでだ。人間を人と呼ぶのとなんら違いはない」

「しかし、『虫けら』という言葉は侮蔑《ぶべつ》の意味を含んでおります」

「もう、よそう、マドロン」オリヴィエが言った。「お父上は、理屈の上でのお話をされているのだろう。我々がビルを友達だと思っていれば、それでいいのだ」

「虫けらが友達だと？　馬鹿も休み休み言え！」カルディヤックは杖でオリヴィエを殴り付けようとした。

「おやめなさい、カルディヤック！」スキュデリは強く言った。「オリヴィエはわたしの家族であり、マドロンは身内も同然の身です。そして、ビルはわたしの大切な友人です」

「蜥蜴がマドモワゼルの友人？　失礼だが、冗談もほどほどにすべきでしょうな！」カルディヤックは鼻で笑った。

「カルディヤックさん、わたしは今ある殺人事件に関わっているため、手一杯なのです」

「そのようですな」

「この件が終われば、この辺りで起きている強盗殺人事件に手を付けることになるやもしれませんよ」

「御自由になさればいい。なぜ、わざわざわしにそのことを告げたのだ？」

「意味はありません。ただ、あなたに伝えておきたかっただけです」

「いったい、この下品な連中といつまで一緒にいなければならないんだ？」ドロッセルマイアーはうんざりした様子で言った。

「彼らにはわたしの説明が終わるまでの間、ここにいて貰《もら》う必要があります」

「そのことにどんな意味があるというんだ？」

「彼らには証人になって貰うのです」

「何の証人だ？」

「わたしが今から証明することです」

「あんたが証明できるのなら、敢えて証人は要らないだろう、マドモワゼル？」

「それが証明内容の性質上、一度しか証明できないのです。その一度の証明に立ち会って貰い、確かに、わたしが証明したという事実の証人になって貰うのです」

「随分、手の込んだことをするもんだな」

「この案件には、思ったよりも微妙なトリックや思惑違いが積み重なっているのです。絡んだ繊細な生糸《きいと》を解きほぐすには、さらに繊細な指使いが必要になることには同意されますね？」

「そのことについては、同意する。だが、それは単なる比喩《ひゆ》に過ぎない。事件はこんがらがった糸ではない」

「もちろん、比喩と現実は全く違います。しかし、的を射た比喩は現実を理解する手助けになります」

「御託はもういいから、さっさと証明とやらを終わらせてくれ」

「もちろんです」スキュデリは言った。「ビル、わたしが頼んだことを井森はちゃんと実行したと言いましたね」

「さっき言った通りだよ」

「判事、ビルの言っていることは本当ですか？」

「ああ。落とし穴の血液の分析のことか？　それなら、ちゃんとやっておいた」

「それだけですか？」

「何だと？」

「井森があなたに頼んだのはそれ一つだけですか？」

ドロッセルマイアーは返事をしなかった。ただ、スキュデリを黙って見つめていた。

「どうしたのですか、判事？　わたしの質問の意味がわからないのですか？」

「何を企んでいる？」ドロッセルマイアーが言った。

「企んでいるとはどういう意味ですか？」

「おそらく、これからあんたはわたしを質問攻めにするつもりだ。そして、一つでも答え方を間違えたが最後、あたかもわたしが重大な犯罪でも犯したかのように騒ぎ立てるつもりだろう」

「どうして、そんなことを思い付かれたのですか？」

「あんたは行き詰まっている、マドモワゼル」

「そう思われますか？」

「事件を解決できないからには、もはや犯人をでっち上げるしか、道は残されていない。違うかな？」

「それはあなたのことですか？　二十四時間以内に犯人が見付からなかった場合は、ビルを犯人と見做《みな》すと宣言されたようですが」

「それはでっち上げではない。ビルが犯人であると考えれば、辻褄《つじつま》が合うということだ」

「ビルが犯人である合理的理由がありません」

「わたしは判事だ。わたしが合理的だと判断すれば、それは合理的だということになるのだ」

「やはり焦っているのはあなたではないですか？　一つ約束しましょう。わたしはあなたを犯人だとは思っていませんし、あなたがどのように返答しようと、それを以《もっ》てあなたを犯人だと断じたりしません。今のわたしの言葉はここにいる四人の方々が証人になります」

「三人だ。虫は証人になれない」ドロッセルマイアーは言った。

「ねえ、マドモワゼル・ド・スキュデリ、ひょっとして虫の場合は『証虫』って言うのかな？」

ビルは尋ねた。

「わかりました。ビルは除外して考えましょう」スキュデリは言った。「では、先程の質問を繰り返します。井森があなたに頼んだのは落とし穴の血液の分析だけですか？」

「たぶん、そうだ。細々としたことは他にもあったかもしれないが、大きな依頼はそれだけだ」

スキュデリは頷いた。「ドロッセルマイアー、あなたは大変うまくやってきたと思います。だから、わたしもつい最近まで気付いてはいなかったのです。しかし、ふと疑念が浮かんだのです。だから、わたしはその疑念を確認するために、ビルに依頼したのです。そして、その疑念は今の言葉ではっきりとしました。ビル、わたしがあなたに託した井森への伝言とは何だったかをここにいる人たちに教えてあげて」

「マドモワゼル・ド・スキュデリは僕にこう頼んだんだ。『このホフマン宇宙で、ドロッセルマイアーに、〝くららが車椅子に乗っている間に行った場所を全てピックアップして、一覧表にしておくように〟と頼んだから、他に誰もいない時に、それがちゃんと出来ているかドロッセルマイアーに確認しておいて』」

「この蜥蜴は何を言っているんだ？」ドロッセルマイアーは言った。

「とてもわかりやすかったと思うのですが、わかりませんか？」

「言っている言葉の意味はわかる。しかし、この虫けらは嘘を吐《つ》いている」

「どんな嘘ですか？」

「『スキュデリがドロッセルマイアーに〝くららが車椅子に乗っている間に行った場所を全てピックアップして、一覧表にしておくように〟と頼んだ』という点だ。わたしはそのような依頼を受けた覚えはない」

「その通り。嘘です」スキュデリは微笑んだ。「ただし、ビルではなく、わたしの嘘です。ビルはただ、わたしの嘘を信じただけです。井森はちゃんとその嘘の真意を見抜いてくれたようですが」

「マドモワゼル、あんたともあろう方が人を騙すとは！」

「わたしだって、嘘ぐらい吐きます。それが正義のために必要なら」

「これが正義だと？　ただ、人をペテンにかけて喜んでいるだけだろう」

「マドモワゼル、これはどういうことですか？」オリヴィエは困惑しているようだった。「あなたはビルを騙したのですか？」

「ええ。そうです。ビル、ごめんなさいね」

「別に構わないよ。井森はすぐに嘘だとわかったから」

「どうして、すぐにばれるような嘘を吐かれたのですか？」マドロンが尋ねた。

「井森に正しく行動して貰うためには、嘘はすぐにばれる必要があったのです」

「それならば、最初からビルに真実を告げればよかったのではないでしょうか？」

「ビルに真実を告げることはできません。なぜなら、基本的にビルは嘘を吐くことができないからです。ビルには嘘であることがばれず、井森には嘘であることがわかるような微妙なレベルの嘘を吐く必要があったのです」

「とんだ茶番だ」カルディヤックが言った。「大の大人がそんなくだらない嘘吐きゲームをするなんて、馬鹿馬鹿しいにも程がある」

「今回は、わたしもこの生意気な職人の言うことに賛成だ。蜥蜴を騙すことに、それほどの意味があるとはとても思えない」

「ビルを騙したのはあくまで手段であり、目的ではありません」

「では訊くが、その目的とやらは達成できたのか？」

「もちろんです。ビル、井森がドロッセルマイアーに、くららが車椅子に乗っている間に行った場所を全てピックアップする件について訊いた時、地球のドロッセルマイアーは何と答えましたか？」

「ドロッセルマイアーはこう言ったよ。『まだ完成してないんだ。今日中には渡せるとは思うが』って」

全員がドロッセルマイアーの方を見た。

「判事、お訊きします」スキュデリは静かに言った。「あなたはわたしからそのような依頼は受けていないとおっしゃいました」

ドロッセルマイアーはばつが悪そうに無言で頷いた。

「しかし、井森に対しては、まるでわたしから依頼を受けていたような返事をしているようです。これはどういうことでしょうか？」

「それは。つまり……」珍しいことにドロッセルマイアーの目が泳いでいた。「どうして、ビルのような間抜けな蜥蜴の言うことを真に受けるんだ？」

「ビルは嘘を吐ける程器用ではないからです」

「嘘は吐いていないかもしれないが、勘違いしているとは思わないのか？」

「それは調べればわかることです」

ドロッセルマイアーは素早く、スキュデリに近付こうとした。

だが、一瞬早く、オリヴィエとカルディヤックが前後から、ドロッセルマイアーを挟んだ。

行く手を阻まれたドロッセルマイアーの指はビルの頭部に触れるのが精一杯だった。

ビルの頭部は蜜柑《みかん》の皮のように綺麗に開かれていた。

「証拠は消せる」

「もはやビル一人の記憶を消したところで、どうにもなりませんよ。ビルの証言はあなたに疑いを抱くようになった切っ掛けに過ぎません。最初はわたしの心の中に生じた僅《わず》かな疑念でした。それを確認するために、わたしはビルを通じて、井森に伝えたのです。その結果、わたしの疑念は果然真実味を帯びてきました。そして、それはここにいる人々全員の心に伝わりました。おそらく明日にはホフマン宇宙の広範囲に亘《わた》って、この疑念は広がることでしょう。そうなれば、あなたの秘密は白日《はくじつ》の下にさらされます」

「これだけの人数の記憶を同時に改竄《かいざん》するのは、いくらあんたでも、無理があるな」カルディヤックは短剣を取り出した。

「なるほど。大人しくすることにしよう。命を投げ出しても守らなければならない程の秘密ではない」

「さあ、ビルを元に戻してくださいな」

「その前に、この男に短剣をしまえと言ってくれ。切っ先が喉元に向いていると、気が散って作業ができない」

「カルディヤック、剣をしまってください」スキュデリは言った。

カルディヤックは動かなかった。

「こいつがマドモワゼルを殺そうとしたと言えばいい」カルディヤックは言った。「それで正当防衛は成立する」

「本気か？」ドロッセルマイアーはじりじりと動き出した。「何か判事にいて欲しくない理由でもあるのか？」

「カルディヤック、わたしは剣をしまうように言いましたよ」

オリヴィエもカルディヤックの方に身体を向け、身構えた。

「なに、ただの冗談さ」カルディヤックはさっと剣をしまった。

「心臓に悪い冗談はやめてくれ」ドロッセルマイアーは指先を器用に動かして、ビルの頭部を修復した。

「わっ！　今何があったの？　僕死んだの？」

「死んだら、喋れる訳ないだろうが」カルディヤックは忌々しげに言った。「虫けらめ！」

「死虫に口なしだね」

「ビル、自分のことを虫だと思う必要はないのよ」マドロンが優しく声を掛けた。

「どうして？」

「どうしてって、ビルがそんなことを考えていたとしたら、悲しいもの」

「でも、僕はマドロンが自分のことを人だと考えても、別に悲しくないよ」

「だって、わたしは人だもの」

「僕だって、立派な爬虫さ」ビルは胸を張った。

「さて、話を元に戻しましょう」スキュデリは言った。「なぜ、地球のドロッセルマイアーは聞いてもいないわたしからの依頼を聞いたと言ったのでしょう？　答えは簡単です。彼はホフマン宇宙のドロッセルマイアーが依頼を受けたかどうかを知らなかったからです。つまり、ホフマン宇宙のドロッセルマイアーの記憶は地球のドロッセルマイアーに共有されていないということになります。言い換えると、地球のドロッセルマイアーはホフマン宇宙のドロッセルマイアーのアーヴァタールではなかったということになります。これは相当手の込んだ策略ですね」

「楽しい遊びだったのに、ばれてしまったよ」

「遊びですって？」

「遊びだ。元はと言えば、ビルの人違いが原因だ。だからからかっていただけだ。他意はない」

「本当にただの遊びだったと主張されるんですね」

「実際にそうなのだから、仕方がない」

「わかりました」スキュデリが言った。「遊びなら、これ以上、隠す必要はないでしょう。地球のドロッセルマイアーは、いったい誰のアーヴァタールなんですか？」

18

「新藤さん、少しお話があるんですが」井森は教授室へ向かう礼都《れつ》を呼び止めた。

「やだ。待ち伏せしてたの？」礼都は言った。「でも、わたし、年下は好みじゃないのよ」

「そういう話ではありません」

「わたしの反応を見て、話を変えたんじゃないの？」

「いや。本当にそういう話ではないんです」

「どっちにしても、あなたとはプライベートな付き合いをするつもりはないわ」

「プライベートなことではありません」

「じゃあ、事件に関すること？」

「そうです」井森は頷いた。

「だったら、ドロッセルマイアーの前で話して」礼都はそのまま進もうとした。

「待ってください。実は、ドロッセルマイアー先生には聞かれたくない話なのです」

「意味がわからないわ。わたしはドロッセルマイアーに雇われてこの事件に関わったのよ。雇い主の意思を確認せずに、何らかの行動を起こすことなんて考えられないわ」

「新藤さんはドロッセルマイアー先生に利用されているだけかもしれないんですよ」

「もちろん、そうでしょう。わざわざ金を出して、自分の利益にならないことをさせるなんて、不自然だわ」

「わかりました。はっきり言いましょう。ドロッセルマイアー先生はくららさんの殺人そのものに関わっている可能性が高いのです」

「ドロッセルマイアーが犯人ってこと？」

「いえ。そういうことではないかもしれません」

「それはそうよね。犯人がわざわざ自分の犯罪を暴くために人を雇うなんて不自然だものね。それで、彼が何をしたの？」

「話を聞いていただけるんですね」

「例外中の例外よ。話を聞いて、やはりドロッセルマイアーに報告すべきだと思ったら報告するけど、それでいい？」

井森は迷った。礼都の真意がはかり難《がた》かったのだ。

もしドロッセルマイアーにこの推測を報告されたら、どのぐらいまずいだろうか？　そもそもこちらの意図がすでに伝わってしまっているかもしれないのだから、そのぐらいのリスクはとっても構わないのかもしれない。

「わかりました。礼都さんの判断にお任せします」

「じゃあ、言ってみて」

「僕はドロッセルマイアー先生に、『マドモワゼル・ド・スキュデリがあなたに頼んだ案件——くららさんが車椅子に乗っている間に訪れた場所の一覧——が出来ているか』と尋ねました」

「いったい全体、どうしてそんなものが必要なの？」

「必要はありません。ただ、ドロッセルマイアー先生の反応を調べるためだけに訊いたのです。実は、マドモワゼルはそのような依頼はしていないのです」

「つまり、嘘を吐《つ》いてドロッセルマイアーを陥《おとし》いれようとしたのね？」

「ええ。案の定、ドロッセルマイアー先生は『まだ完成してないんだ。今日中には渡せるとは思うが』などと、その場で辻褄《つじつま》を合わせるような適当な話をでっち上げました」

「なるほど。地球のドロッセルマイアーはスキュデリとホフマン宇宙のドロッセルマイアーがどんな会話をしたかを知らなかったということね」

「ええ。もしドロッセルマイアー先生がドロッセルマイアー判事のアーヴァタールであったなら、二人の記憶は一致しているはずです。それが記憶していなかったということは……」

「地球のドロッセルマイアーとホフマン宇宙のドロッセルマイアーは別人ということね」礼都

は淡々と言った。

「ひょっとして、知っていたんですか？」

「何を？」

「地球のドロッセルマイアーとホフマン宇宙のドロッセルマイアーが別人だということです」

「そんな話は初耳ね」

「あんまり驚かれてないようですが」

「予想はしてなかったけど、そういうことが起きうる可能性は低くないのだから、驚く程のことではないわ」

「それで相談なのですが、これからドロッセルマイアー先生にどうアプローチすべきでしょうか？」

「地球のドロッセルマイアーが、あんたが秘密に気付いていることを知っている可能性はあるの？」

「ホフマン宇宙のドロッセルマイアーと地球のドロッセルマイアーは別人なのだから、どこかで接触しなければ、情報は伝わらないはずです。マドモワゼル・ド・スキュデリは自分の身内にだけ秘密を明かして、ドロッセルマイアーを監視しているので、ホフマン宇宙で伝わることはまずありません」

「ドロッセルマイアーを見張っている人物の中に地球のドロッセルマイアーの本体がいるかもしれないわ」

「まあ、可能性としてはゼロではありませんが、見張りはマドモワゼル・ド・スキュデリが選んだ人物なので、考慮すべき確率ではないだろうとのことでした。ただ、心配なのは、ドロッセルマイアーの本物のアーヴァタールが地球にいて、その人物がすでにドロッセルマイアー先生に接触して伝えたのではないか、ということです」

「その可能性は考えなくてもいいわ」

「どうしてですか？」

「だって、地球に本物のアーヴァタールが存在するのなら、苦労して偽者のアーヴァタールをでっち上げる必要はないもの。何のメリットもない」

「つまり、ドロッセルマイアーは地球にアーヴァタールが存在しないので、偽者のアーヴァタールを使ったということですか？」

「おそらくそうね」

「しかし、どうしてそんなことをする必要があったのでしょうか？」

「自分が地球とホフマン宇宙を繋ぐリンクの一つだと思われたかったんじゃないのかしら？」

「どうして、そんなふうに思われたかったんでしょうか？」

「本人に訊かないとわからないけど、ドロッセルマイアーは地球とホフマン宇宙の間にはリンクがあると主張していたのよね？」

「はい」

「だとしたら、自分のアーヴァタールも地球にいるということにしておいた方が信憑《しんぴょう》性は高まるわ」

「つまり、ドロッセルマイアーの個人的な問題で、クララ殺しには関係ないということですか？」

「絶対にないと断言する程、自信はないけどね。これ以上、推理するには材料が足りな過ぎるわ」

「どうすればいいと思いますか？」

「ホフマン宇宙のドロッセルマイアーに吐かせるのが一番よ」

「それが黙秘を続けているんですよ。何も喋らない訳じゃなくて、地球のドロッセルマイアーの本体が誰かは知らないと言い張っているんです」

「正体を知らないのに、どうやって接触したというの？」

「秘密の連絡手段があるそうです」

「秘密って何よ？」

「秘密だから言えないそうです」

「少し痛め付ければいいのよ」

「ホフマン宇宙にも法律がありますから」

「向こうのドロッセルマイアーが吐かないのなら、こっちの偽アーヴァタールに吐かせるしかないわね」

「そんなことできるでしょうか？」

「わたしとあんたが協力すればね」

「どうするんですか？」

「あんたが、この前やったのと同じようにするのよ。うまく相手を乗せて情報を聞き出すの」

「具体的にはどうするんですか？」

「そんなの臨機応変に決まってるじゃない。さあ、行くわよ」礼都は教授室に向かって進み出した。

井森は慌てて後に続く。

果たして、礼都を信用していいかどうか、井森にはまだ迷いがあった。彼女は凄まじく頭が切れることは間違いないが、目的が見えない点が気掛かりだったのだ。おそらくは金が目的なのだとは推察していたが、そうなると突然、捜査を投げ出してしまう可能性もなくはないのだ。

教授室に入ると、ドロッセルマイアーは机に座って、パソコンを操作していた。

「なんだ？　二人揃って来るというのは珍しいな」

「偶然、そこで会ったんですよ」井森は言った。

「偶然？」ドロッセルマイアーは疑わしげな顔をした。

「井森が待ち伏せしてたのよ」礼都が言った。

「えっ？」井森は目を丸くした。

「新藤さんを、待ち伏せする理由があったのか？」

「ええ。ちょっと相談に乗って貰《もら》おうと思いまして……」

「彼女に相談事？　常軌を逸した話だ」

「そうでしょうか？」

「交換条件は何だ？　彼女はボランティアで動くような人間ではないはずだ」

「いや。新藤さんもなかなかいいところがあるんですよ」

「そうよ。わたしにはいいところがいっぱいあるの」礼都が言った。「でも、絶対にボランティアでは動かない」

ああ。どうして、こんなことを言うんだろう？　何かプランがあるんだろうけど、全然伝わってこない。このままだと、僕はとんちんかんなことを言い続ける間抜けな役割になってしまう。ああ。そうか。それが目的なのかもしれないな。僕のおっちょこちょいの面を見せて、ドロッセルマイアー教授を油断させるとか。

「それで、井森が待ち伏せしていた理由は何なんだ？」わざわざ待ち伏せされたと申告したところをみると、わたしに教えたいということなんだろ？」

困った。ノーアイデアだ。新藤さん、頼みます。

井森は礼都の方を見た。

「ああ。あのね。スキュデリにもうばれてるわよ。あんたがドロッセルマイアーのアーヴァタールじゃないって」

「あ……」井森は唖然とした。

「なるほど。そういうことだったのか？」

「新藤さん、どうして教えちゃうんですか？」

「遅かれ早かれ、ばれるわよ。だって、地球のドロッセルマイアーの本体はホフマン宇宙にいて、ホフマン宇宙のドロッセルマイアーと密に連絡を取り合っていたはずだから、連絡が途絶えたら、何かあったと考えるのが普通でしょ」

「なるほど。連絡が来なくなった理由はそれか」ドロッセルマイアーが言った。

「あなたの本体は誰なの？」礼都が尋ねた。

「言う必要はあるのか？」

「言わないと、疑われますよ」井森が助言した。

「何を疑われるというんだ？」

「クララ殺しの犯人じゃないか、とです」

「わたしがクララを殺したというのか？」

「そうは言ってませんが、隠し立てをすると疑われることもあるということです」

「単に疑われるだけなら、一向に構わん。それとも、わたしが犯人だという証拠でもあるのか？」

「証拠はありませんが、容疑を晴らしたいなら、正直に話すべきです。ねえ、新藤さん？」井森は新藤に同意を求めた。

「どうして？　わたしだったら、絶対に本体のことは話さないわ。無実だった場合、不要な取り調べを受けて痛くもない腹を探られることになるし、犯人だった場合はなおさら取り調べを受けたくないでしょ」

この言葉を聞いて、井森は気付いた。

「あっ！　ひょっとして、新藤さん、ドロッセルマイアー先生の味方になってませんか？」

「当たり前じゃない。何が悲しくて、あんたの味方にならなくっちゃいけないのよ」

しまった。新藤さんなんかに教えるんじゃなかった。

だが、こうなってしまったからには後の祭りだ。

「わかりましたよ。僕の作戦ミスです」

「どっちにしても、あんた一人じゃ、ドロッセルマイアーに太刀打《たち》ちできないわよ」

「先生、ホフマン宇宙のドロッセルマイアーとはどこで知り合われたんですか？」

「それを言えば、わたしの正体のヒントになってしまうではないか」

「僕の……というか、ビルの知っている人物ですか？」

「ノーコメントだ」

「では、僕がクララ殺しの真犯人を見付けるという件は白紙撤回でＯＫですか？」

「おまえがやりたくないというなら、もうしなくていい」ドロッセルマイアーは言った。

「そしたら、ビルは死刑になるけどね」礼都が呟いた。

「どうしてですか？　ホフマン宇宙で、ドロッセルマイアーは逮捕されたんですよ」

「ドロッセルマイアーは犯罪者じゃないわ。逮捕された訳じゃなくて、自分の意思でスキュデリの元に留まっているだけだと思う。その気になれば、役所に行って、死刑執行の書類に署名することなんか、朝飯前だわ」

「ドロッセルマイアーにビルを殺すメリットはないでしょう」

「理由はあるわ。復讐よ」

「ビルはドロッセルマイアーに悪いことなんかしてませんよ」

「スキュデリと一緒に二人のドロッセルマイアーのトリックを暴いたじゃない」

「ビルは単にマドモワゼル・ド・スキュデリの言い付け通りに行動しただけですよ」

「言い訳がましいわね」

「じゃあ、僕はどうすればいいんですか？」

「真犯人を見付け出せばいいんじゃない？」

「そう簡単にいけば、苦労しませんよ」

「でも、スキュデリには目星が付いているんでしょ？」

「それも少し怪しくなってきました。ドロッセルマイアーが犯人だと思ってたのかもしれません」

「根拠は？」

「自分のアーヴァタールじゃない人物をアーヴァタールに見せかけるというトリックを使ったからでしょう」

「確かに、ドロッセルマイアーはトリックを使ったけど、このトリックはクララ殺しとは全然関係ないわね」

「となると、捜査は振り出しに戻ったことになります」井森は頭を抱えた。

「ビルはスキュデリがいろいろな人物に事情聴取するのについて回ったんでしょ？　各人の証言を突き合わせたら、何かわからないの？」

「そもそも、ドロッセルマイアーやコッペリウスは他人の記憶を改変できるので、どこまで信用できるかわかったもんじゃありませんよ」

「記憶改変の痕跡がある人物の証言は無視すればいいだろう」

「なるほど。そうか、額の皺《しわ》がずれている人物は……シュタールバウム、マリー、フリッツ、トゥルーテ、パンタローン、ピルリパート、ナターナエル、ロータル、スパランツァーニ、若いドロッセルマイアー。関係者ではこのぐらいです」

「マリーにも記憶改変された痕跡があったのか？」

「ええ」

「だとしたら、そもそも被疑者にしたのが間違いだな。最初からドロッセルマイアーの影響下にあったとしたら、殺人など犯すはずがない」

井森は考え込んだ。「もし、ドロッセルマイアーが犯人でないとしたら、彼に操られている記憶改変された人物もまた犯人でないことになる。また、ドロッセルマイアーが犯人なら、真犯人はドロッセルマイアー自身なのだから、彼らはせいぜい道具に使われたに過ぎないことになる。なるほど、この十人は証人にもならない代わり、真犯人でもないということになりますね」

「そもそも、おまえは大きな見落としをしている」ドロッセルマイアーが言った。「あれだけ、犯行現場に通いながら、何も見てなかったのか？」

「落とし穴のことですか？」

「自分で気付くまでは放っておこうと思ってたんだが、特別に教えてやろう。一緒に来たまえ」

「わたしは別に行かなくていいでしょ？」礼都は言った。

「どちらでもいい。好きにしろ」


井森とドロッセルマイアーは落とし穴の前までやってきた。

「杭に血が付いているのはわかるな？」

「ええ。分析に出した結果はどうでした？」井森が尋ねた。

「ＤＮＡ検査の結果、くららの血液で間違いなかった。これが検査結果だ」地球のドロッセルマイアーは井森に検査報告書を見せた。

「すると、やはりくららさんの遺体はここから運び出されたことになりますね」

「まあ、それは当然だな」

井森は杭をじっと見つめていた。

「何か気付いたのか？」

「血の付き方です。もし、ここで串刺しになったのなら、穴の底に大量の血が溜まったはずです。その場合、土にかかった分は見えにくくなるでしょうが、杭の根本部分にもっと跡が残っていてもおかしくない。しかし、杭に残っている血痕は杭の上部から垂れたように部分的に広がっているに過ぎません。まるで、上から振り掛けたように」井森は振り返った。

そこには誰もいなかった。

しまった逃げられた。

井森は後悔したが、後の祭りだ。おそらく捕まえるのは至難の業だろう。

だが、悔しがっていても仕方がない。とりあえず、もう一度穴の底を調べることにしよう。

井森は穴の縁《ふち》から身を乗り出した。

背後に気配を感じた。

これはいつものパターンだ、と思った瞬間首筋に痛みが走った。

なんとか振り向くと、黒衣の人物が走っていくところだった。

井森は首筋に触れた。

大量の出血だ。

頸動脈を切られたみたいだな。

そう思った次の瞬間には何もわからなくなった。

19

「なるほど。大変な目に遭いましたね」スキュデリはビルを慰《なぐさ》めた。

「こいつのアーヴァタールとやらの頭は大丈夫なのか？　同じ場所で何度殺されれば気が済むんだ？」カルディヤックが言った。

「井森は優秀ですよ。ただ、まあ多少注意力に欠けるようですが」

「相手が素早過ぎるんだよ」ビルが言った。

「いずれにしても、犯人が井森を殺したのは、一時しのぎの苦し紛《まぎ》れにしか過ぎません。様々な謎を説明する答えはすでに見付かっているのですから。ビル、関係者を広場に集めてください」

「うん。わかったよ」ビルはじっとしていた。

「ビル、ついさっき、わかったと言ってなかった？」スキュデリは尋ねた。

「うん。言ったよ」

「何がわかったの？」

「『関係者を広場に集めてください』という言葉の意味がわかったんだよ」

「じゃあ、どうして、すぐに集めないの？」

「関係者って何？」

「そうね。ここにいるドロッセルマイアー判事とカルディヤックとオリヴィエとマドロンは別にして、シュタールバウム、フリッツ、若いドロッセルマイアー、トゥルーテ、パンタローン、ピルリパート、ロータル、スパランツァーニ、オリンピア、アンゼルムス、ゼルペンティーナ、ぐらいですね。他にも誰か思い付いたら、連れてきて」

「一人思い付いた」

「誰ですか？」

「新藤礼都《れつ》」

「その人は地球にいるんでしょ」

「うん」

「地球からこの世界に連れてくることはできないのよ」

「本当？　それは知らなかった」

「これで新しい知識が増えましたね。さあ、みんなを呼んできてください」

ビルは走っていった。

ドロッセルマイアーは笑った。「なんと、今の今まで、こんな基本的なルールも弁《わきま》えていなかったのか！　そんなやつを助手にしているなんて、正気とは思えないな、マドモワゼル」

「ビルには随分助けられました。犯人の正体が解明できた功績の半分以上はビルのものです」

「今、何と言った？」

「半分以上はビルの功績です」

「そうではなくて、その前に言ったことだ」

「ビルに助けられました」

「わざと言っているのか？　犯人の正体が解明できたと言っただろ？」

「ええ。犯人はほぼ最初からわかっていました。途中、マリーが殺されたことは番狂わせでしたが、すぐに穴埋めは完了しました」

「本当か？　疑わしいな」

「本当ですよ」

「本当だと言うのなら、今すぐここで犯人の名前を言ってみろ」

「犯人の名前は、関係者が集まってから言います。証拠隠滅や逃亡を防ぐためには、そのやり方が一番なのです」


広場には大勢の人々が集まっていた。直接の関係者だけではなく、野次馬に近い者たちもやってきていたため、広場はまるで祭りのような活況だった。物売りたちはチャンス到来とばかりにすでに屋台を繰り出して、商売を始めていた。

スキュデリは広場の中央に向かって進んだ。

人々はスキュデリのために道を空け、彼女が中央に辿《たど》り着いた時には、ステージのように人のいない円形のスペースが出来あがっていた。

スキュデリは周囲を見渡すと、咳払いをした。

聴衆は静かになった。

「皆さん、ここ数日の間、ホフマン宇宙——ドロッセルマイアー判事が提案したこの世界の名称です——のこの付近は、殺人事件が発生したため、騒然となっておりました。わたしが捜査を依頼されたにも拘《かか》わらず、犠牲者が出てしまったことは大変残念なことでした。しかし、本日わたしは事件の犯人が判明したことを皆様にお知らせしようと思います」

犯人が判明した、というところで、人々は口々にがやがやと喋り出した。

「御静粛に」スキュデリが言った。

「犯人がわかっているなら、すぐに教えてください」ゼルペンティーナが言った。

「焦らないで、ゼルペンティーナ。今から、順を追って説明しますから」

「その説明って長くかかりそうなの？」ピルリパートが尋ねた。「退屈しそうだから、家に帰っていいかしら？」

「いいえ、ピルリパート。この説明はちゃんと最後まで聞いてください。関係者全員の前で、推理を一歩ずつ検証しながら進めていくことが必要なのです」

「失礼だが、言わせて貰《もら》っていいかな？」カルディヤックが言った。「すでにマドモワゼルの頭の中で推理は完成していて、犯人も判明しているんだろ？」

「はい」

「だとしたら、これは単なる儀式だということになる」

「そうですね。そういう見方もできますね」

「儀式に何の意味があるんだ？」

「儀式は重要ですよ。成人式や結婚式は人生の新たな出発に際して、心構えをするために有用ですし、葬式や法事は亡くなった人への思いを新たにし、残された者たちが心に区切りをつけるためのものです」

「今回の儀式にはどういう意味があるんだ？」

「もしわたしがいきなり、ここで犯人の名前を挙げたら、人々の中には強い感情の渦が起きることでしょう。感情に支配された人たちの行動は予測不可能です。一方理性的な人たちの行動は抑制的で合理的です。一定の約束事の下に犯人像を明確にしていくことによって、人々は理性的な行動をとることができるはずです」

「つまり、あんたは犯人へのリンチが起きることを恐れているのか？」

「リンチだけではありません。犯人への同情が暴走して、犯人を逃がそうとする人たちが現れるかもしれませんし、共感が暴走して模倣犯になってしまうかもしれません」

カルディヤックは肩を竦《すく》めた。「おそらくあんたの思い過ごしだろう。だが、どうしても儀式がやりたいというのなら、わしは止めない。さっさと片付けてくれ」

「ありがとう、カルディヤック」スキュデリは礼を言った。「さて、まずはここにいる皆様に現時点で何が起こってるかの説明をさせていただきます。最初に、断っておかなくてはならないのは、このホフマン宇宙と地球との関係です。この辺りのことは、ここ数日あちこちで議論されているので、改めて説明する必要はないと存じます。もし、よくわからないという方がおられましたら、手を挙げてください」

広場で手を挙げる者はいなかった。

「それでは、世界の関係についての説明は割愛させていただきます」スキュデリは話を続けた。

「例えば、ここにいるビルは地球の井森建というアーヴァタールとリンクしています。同じように、ここにおられるドロッセルマイアー判事は地球の同名のドロッセルマイアー教授とリンクしていると思われていました。しかし、実際には違ったのです。わたしとビル／井森が協力して、ドロッセルマイアー判事とドロッセルマイアー教授が記憶を共有していないことを証明しました。つまり、この二人は本体とアーヴァタールではなく、全くの別人であったということです。それにも拘わらず、あたかもドロッセルマイアー教授がドロッセルマイアー判事のアーヴァタールであると、ビルに錯覚させるように仕向けたのです」

「それについては、認めよう」ドロッセルマイアーは言った。「だが、これは単なる悪ふざけに過ぎないのだ。犯罪を構成している訳ではない」

「確かに、別人をアーヴァタールであると偽ることは犯罪ではありません。ただし、単なる悪ふざけだと主張するのはいかがなものでしょう？　具体的には、あなたがたはビル一人を騙したに過ぎません。しかし、ビルをからかうためだけに、綿密に打ち合わせをして、地球のドロッセルマイアーに自分そっくりの特殊メイクを施《ほどこ》すなどという手間暇をかけるのは明らかに不自然です」

「何が言いたいんだ？」

「つまり、この偽装工作は何らかの目的のために行われたということです。単なる悪ふざけではなく、これだけの手間暇をかけても達成しなければならない切羽詰まった目的のためにです」

「なるほど。これ以上隠しても仕方がないようだな。……では、正直に言おう。わたしは自らのアーヴァタール理論を証明するために、偽装工作を行ったのだ」

「どういうことですか？」

「これはビルのアーヴァタールが地球に存在していると知るより前から準備していた計画だったのだ」

「どういう理由で何を計画していたのですか？」

「わたしは犯罪者やその被害者を捜査しているうちに、不思議な現象が起きていることに気付いたのだ。彼らのうちの何人かは夢の世界で互いに知り合いだという。最初は単なる思い込みや妄想の類《たぐい》だろうと思っていたのだが、そのうちそれだけでは説明の付かない例が多発したのだ。この世界では接触していないにも拘わらず、ある人物から別の人物に情報が伝わっていたのだ。つまり、彼らは別の世界で接触して、情報を交換していたのだ。この世界の人物と別の世界の人物の間に特別な関係がある場合があるということだ。わたしはこの現象を研究し、実在すると確信を持った。そして、この事実を発表して高い評判を得ようとしたのだ。ただ、そのためには一つ不都合なことがあった。わたし自身のアーヴァタールが存在しないのだ」

「それが本当なら、仕方のないことですね。そもそもどうしてそれが不都合なのですか？」

「説得力がないからだ。わたし自身がその現象の体験者でないのに、どうして他の人間がこの事実を信じてくれるだろうか？」

「でも、あなたは体験者でもないのに信じたんでしょう？」

「わたし以外の人間にわたし程の洞察力を期待するのは無理だ」

「納得できない説明ですが、いいでしょう。話を続けてください」

「そこで、わたしは一つの作戦を思い付いたのだ。つまり、地球にわたし自身のアーヴァタールをでっち上げて、他の人間のアーヴァタールと接触すれば、わたしの理論を証明しやすくなるのではないかと考えたのだ。具体的な方法はこうだ。地球にアーヴァタールを持っている人物の中から、わたしに容姿の似ている人物を選んで協力を依頼する。そして、その人物がさらにわたしに似るように変装を施すのだ」

「そんな人物が簡単に見付かったのですか？」

「もちろん簡単なことではなかった。だが、わたしは根気よく探し続けた結果、ついに彼を見出したのだ！」

「彼とは誰ですか？」

「それは言えない」

「どうしてですか？」

「その理由も言えないのだ」

「殺人事件が起きているのに、単にノーコメントで済むと思っておられるのですか？」

「何と言われても、答えることはできないのだ。そもそも、この件は殺人事件とは何の関係もない」

「関係ないというのは、あなたの主張ですね」

「もし関係あるというのなら、証拠を出して欲しいものだ」

「あなたの行動には不可解な点がいくつかあります」

「そんなものがあったかな？」

「あなたは自分に似た人物を替え玉に選んだとおっしゃいましたね」

「替え玉なんだから、似ていなくては駄目だろう」

「この世界での替え玉ならそうです。しかし、あなたが欲しかったのは、地球におけるアーヴァタールだったはずです。どうして似ている必要があるのですか？」

「本体とアーヴァタールは似ていると推測したのだ」

「でも、ビルを見てください。彼は井森と似ていますか？」

「確かに、こいつは井森とは似ても似つかない。だが、そのような事例があるのは後になってわかったことで……」

「こんな小さな蜥蜴《とかげ》のアーヴァタールが身長二メートル以上の大男だとは思いも付かなかったとおっしゃるんですね」

「誰のことを言ってるんだ？」ドロッセルマイアーは鼻で笑った。「井森の身長は一メートル八十センチもない。せいぜい一メートル七十センチ台だろう」

「そうですね。わたしの見たところ、百七十四、五センチといったところでしょうか？」

「あんたの見たところ？」

「ええ。わたしの見たところです」

「ということは、あんたのアーヴァタールも地球にいるのか？」

「はい。言ってなかったかしら？」

「聞いてないよ」ビルが言った。

「ごめんなさい、ビル。この情報を隠しておく必要があったのよ。……ところで、判事、あなたはわたしのアーヴァタールが地球にいると判断したようですが、その根拠は何ですか？」

「何を言ってるんだ？　もしあんたのアーヴァタールが地球にいなかったら、井森の身長がわかるはずはないだろう」

スキュデリは微笑んだ。「その通りです。もし、あなたのアーヴァタールが地球にいなかったら、井森の身長がわかるはずはなかったでしょう」

ドロッセルマイアーの顔色が変わった。「違う。わたしは地球のドロッセルマイアーの本体から井森の特徴を聞いていたのだ」

「その人物はあなたにどのような伝え方をしたのですか？　人の身長を伝える時は数値で伝えるはずです。例えば、『一メートル七十五センチぐらい』とか、『一メートル七十センチ台』とか。ところが、あなたは『井森の身長は一メートル八十センチもない。せいぜい一メートル七十センチ台だろう』と答えました。これは数値が頭になく、井森の姿を頭に浮かべながら答えたということです。つまり、あなたは井森の姿を直接見たということになります。そう。あなたのアーヴァタールは地球に存在しているのです」

広場はざわついた。

「もし、わたしのアーヴァタールが地球にいるというのなら、どうして替え玉をでっち上げなければならないのかね？」ドロッセルマイアーは反論した。

「問題はそこです。あなたは自らのアーヴァタールではなく、替え玉をでっち上げる必要があった。地球に自分のアーヴァタールが存在した方が都合がいいというあなたの主張する理由は成立しません。なぜなら、地球にはすでにあなたの本物のアーヴァタールが存在するからです。では、なぜあなたは偽のアーヴァタールを用意しなくてはならなかったのでしょう？」

「わたしが観念して、何かを喋ると思っているのか？　だとしたら、失望することになるだろう」

「あなたが今ここで全てを喋ってくれるだろうとは期待していません。あなたの自白は必要ありません。必要な情報は全て手に入れているのです。ホフマン宇宙の住民の事情聴取とビルを通じての井森の証言で」

「それがはったりでないと証明できるのか？」

「あなたの偽のアーヴァタールが確実に地球で出会っている他のアーヴァタールは井森とくららだけです。それ以外のアーヴァタールに出会ってますか？」

「答える必要はないだろう」ドロッセルマイアーは黙秘を貫《つらぬ》くつもりのようだった。

「偽のアーヴァタールがこの二人にしか会っていないと仮定しましょう。となると、あなたの目的はこの二人のうちのどちらかを騙すことにあったはずです。ところがくららは早々に殺害されてしまった。もしくららを騙すことが目的であったのなら、その後も偽者がドロッセルマイアーを演じ続けることは意味がありません。もちろん、一度吐《つ》いた嘘を撤回するのはハードルが高いということがあるのかもしれませんが、その嘘を知っているのはビル／井森だけです。そこまで苦労して嘘を貫き通すのは不自然です。つまり、あなたのターゲットはビル／井森だったのです。あなたは彼に偽のドロッセルマイアーを本物のドロッセルマイアーだと思い込ませたかったのです」

「蜥蜴一匹を騙して、どんな得があるというのかね？」

「あなたの最終的な目的はビルを騙すことではありません。ビルを通じて、その時はまだ誰も決まっていなかったクララ殺しの捜査官を騙すことが目的だったのです」

「何を言ってるんだ？　その時、まだクララは死んでいないぞ」

スキュデリは頷いた。「そうです、クララは死んでいなかった。だが、あなたは近い将来、クララは殺されると考えていたのです」

「わたしがクララを殺したというのか？」

「いいえ。あなたは実行犯ではありません。ただし、少なくともアリバイ工作には協力者として関与していました」

「協力者だと？」

「はい。あなたはマリーの協力者だったのです」

「それだけ自信たっぷりに言うところを見ると、マリーの行ったトリックとやらは解明しているんだろうな」ドロッセルマイアーは強気な態度を崩さなかった。

「マリーの工作は複雑に見えて実は非常に単純でした。むしろ原始的とさえ言ってもいいでしょう。彼女のトリックは『人違い』です」

「あんたは『人違い』という単語を馬鹿の一つ覚えのように繰り返している。具体的な内容はあるのかな？」

「今から、その説明を行います」スキュデリは落ち着き払って言った。「マリーのトリックの重要な点は人為的にある人物に人違いをさせることだったのです」

「ある人物とは誰だ？」

「ビルです。彼がトリックの鍵となる人物だったのです」

「えっ？　僕？」

「この間抜けな蜥蜴が鍵だと？」

「あなたはビルが別の世界からこのホフマン宇宙に侵入してきて、しかも地球にアーヴァタールが存在することを知ったのです。そして、そのことをマリーに伝えたのでしょう。彼はホフマン宇宙と地球の両方に存在しており、かつ地球の経験が豊富なのに対し、ホフマン宇宙にとっては新参者で、この世界のルールや人間関係には疎《うと》かった。これはトリックの鍵となるにうってつけだった。トリックを最初に思い付いたのは、マリーですか？　それとも、あなたですか、判事？」

ドロッセルマイアーは何も答えようとしなかった。

「いいでしょう。わたしの推測では、地球にはあなたのアーヴァタールが存在します。だが、本物のアーヴァタールをビルに会わせなかった。なぜなら、地球におけるあなたのアーヴァタールはホフマン宇宙のあなたとまるで印象が違ったからです。あなたはホフマン宇宙のあなたによく似た印象の偽のアーヴァタールをでっち上げる必要があったのです」

「どうして、そんなことをする必要があったというんだ?」カルディヤックが尋ねた。

「ビル／井森の印象操作をするためです。ビル／井森は不思議の国と地球の両方を知っていて、本体とアーヴァタールが必ずしも似ていないということを知っています。しかし、それはあくまで不思議の国と地球の間だけの話です。彼はホフマン宇宙と地球の関係には無知でした。そこで、ホフマン宇宙と地球の間では、本体とアーヴァタールは似たような外見と名前になると信じ込ませることはそれほど難しいことではありませんでした」

「そんなことを信じ込ませて、どういう得があるのですか?」若いドロッセルマイアーは尋ねた。

「ホフマン宇宙と地球の間に外見の似た人物がひと組だけいて、本体とアーヴァタールだと言ったとしても、素直に信じるかどうかは疑問です。しかし、そのような本体とアーヴァタールがふた組いたらどうでしょうか? そういうことがあってもおかしくないと信じてしまうのではないでしょうか?」

「どういうこと、ふた組って?」ピルリパート姫は尋ねた。

「ひと組目はホフマン宇宙のドロッセルマイアー判事と地球のドロッセルマイアー教授です。そして、ふた組目はホフマン宇宙のクララと地球のくららです」

「しかし、地球のくららはホフマン宇宙のクララと連動して死亡していますよ。これをどう説明するんですか?」オリンピアはかくかくと首を振りながら尋ねた。

「いい質問です、オリンピア」スキュデリは淀みなく答えた。「あなたが今言ったことは錯覚なのです。クララとくららがひと組だと考えたために、くららが死亡したのはクララの死に連動したのだと思い込んでしまっていたのです。よく考えてください。クララの死とくららの死が連動していたという証拠はありますか?」

「もしくららがクララのアーヴァタールでなかったとしたら、彼女はなぜ死んだのですか?」ロータルは尋ねた。

「『くららはなぜ死んだのか?』という質問には二つの捉え方があります。一つはくららが死んだ原因を訊いているという捉え方。もう一つはくららが死んだ目的を訊いているという捉え方です」

「『死んだ目的』とはどういう意味ですか? 『殺した目的』の言い間違いですか?」

「いいえ。『死んだ目的』です」

「つまり、くららは何らかの目的を持って、意図的に自殺したということですか?」

スキュデリは頷いた。「そう考えるのが合理的です」

「しかし、自らの死と引き換えにする程の目的などあるでしょうか?」

「くららの本体がホフマン宇宙にいて、くららは単なるアーヴァタールだとしたら、それは真の死ではなく一時的なものです」

「でも、先程あなたは、くららはクララのアーヴァタールではないと示唆《しさ》されたではありませんか」

「はい。くららはクララのアーヴァタールではないと考えられます。しかし、ホフマン宇宙の他の人物のアーヴァタールだったとしても不思議はありません」

「だとしたら、それこそ意味がありませんね。死んでもすぐに死自体がなかったことになる」

「その通りです。しかし、もしその死を誰かが目撃したら、どうでしょうか?」

「誰かって誰?」ビルが尋ねた。

「あなたです、ビル。正確に言うと、あなたのアーヴァタールである井森です」

「偽装死をビルのアーヴァタールに見せてどういう得があるんですか?」オリンピアが尋ねた。

「クララの死亡推定時刻を偽装するためです。クララとくららが同一人物であるという予断があれば、くららが死んだことが目撃された時点でクララが死亡したと思い込んでしまうことになります」

「ちょっと待ってください。くららの死亡が偽装だったとおっしゃってますが、現にくららの死体は見付かっていますよ」

「その通りです。そのことが事件のストーリーを複雑にしてしまいました。しかし、井森によるくららの死の目撃と、実際のくららの死体の間に直接的な関係はないと考えると、事件は非常に単純なストーリー構成になっていることがわかります。つまり、くららはクララの死亡推定時刻を偽装するために、一時的な自殺を行い、その後で、それとは別に殺されたのです」

「わしには単純化したようには全く思えないんだが、マドモワゼル？」コッペリウスが言った。

「むしろ、余計に錯綜してきたように思える。そもそも、くららはアーヴァタールなので、殺すことはできないんじゃないか？」

「直接くららを殺そうとしても、一時的に殺すことにしかならないのは、あなたの推測通りでしょう。しかし、くららの本体を殺せば、くららも死ぬことになります」

「くららの本体がこのホフマン宇宙で殺されたということなのか？　だとしたら、それこそがクララだと考えるのが自然ではないか？」

「いいえ。くららの本体がクララだと考える根拠はありません。なぜなら、くららがクララのアーヴァタールだと言っているのはくらら自身と二つの世界のドロッセルマイアーだけなのです。そして、この世界ではクララの死体は見付かっていません。見付かっているのは、マリーの死体だけです。つまり、ホフマン宇宙と地球で死体が一つずつ見付かっているということです。つまり、死体はひと組だけなのです。くららの本体が誰なのか。最も単純な答えは何でしょう？」

「まさか、くららはマリーのアーヴァタールだったということなのですか?!」マドロンは驚きの声を上げた。

スキュデリは頷いた。「それが最も合理的な結論です」

「しかし、マドモワゼル」オリヴィエが言った。「なぜ、マリーのアーヴァタールはクララのアーヴァタールのふりをして、クララの死亡推定時刻の偽装などする必要があったのでしょうか？」

「それはもちろん、マリーから疑いの目を逸らすためです」

「何の疑いから目を逸らそうとしたのでしょうか？」

「『クララ殺し』の疑いからです」スキュデリは断言した。

群衆はざわついた。

「では、やはりマリーはクララを殺害したのでしょうか？」

「マリーが『クララ殺し』を計画したことはほぼ間違いありません。しかし、計画を実行できたかどうかは定かではないのです」スキュデリは説明を続けた。「くららは井森に、『クララはマリーたちが山車《だし》に乗るのを目撃した』と語りました。つまり、彼女の言葉を信じるなら、マリーたちが山車に乗った時にはクララは生存していたということになります。そして、くららが死亡した後に、マリーたちは山車から降りていますから、マリーたちのアリバイが成立することになります。特に人形であるため、トイレに行く必要のないマリーのアリバイは完璧なものになります。ただし、このアリバイが成立するためには、二つの条件が必要となります。一つはくららがクララのアーヴァタールであるということです。そして、もう一つはマリーが山車に乗っている間にクララが殺されていることが確認されることとです」

「それは推測に過ぎない」ドロッセルマイアーが言った。

「判事、わたしはまだ説明の途中ですよ」スキュデリは窘《たしな》めた。「第一の条件については、ドロッセルマイアーの協力によって、井森／ビルにクララ＝くららだと思い込ませることに成功しました。しかし、第二の条件については、何とも中途半端な結果になっています。つまり、くららは偽装自殺に成功したのですが、肝心のクララの遺体がホフマン宇宙で見付からなかったため、クララの死亡が確認できなかったのです」

「もし、マリーが犯人だったとしたら、どうしてそんな間抜けなことをするんだ、マドモワゼル？ あんたの推測が正しいのなら、念入りに計画した犯罪だったろうに」

「仮令《たとえ》計画が完璧だったとしても、その通りに実行できるとは限りません。おそらく、予想外のことが起きたのでしょう。マリーがクララを殺害する機会は山車に乗る前と山車に乗った後の二つのパターンが考えられます。しかし、山車に乗った後はすでにくらら死亡の情報が巷《ちまた》に伝わっている訳ですから――もし伝わっていないとしたら、アリバイ工作としては、まずい展開です――それからクララを殺害するのはかなり困難が予想されます。したがって、マリーがクララを殺害するとしたら、山車に乗る前が望ましいはずです。おそらく、当初の計画ではそうだったのでしょう。しかし、何らかの理由で、マリーは山車に乗る前にクララを殺害することはできなかったのです。この場合、マリーが取るべき道は二つあります。一つは計画自体を中止することです。しかし、カーニバルが行われるのは一年に一度しかありません。この機会を逃すと、次に殺害の機会が訪れるのは一年後ということになります。おそらくマリーはその時まで待てなかったのでしょう。そもそも、それまでに行っていたアリバイ工作が全て無駄になってしまいます。その中にはビル／井森という不確定要素も存在するのですから、次もうまくいくという保証はありません。もう一つの道は、山車に乗った後にクララを殺害するように計画を変更するというものです。騒ぎが起こった後にクララを気付かれずに殺害するというのはリスキーですが、今までやってきた準備を無駄にすることができなかったマリーは計画を決行することにしたのです」

「そこまでやって、みんなが騒いでいる中にひょっこりクララが現れたりしたら、マリーはどうするつもりだったんだ？」スパランツァーニは尋ねた。

「彼女は何もする必要がないのです。クララが生きているのなら、そもそも殺人事件ではないのですから、マリーに疑いが掛かる気遣いはありません。単なるビルの勘違いということで誰もが納得したことでしょう」

「それって、僕に説得力があるってこと？」ビルが言った。

「しっ」若いドロッセルマイアーが言った。「それ以上、喋ると恥を掻くよ。これは僕からの忠告だ」

「ありがとう。君のお蔭で恥を掻かなくてすんだよ」

「でも、どうしてマリーはクララ殺しなどを企んだんでしょう？」ゼルペンティーナが尋ねた。

「動機については、状況から推測することはできません。しかし、それはわたしが説明することではありません。あなたの口から言っていただきましょう、判事。マリー／くらの協力者であったあなたなら知っているはずです」スキュデリは鋭い目でドロッセルマイアーを見つめた。

「どういう権利があって、そんなことを言うんだ？　わたしは判事だ。いざとなれば……」

ホフマン宇宙の住民たちがドロッセルマイアーを睨んでいた。

「ここは法治国家だ。法律に基づいて行動すべき……だ」ドロッセルマイアーの声はどんどん小さくなっていった。

「あなたがいつまでも、そんな態度をとっていると、みんなも順法精神を忘れてしまうかもしれませんよ」

「脅迫するのか?」

「いいえ。忠告です。わたしに彼らは止められません」

ドロッセルマイアーは冷や汗を拭った。「わたしは共犯ではない」

「納得のいく説明ができれば信じましょう」

「我々はゲームをしたんだ」

「その話はもういい!」コッペリウスが叫んだ。

「また、あなたたち二人の仕業《しわざ》ですか?」スキュデリは呆れて言った。

「わしを巻き込むな」コッペリウスは真っ青になって言った。

「しかし、おまえ抜きでは話の辻褄《つじつま》が合わない」

「何があったのですか? 正直に言いなさい」

「なに、他愛もないゲームだよ。そして、ゲームの下準備にちょっとした悪戯《いたずら》をしたんだ」コッペリウスも観念したようだった。

「どんな悪戯ですか?」

「マリーとクララを入れ替えたんだ」

　全員が呆気にとられた。

「どういう意味ですか？」

「言葉通りの意味だ。シュタールバウム家の長女はマリーであって、その所有物である人形がクララだった。わしとドロッセルマイアーは結託して、二人を入れ替えたんだ。わしらの力を以《もっ》てすれば、人間を人形に改造することも、その逆も簡単なことだった。そして、シュタールバウム家や近隣の人間の記憶も書き換えた」

「どうして、そんな酷《ひど》いことを行ったのですか？」スキュデリは目を丸くした。

「だから、ゲームのための下準備だよ。ところで、そんなに酷いかな？」

「人間であったマリーが人形にされたのですから、とても酷い仕打ちですよ」

「逆に言えば、人形だったクララを人間にしてやったのだから、いい行いをしたともいえるんじゃないか、マドモワゼル？」

「あなた方に他人の境遇を勝手に変える権利はありませんよ」

「あんたは今話の論点をすり替えたな？　まあいい。全ての善人は偽善者だからな」

「あなたはマリーとクララが入れ替わっているって気付かなかったの、マドモワゼル・ド・スキュデリ？」ビルが尋ねた。

「正直に言います。わたしはシュタールバウム家の子供たちの顔や名前などそもそも覚えていませんでした」

「当然のことだ。同じ年頃の子供でもいない限り、単なる顔見知りの家族の顔と名前など覚えている者は殆《ほとん》どいない。だからこそ我々のゲームは成立したのだ」ドロッセルマイアーが言った。

「いったいどんなゲームをしたのですか？」スキュデリが尋ねた。

「ルールは簡単だ。当事者二人にはゲームだということもゲームのルールも教えない。ただし、向こうから相談に来た場合は話に乗ってやる。わたしに相談に来た場合はコッペリウスを悪者にし、コッペリウスに相談に来た場合はわたしを悪者にする。当事者が立てた計画の中身は向こうが説明するまでは敢えて詮索しない。そして、最終的にクララとマリーのどちらが勝つかを競ったのだ」

「どうなったら勝ちなんですか？」

「相手が負けを認めるか、もしくは反撃できない状態になった場合だ。例えば、家族から見捨てられて孤独になるとか、犯罪者として逮捕されるとか」

「どちらかがどちらかを殺した場合は？」

「そこまでは想定していなかった。まあ引き分けかな？」

「本当ですか、コッペリウス弁護士？」スキュデリは尋ねた。

「ああ。想定していなかったな」

「あなたがたが殺人に発展することを想定していなかったと言われても素直に信じることはできませんね」

「我々が殺人に発展することを知りながら、放置したと主張するのか？」ドロッセルマイアーは言った。「だとしたら、ちゃんと証拠を挙げて貰おう」

「むしろ、その方向へ誘導したのではないかと思っています。しかし、そうだとしてもあなたたちは決してぼろを出さないでしょう」スキュデリは残念そうに言った。

「あんたがどう思おうと関係ない。まずは何があったのかをありのままに説明しよう」ドロッセルマイアーは自信たっぷりに話し始めた。

20

マリー「ドロッセルマイアーさん、あなたに聞いて貰《もら》いたいことがあります」

ドロッセルマイアー「どうしたんだい、可愛いお人形さん」

マリー「わたしは自分が単なる人形ではないような気がするのです」

ドロッセルマイアー「どうして、またそんなことを考えるようになったんだい？」

マリー「街を歩いてる時に何度か呼び掛けられたことがあるんです。『マリー、お父様お母様はお元気ですか？』と」

ドロッセルマイアー「至極普通の挨拶ではないか」

マリー「挨拶としてはね。でも、人形のわたしに両親の健康を尋ねるというのは、異様なことだとは思いませんか？」
ドロッセルマイアー「確かに普通ではない。しかし、人違いということもある」
マリー「ところが、そのような人は皆、わたしをシュタールバウム家の娘だというのです」
ドロッセルマイアー「君はシュタールバウム家に住んでいるんだろ？　シュタールバウム家を訪れた時に君を見て、記憶が混乱しているだけだろう」
マリー「ところが、わたしをシュタールバウム家の娘だと思った人たちの中には一度もシュタールバウム家を訪れたことがない人たちもいるんです。ねえ、ドロッセルマイアーさん、わたしとクララは似ているかしら？」
ドロッセルマイアー「似ているところを探せばいくつかは見付かるだろう。だが、同一人物だと思う程には似ていない」
マリー「だとしたら、どういう可能性が考えられると思いますか？」
ドロッセルマイアー「誰かが君を引っ掛けようと画策した」
マリー「何かの陰謀が進行しているのではないかと思うのです」
ドロッセルマイアー「陰謀とは不穏だな」
マリー「ドロッセルマイアーさん、あなたが仕組んだことではないのですか？」
ドロッセルマイアー「わたしが何を仕組んだというのかね？」
マリー「クララにわたしの物語を奪わせたのではないですか？」
ドロッセルマイアー「君の物語？」

マリー「胡桃《くるみ》割り人形の物語です。本当はわたしがあなたの甥《おい》と結ばれるはずではなかったのかという気がするのです」
ドロッセルマイアー「君はわたしの甥を愛しているのかい？」
マリー「いいえ。でも、わたしは夢を見るのです。彼がわたしのために鼠《ねずみ》の軍団と戦い、ついに勝利する夢を」
ドロッセルマイアー「鼠に勝ったからといって、二人が結ばれるとは限るまい」
マリー「彼は勝利の後、自らの王国を手に入れるのです。そして、わたしを王妃として受け入れます」
ドロッセルマイアー「でも、君はわたしの甥を愛してはいないのだろう？」
マリー「ええ」
ドロッセルマイアー「だったら、夢に拘《こだわ》る必要はないのではないかね？」
マリー「もしわたしの本来の運命が王妃になるというものであったのなら、それを取り戻したいのです。わたしには王妃の地位が相応《ふさわ》しいのです」
ドロッセルマイアー「何か、君とクララが入れ替わったという証拠はあるのかね？」
マリー「何もありません。しかし、わたしにははっきりとした確信があるのです」
ドロッセルマイアー「よかろう。君を信じることにしよう」
マリー「もう一度訊きますが、わたしたちを入れ替えたのはあなたではないのですね？」
ドロッセルマイアー「どうして、わたしがそんな酷《ひど》いことをやったと思うのだ？」

マリー「あなたには、その能力があるからです」

ドロッセルマイアー「そのようなことをする能力を持つのはわたし一人ではない。例えば砂《すな》男《おとこ》にもその力がある」

マリー「砂男？」

ドロッセルマイアー「コッペリウスだ。時にはコッポラと名乗っている。君がその男に復讐をしたいのなら、手伝ってあげてもいい」

マリー「わたしはその男に興味はありません」

ドロッセルマイアー「では君の望みは何だろうか？　王妃になる運命を取り戻したいのかね？申し訳ないが、その望みを叶えることは……」

マリー「いいえ」

ドロッセルマイアー「今、『いいえ』と言ったのか？」

マリー「はい」

ドロッセルマイアー「しかし、君の望みは王妃になることだろうに」

マリー「目下のわたしの望みはあなたの甥でも王国でもありません。わたしはあのクララに思い知らせてやりたいのです。人の運命を奪い取るということがどういうことかを」

ドロッセルマイアー「よかろう。もし君がクララに復讐をしたいのなら、手伝ってあげてもいい。まずは計画を立てよう」

マリー「計画ならもうあります」

ドロッセルマイアー「何だって？」
マリー「あなたが地球について語っているのを聞いたことがあります」
ドロッセルマイアー「あの仮説はまもなく証明できるだろう。もう目途は付いているんだよ」
マリー「わたしに証明してみせる必要はありません。わたしは地球があることを知っています。あの世界にはわたしの分身——アーヴァタールというのですか？——が存在していますから」
ドロッセルマイアー「何だって？　君のアーヴァタールが地球にいるのか？」
マリー「わたしのアーヴァタールは若い女性なのです。少しクララに似たところがあります。あなたのアーヴァタールも地球にいるのでしょう？」
ドロッセルマイアー「ああ。わたしのアーヴァタールも地球にいる」
マリー「それはこの世界のあなたに似た大人の男性ですか？」
ドロッセルマイアー「いや。地球にいるわたしのアーヴァタールはわたしとは全く似ていない」
マリー「それは困りました。変装でなんとかなりませんか？」
ドロッセルマイアー「どうして、変装などする必要があるんだ？」
マリー「地球にアーヴァタールが存在する人は何人もいるんですよね」
ドロッセルマイアー「ああ。結構存在する」
マリー「そのような人の誰かにわたしのアーヴァタールをクララのアーヴァタールだと思い込ませたいのです」
ドロッセルマイアー「それとわたしのアーヴァタールにどういう関係があるのだ？」

マリー「この世界と地球にそれぞれそっくりのクララとドロッセルマイアーがいるとします。そして、地球のドロッセルマイアーとクララは二人とも相手をこの世界のドロッセルマイアーとクララのアーヴァタールだと認めているとします。その場合、わたしのアーヴァタールがクララのアーヴァタールでないと疑う人はいるでしょうか？」

ドロッセルマイアー「ホフマン宇宙だ」

マリー「えっ？」

ドロッセルマイアー「この宇宙の仮の名前だ。……つまり、君の地球でのアーヴァタールをクララのアーヴァタールだと思い込ませるために、姿かたちを似せようという訳だね。しかし、本体とアーヴァタールの姿が似ているとは限らない――というか、実際に似ていない。したがって、容姿の相似はアーヴァタールである根拠にならない訳だ。だが、そのような例が他にもあれば、騙される人間が出てくるかもしれない。そういうことかね？」

マリー「その通りです。さすがに飲み込みが早いですね、ドロッセルマイアーさん」

ドロッセルマイアー「しかし、充分に注意深い人間なら、簡単に騙されることはないだろう」

マリー「騙しの対象を慎重に吟味《ぎんみ》するのです。万が一にも真相に気付かないような人物を」

ドロッセルマイアー「しかし、一時的に騙せたとしても、その人物がホフマン宇宙のクララに接触すれば、すぐに嘘がばれてしまうのではないか？」

マリー「大丈夫です。ほんの束《つか》の間《ま》騙せれば、わたしの目的は達成するのです」

ドロッセルマイアー「いったい何をするつもりなんだ？　クララのふりをして恥でも掻かせる

つもりなのか？」
マリー「……まあそういうところです」
ドロッセルマイアー「ただ、さっきも言ったように、地球でのわたしのアーヴァタールはホフマン宇宙のわたしに似ても似つかないのだ。これでは、君の計画はうまくいきはしまい」
マリー「変装でなんとかなりはしないでしょうか？」
ドロッセルマイアー「無理だ。骨格からして違う」
マリー「では、誰かを雇いましょう」
ドロッセルマイアー「雇う？」
マリー「地球で、あなたによく似た人物を雇い、その人物にあなたのアーヴァタールであるふりをさせるのです」
ドロッセルマイアー「わたしのアーヴァタールには人を雇う程の余裕はない」
マリー「わたしのアーヴァタールは両親が外国にいて、一人暮らしをしているため、生活費は預金から下ろすことになっています。その預金を使いましょう。生活費には充分過ぎる額なので、御心配なく」
ドロッセルマイアー「具体的にどうすればいいんだ？」
マリー「あなたに似た人を募集すればいいんです。背が低くて、痩せた男性なら、他の特徴は変装で何とでもなります」
ドロッセルマイアー「なるほど。しかし、その人物が我々にどこまで協力してくれるかだな」

マリー「その点に関しては、面接で吟味するしかないですね。金さえ払えば何でもして、しかも特異な状況を楽しんでくれる人物でなくてはなりません」
ドロッセルマイアー「そんな人物がいるだろうか？」
マリー「必ず探してください。そのために、いくら時間をかけても構わないのです」
ドロッセルマイアー「思いの外短期間で、わたしのアーヴァタール役が見付かった」
マリー「どんな人物ですか？」
ドロッセルマイアー「大学教授だ」
マリー「大学の先生が？　どうして？　いったい彼はどのぐらいのお金が必要なんですか？　アーヴァタールの預金にも限りがあるのですが」
ドロッセルマイアー「お金については、気にすることはない」
マリー「どういうことですか？　アルバイトの募集に応募してきた人なのではないのですか？」
ドロッセルマイアー「募集広告があまりに変わっているので、興味を持ったそうだ。容姿を条件にするなんて、まるで『赤毛組合』のようだと言ってね。そこで、わたしが、ちょっとしたドッキリを仕掛けるためだと言ったら、乗り気になってきたんだ」
マリー「大丈夫なんでしょうか？　相手はドッキリだと思ってるんですよね」
ドロッセルマイアー「映画製作並みの凝った内容だと言ってある。催眠術や最新の特殊視覚効果技術を駆使して、一人の人物に異世界の存在を信じ込ませるという企画だ。ドロッセルマイアー名義の偽の名刺や教授室の表示まで準備すると言った。君との関係は血の繋がらないおじと姪《めい》という設定でいく」

マリー「そこまで作り込んでしまって、後のフォローは大丈夫なんでしょうか？」

ドロッセルマイアー「後のことなんか気にする必要があるだろうか？　全ては地球で起こることだ。この世界でのことではない」

マリー「……そうですね。クララに対する仕返しがうまくいけばそれで構わないんですから、あとはどうでも構わないんですね」

ドロッセルマイアー「それで、クララに対する仕返しの概要を教えてくれるかね？」

マリー「それはまだ教えられません。わたしのアーヴァタールをクララのそれだと信じ込みそうな人物が見付かったら、また教えてください」

ドロッセルマイアー「都合のいい人物が見付かった。いや。正確にいうと人物ではないのだが」

マリー「見付かったのか、見付からなかったのか、どっちなんですか？」

ドロッセルマイアー「見付かりはした。だが、人間ではないのだ」

マリー「わたしのような人形かオートマータですか？　それとも、妖精ですか？」

ドロッセルマイアー「どちらかというと、妖精に近いかもしれない。だが、本人によると、妖精ではなく動物のようだ」

マリー「いったい何なんですか?」

ドロッセルマイアー「蜥蜴《とかげ》だ」

マリー「蜥蜴! わたしを馬鹿にしているのですか?」

ドロッセルマイアー「とんでもない。彼は今回の対象に最適なのだ」

マリー「蜥蜴は証言できないでしょう」

ドロッセルマイアー「やつは人語を解するのだ」

マリー「しかし、地球の蜥蜴は喋りません」

ドロッセルマイアー「この世界では蜥蜴だが、地球では人間なのだ」

マリー「それは興味深いですね」

ドロッセルマイアー「この蜥蜴の知性は極めて限定的だ。したがって、君のアーヴァタールをクララのアーヴァタールだと誤認する可能性は極めて高い。しかも、彼はホフマン宇宙でも地球でもない別の世界からやってきたのだ。したがって、ホフマン宇宙のルールについては実に疎《うと》い。ホフマン宇宙の本体と地球のアーヴァタールは似ているのだ、と主張すれば簡単に信じ込みそうだ」

マリー「わかりました。蜥蜴のアーヴァタールについて詳しく教えてください」

ドロッセルマイアー「蜥蜴から聞き出したところによると、偶然にも彼は偽ドロッセルマイアーと同じ大学の学生だそうだ」

マリー「なるほど。わたしは偽ドロッセルマイアーの姪だという設定なので、近付くのはさほど難しくなさそうですね。この世界のクララの状態はどうですか？」
ドロッセルマイアー「君に言われた通り、鼠による攻撃で怪我をさせておいたよ」
マリー「その鼠はちゃんと始末して貰えました？」
ドロッセルマイアー「ああ。鼠の王を一年分のチーズで買収しておいた。その鼠はもう仲間たちに食われてしまったよ」
マリー「では、わたしの方も事故に遭って怪我をしたということにしておきます。これで、ほぼ完璧に騙すことができるでしょう」
マリー「話が違うではないですか、ドロッセルマイアーさん」
ドロッセルマイアー「何の話だ？」
マリー「あなたは蜥蜴は間抜けだと言いました。でも、あの青年はそれほど間抜けではありません」
ドロッセルマイアー「わたしは蜥蜴のことを言っただけだ。アーヴァタールの話ではない」
マリー「しかし、実際に騙さなければならないのは、アーヴァタールの方なのです」
ドロッセルマイアー「心配する必要はない。確かにあの男は頭はいいが、人が良過ぎるところがある。つまり、理由もなく人を疑うようなことはない。もしおまえが何一つミスをしなければ、あいつはおまえを信用するだろう」
マリー「それでは、今日わたしのアーヴァタールは彼の前で自殺を行います」

ドロッセルマイアー「自殺だと？　どういうことだ？」
マリー「わたしの計画にとって重要なことです。わたしのアーヴァタールが自殺を行ったとしても、本体であるわたし自身に危害が及ぶことはない。これは確かですね」
ドロッセルマイアー「ああ。間違いない」
マリー「自殺をするのは、わたしのアーヴァタールであるくららです。したがって、わたしが死ぬようなことにはなりません。一種の狂言自殺です」
ドロッセルマイアー「しかし、そのことにどういう意味があるのだ？」
マリー「彼にわたしの死を目撃させることが目的なのです。あなたに迷惑が掛かることはないので、御安心ください。なにしろ、わたしは実際には死なないのですから」

21

「この後の展開は特に説明する必要もないだろう」ドロッセルマイアーは言った。

「つまり、マリーの企みはあなたの関知するところではなかったと主張されるつもりですか？」

スキュデリは尋ねた。

「マリーが本気でクララを殺害するつもりだったのかどうかはもはや知りようもない。しかし、わたし自身は彼女の計画について全く知らなかったのだ」

「あなたは彼女の要望に従って、偽のドロッセルマイアーを募集し、その人物を偽のドロッセルマイアーとして振る舞えるように訓練し、さらに鼠《ねずみ》を使って、クララに危害を加えさせたのですね」

「全てマリーの指示通りにやったまでだ」

「そこまで詳しく指示されたのに、彼女の計画の全貌を把握していなかったとおっしゃるのですか？」

「その通りだ」

「彼女の意図を知らずに、ここまでの準備を行ったというのは、明らかに不自然です」

「彼女の指示は極めて細かく丁寧だったのだ。だから、わたしは計画の全体像を摑まぬまま、彼女の想定通りの準備を行うことができたのだ」

「それだけ細かい指示があったのなら、高い知性の持ち主であるあなたにとって、彼女の意図を推測することは容易だったのではありませんか？」

「つまり、マリーがクララ殺しを企んでいたということに気付いたのか、と尋ねているのか？」

「ここにいる全員がその疑問を持っていることでしょう」

「答えはノーだ。わたしは彼女に殺意があることに気付かなかった」

「どの時点で気付いたのですか？」

「それはあんたの推理を聞いてからだよ、マドモワゼル」ドロッセルマイアーは肩を竦《すく》めた。

「あなたともあろう方が知らぬ存ぜぬで貫《つらぬ》き通すつもりなのですか？」

「わたしもマリーの計画に気付けなかったことはとても残念だ。だが、嘘を吐《つ》く訳にはいかない。わたしはマリーの計画について何も知らなかったし、彼女の殺意にも気付かなかった」

スキュデリは溜め息を吐いた。「あなたは厚顔無恥な男です、判事」

「それは名誉棄損に相当するぞ、マドモワゼル」ドロッセルマイアーは顔色一つ変えずに言った。

「では、別の質問をします。偽のドロッセルマイアーの正体は何者ですか？」

「大学教授だ。もちろん、名前はドロッセルマイアーではない。元の名前は忘れてしまった。ひょっとすると、聞いていなかったのかもしれない」

「彼はホフマン宇宙と地球の関係について知らなかったのですか？」

「知らなかったとは言い切れないな。わたしは彼に二つの宇宙についてのレクチャーを行った。もちろん、それが事実だとは言わなかった。井森を騙すための設定だと思っていたはずだ」

「彼が地球だけの存在で、ホフマン宇宙の存在を信じていなかったとしたら、この世界について井森と自然な会話ができたのは不自然ですね」

「もちろんマリー／くららの的確な指示があったからこそだ。彼女は全く信じられないぐらい高い指示能力を持っていたのだ」

「偽ドロッセルマイアーは井森とリアルタイムで話していたのですよ。メールを使って話していたのなら、いちいちマリー／くららのチェックを受けることができたかもしれませんが、リアルタイムで話すのは不可能でしょう」

「マリー／くららは様々な局面を想定してシミュレーションしていたのだ。偽ドロッセルマイアーはそのシミュレーションに基づいて受け答えをしていただけだ」

「それでは、くららが死んだ後も的確な演技を続けていられたのはなぜでしょう？　彼は誰からの指示も受けられないはずですが？」

「なるほど。確かに、不自然だな」ドロッセルマイアーは眉一つ動かさずに言った。「となると、彼は二つの世界のリンクについて、ある程度の知識を持っていたのかもしれないな」

「ビルによると、偽ドロッセルマイアーは全くあなたのように振る舞っていたということです。つまり、偽ドロッセルマイアーはこの世界に本体が存在すると考えるのが自然です」

「なるほど。今、言われて気付いたよ。きっと彼はこの世界にいるんだろう」

「その人物はあなたのすぐ傍であなたを観察できる立場にある人でしょう。そして、井森と会話しても大きな齟齬《そご》がないところからして、ビルの近くにもいる人物です。また、クララについても、知り得る人物だということになります」スキュデリは言った。「その条件に合致する人物は誰でしょうか？」

「さあ。誰なんだろうね」

「偽ドロッセルマイアーの本体に相当する人物がクララだったとしたらどうでしょうか？」スキュデリが言った。

ドロッセルマイアーは片眉を動かした。「なかなか面白い仮説だが、証拠はあるのか？」

「今はまだ決定的な証拠はありません。しかし、偽ドロッセルマイアーの正体がクララだとすると、全ての辻褄《つじつま》が合うのです」

「どんな辻褄だ？」

「わたしの仮説が正しければ、クララはマリーのクララ殺し計画について、すぐ傍で知り得たことになります。マリーは愚かにも当の対象の目の前で殺害計画を立てていたことになります」

「クララを殺すために行ったアルバイトの募集にクララのアーヴァタールがのこのこやってきたというのか？　そんな偶然が簡単に起こるものか」

「もちろん偶然などではなかったのです」スキュデリは言った。「あなたはどんな方法で偽ドロッセルマイアーを募ったのですか？」

「新聞の折り込み広告とインターネットを使った」

「それには、あなたの特徴が詳しく書かれていたのですね」

「当たり前だ。わたしに似ている程都合がいいのだから」

「この世界であなたのことをよく知る人間のアーヴァタールがそれを見たら、あなたが地球で何かを企んでいることはすぐに推測が付くのではないでしょうか？」

「……そうかもしれないな」ドロッセルマイアーはしぶしぶ認めた。

「もしクララのアーヴァタールが背の低い痩せた人物であったなら、その募集に応じた可能性が高いでしょう。そして、本物のドロッセルマイアーの容姿を知っているのなら、最初から意図的に似せてくることはそれほど難しいことではありません」

ドロッセルマイアーは無言でスキュデリを睨んでいた。

「あなたはその可能性について考慮しなかったのですか？」スキュデリは尋ねた。

「ああ。全く思い付きもしなかったよ」ドロッセルマイアーは答えた。

スキュデリはドロッセルマイアーの左の目を見つめた。「あなたが本当に気付かずにクララに欺《あざむ》かれたのか、あるいは気付いていてわざとクララのアーヴァタールを選んだのかはわかりません。いずれにしても、彼女は偽ドロッセルマイアーになることに成功しました。そして、自分の偽者がマリーであることにも程なく気付いたことでしょう。マリーのアーヴァタールであるくらがどの程度自らの計画をあからさまにしていたのかはわかりませんが、クララが充分な洞察力を持っていたのなら、マリーの目的がアリバイ工作であることに気付いていたはずです」

「自分の殺害計画を知っていながら、彼女はそれを放置していたというのか？」

「もちろんすぐに騒ぎ立てて、マリーの計画を台無しにすることは簡単だったでしょう。しかし、クララはただ単に犯罪を未然に防ぐだけでは満足できなかったとしたら、どうでしょうか？　自分の殺害を計画したマリーに対して復讐するために新たな計画を立てたとしたら？」

「マドモワゼル、あんたの想像力には本当に感心させられるよ」

「犯罪を未然に防いだ場合、マリーが重い罪に問われることはありません。彼女は殺人を犯した訳ではなく、計画を立てただけなのですから」スキュデリはドロッセルマイアーの言葉には反応せず、言葉を続けた。「それに対し、マリーの計画を途中まで実行させれば、クララは殺害されたことになります。そうなれば、状況はむしろクララにとって好都合になります。なにしろ彼女は死んだことになりますから、アリバイ工作する必要すらないのです」

「マドモワゼル！」オリヴィエは言った。「つまり、殺人計画の主謀者が途中でマリーからクララに変わったということなのでしょうか？」

スキュデリは頷いた。「そうなります」

「そうなのか、ドロッセルマイアー？」カルディヤックはにんまりと笑った。

「嬉しそうだな、カルディヤック」ドロッセルマイアーは答えた。「しかし、今のは単なるマドモワゼルの推測に過ぎない。物的証拠は何一つないのだ」

「判事、では逆にお尋ねします。どういう証拠があれば、今の推測を実証できると思いますか？」スキュデリが尋ねた。

「もしあんたの推測が正しいのなら、クララは殺されていないことになる。そして、マリーの方がクララに殺された、というのがあんたの主張な訳だ」

「その通りですよ、判事」

「では、クララを見付け出せばいいだろう。生きたままのクララだ。そして、彼女に自供させれば、全て解決だ」ドロッセルマイアーは微笑んだ。「さあ、クララをここに連れてきてくれ、マドモワゼル」

「あなたは勝ったつもりなのですね、ドロッセルマイアー判事」

「勝ち負けなどない。わたしはマリー殺しにもクララ殺しにもいっさい関わっていないのだから」

「いいでしょう」スキュデリは言った。「今から一つの思考実験を行います」

「どうした？　クララを連れてくるのではないのかね？」

「クララの居場所を探るための思考実験です。さて、思考実験の内容はこうです。もし、クララとドロッセルマイアー判事が共犯関係にあったとしたら、判事はどうやってクララを隠すでしょうか？」

「馬鹿馬鹿しい。前提が間違っているのだから、思考実験の意味などない」

「意味があるかどうかは、最後まで行ってみればわかることです」スキュデリは強い口調で言い切った。「スパランツァーニ先生、判事はどんな手を使ったと思われますか？」

スパランツァーニは顎を撫でながら、考え込んでいた。「単に遠くに逃亡させるという手があるが、それだと見付かってしまう可能性が残る。一番確実なのは、クララ自体を殺してしまうことだ」

ドロッセルマイアーがぎくりとした。「わたしは殺しなどしていない」

「その通り。クララを殺すのはリスクが高過ぎます。そもそもクララはみすみす殺されるような迂《う》闊《かつ》なことはしないでしょう。マリーが自分に殺意を抱いており、自分もまたマリーを返り討ちにしようとしているのですから、その辺りには充分注意することでしょう」

「だとすると、見掛けを変えてしまうのが、最もてっとり早いだろう」

スキュデリは頷いた。「クララとマリーを入れ替えることすら可能なのですから、クララをさらに他の誰かと入れ替えることはそれほど難しくないはずです」

「しかし、その場合、新たな問題が発生する」スパランツァーニは言った。「今度はクララと入れ替わった人物の処置に困るのだ。同じ人物が二人いては目立ってしまう。かといって、その人物をクララにしてしまっては、その人物を隠さなくてはならなくなる。さらに第三者と入れ替えるとすると、無限に連鎖が続くことになる」

「その誰かが生活をしなければ問題ないのではないですか?」スキュデリが言った。

「人間なら生活せざるを得ないだろう」

「わたしは事件の関係者の皆さんに事情聴取を行いました」スキュデリは突然話題を変えた。

「これは事件の手掛かりを得るためでしたが、もっと直接的にクララを探し出すという目的もあったのです」

「馬鹿な。クララが自分でぺらぺらと正体を明かすものか」ドロッセルマイアーが言った。

「本人も正体を明かしているつもりはなかったと思います。ただ、ほんの僅《わず》か不注意でした。彼女はわたしとの会話で馬脚を露わしたのです」

「クララと僕とどっちが不注意かな?」ビルが尋ねた。

「あなたはよく不注意な言動をしていますね、ビル。だけど、それには全く悪意がないので、問題はありませんよ」

「教えてくれてありがとう、マドモワゼル・ド・スキュデリ。これからは安心して不注意な言動ができるよ」

「少しは注意しても、問題はないのよ、ビル」スキュデリは優しく言った。

「話を元に戻して貰《もら》おうか」コッペリウスが苛々としている様子で言った。「今、大事なところだろ?」

「わたしが事情聴取を行ったのは、ドロッセルマイアー、コッペリウス、ピルリパート、ゼルペンティーナ、オリンピア、ロータルです」

「その中に犯人がいるのか? わしも被疑者に入っているようだが」

スキュデリは頷いた。

「事情聴取をした時に何か証拠となるものを見付けたのか?」

「いいえ。発言のみからその人物が犯人であることはわかりました」

「ドロッセルマイアーは排除してもいいんじゃないですか?」ロータルは言った。「犯人を自分に化けさせるなんて危ない橋は渡らないでしょう」

「わかっちゃいないな」カルディヤックが言った。「それが却《かえ》って盲点になるんだよ」

「わたしは犯人じゃないわ」ピルリパートが言った。「もしわたしが何か証拠となるようなことを口走ったとしたら、それはきっと言い間違いか何かだわ」

「ピルリパート、安心して。あなたは何も言い間違いなどしていませんよ」

「それって、『ピルリパートが犯人から除外される』とは言ってませんよね」ゼルペンティーナが確認した。

「もったいぶらずにおっしゃってください、マドモワゼル」パンタローンが懇願した。

「オリンピア、もし誰かがあなたと入れ替わったとしたら、本物のあなたは生活する必要がありませんね」スキュデリは静かに言った。

「ええ。わたしは飲み食いする必要も、運動する必要もありませんから。ただ、ぜんまいが切れるがままになっていればいいだけです」オリンピアが答えた。

「オリンピアは可能性の話をしているだけだ。自白している訳ではない」スパランツァーニは慌てて言った。

「そうですね。彼女は自白している訳ではありません」スキュデリはオリンピアを指差した。

「オリンピア、あなたはクララですね」


「あなたは確信しているのですか、マドモワゼル？」オリンピアが訊き返した。

「ええ。わたしは自分の推理に自信を持っています」

「わたしがオートマータだからというのが根拠ですか？」

「いいえ。あなたへの事情聴取でわたしは確信を得ました」

「つまり、わたしが何かミスを犯したとおっしゃるのでしょうか？」

「そうです。あなたはミスを犯しました」

「わたしがどんなミスを犯したというのですか？」

「あなたに事情聴取している時、ビルはマリーが犯人じゃないか、と言いました。その時、あなたは何と言ったか覚えていますか？」

オリンピアから歯車の回る音がした。

「はい。わたしは『論理的にマリーは犯人ではない。被害者なのだから』と答えました」

「どうして、マリーが被害者だと思ったのですか？」

「あなたが言ったからです。マリーの遺体が見付かったと」

「いいえ。そんなことは言っていません。わたしはただ『遺体発見により、捜査は次の段階に入りました』と言っただけです」

「あの時点で遺体が見付かったと言えば、マリーに決まっているではないですか？」

「ピルリパート、そしてゼルペンティーナ、あなたたちはわたしが事情聴取した時、マリーが遺体で見つかったと思いましたか？」

「行方不明になっていたのはクララだったから、クララとしか思わなかったわ」ピルリパートが答えた。

「遺体発見のことを知る前に、わたしの方からクララのことを訊いたんじゃなかったかしら？」

ゼルペンティーナが言った。

「二人とも、記憶は確かなようですね」

「わたしの感覚は人間より鋭敏です。あなたの態度からわたしはマリーの死を読み取ったのです」

「いいや」若いドロッセルマイアーが言った。「それはあり得ない。マリーの遺体が見付かったのは、あなたへの事情聴取の後だからです、オリンピア」

「オリンピア、あなたは遺体が見付かったと聞いた時、当然マリーのものだと思った。なぜなら、マリーが死んでいたことを知っていたからです。そして、また自分——クララが死んでいないこともちろん知っていましたね」スキュデリが補足した。

オリンピアの動きは止まった。そして、突然堰《せき》を切ったように激しく笑い出した。

「どうしたの？　オリンピアはおかしくなったの？」ビルは不安げに尋ねた。

「いいえ、ビル。そうではありません。彼女は自らの敗北を悟ったのです」

22

クララ「あなたはマリーと結託して、わたしを亡き者にしようとしているのね、ドロッセルマイアーさん」
ドロッセルマイアー「何のことを言っているか、全然わからないのだが」
クララ「わたしのアーヴァタールも地球にいるのよ」
ドロッセルマイアー「それは初耳だ」
クララ「じゃあ、あのくららはわたしのアーヴァタールじゃないと認めるのね」
ドロッセルマイアー「どうして、それを知っているんだ」
クララ「あの新聞の折り込み広告の募集条件はあなたにそっくりだったわ。そして、偶然にもわたしのアーヴァタールは背が低く痩せていた。もちろん、片目じゃないし、髪の毛もあったけど、それは何とでも偽装できたわ」

ドロッセルマイアー「ということはつまり君のアーヴァタールは偽ドロッセルマイアーである訳か。こいつは驚きだ」

クララ「あなたたちはわたしの目の前で、わたしの殺害計画を練っていたのよ」

ドロッセルマイアー「ああ。もちろん、あれは単なる冗談だよ。本気で殺害計画を立てていた訳じゃない」

クララ「心配しないで。わたしはあなたたちを糾弾するつもりはないから」

ドロッセルマイアー「それは寛大なことだね。だが、君は何かの見返りを期待しているのではないか？」

クララ「たいした条件ではないわ。あなたにとって、何の損もないことよ」

ドロッセルマイアー「とにかくその条件とやらを言ってみてくれないか」

クララ「条件一、マリー／くららには、計画がわたしに漏れたことは黙っておくこと」

ドロッセルマイアー「お安い御用だ。そもそもわたしは中立の立場を貫《つらぬ》くつもりだ。マリーでも君でも、わたしに要請があれば、どちらの希望も聞く」

クララ「殺害計画の相談に乗っているのに、中立だと言い張るの？」

ドロッセルマイアー「その殺害計画が漏れていることもマリーに言わないのだから、充分に中立だ。それで、他の条件は？」

クララ「条件二、クララ殺しの計画は今まで通りに進めること」

ドロッセルマイアー「君の殺害計画なのに？」
クララ「ええ。でも、わたしも計画立案に加わっているから絶対に殺されることはないわ」
ドロッセルマイアー「そんなことをして君にどういう得があるんだ？」
クララ「そんなことをあなたに教えるつもりはないわ」
ドロッセルマイアー「だと思った。言いたくないのなら、別に構わない。君の考えていることはだいたいわかったから」
クララ「止めるつもりなの？」
ドロッセルマイアー「いいや。さっきも言ったようにわたしは中立の立場だ。君とマリーのどちらかが有利になるようなことはしない」
クララ「でも、どちらにも協力するんでしょ？」
ドロッセルマイアー「ああ。だから、中立なんだ。片方だけに肩入れするなら、中立とはいえないけどね」
クララ「ちょっと質問したいんだけど」
ドロッセルマイアー「どうぞ」
クララ「あなたがわたしのことをマリーに漏らさないとしても、マリーが自力でわたしが偽ドロッセルマイアーだと気付く可能性はあるわね？」
ドロッセルマイアー「ああ。その可能性はあるね」
クララ「その場合、あなたはわたしに彼女が気付いたことを教えてくれるのかしら？」

ドロッセルマイアー「わたしは中立だと言っただろ？　わたしが知り得た情報を故意に相手方に流すことはない」

クララ「ということは、わたしの正体がマリーに知られている危険は常に存在するということなのね」

ドロッセルマイアー「君の理解は正しい」

クララ「でも、故意にマリーに知らせることはない」

ドロッセルマイアー「君の理解は正しい」

クララ「あなたのことを信じていいという根拠は何？」

ドロッセルマイアー「根拠はない。だから、信じるも信じないも君の自由だ」

クララ「もしわたしのことをマリーにばらしたら、あなたがやったことをみんなに公表するわ」

ドロッセルマイアー「わたしを脅迫する必要はない。なぜなら、わたしは君のことをマリーにばらす気はないからだ。しかし、脅迫することで君が安心できるというのなら、脅迫しても構わない」

クララ「いいわ。あなたを信じることにするわ。でも、もしわたしを騙したりしたら、それなりの報復を覚悟して頂戴」

ドロッセルマイアー「承知した」

マリー「クララが見付かりません」

ドロッセルマイアー「もうすぐカーニバルが始まる」
マリー「そう。早く探さないと間に合いません」
ドロッセルマイアー「計画中止かな?」
マリー「ちょっと待ってください。……いいえ。計画は中止しません」
ドロッセルマイアー「しかし、殺人を行わずに、アリバイ工作だけしても意味がないだろう」
マリー「殺人はアリバイ工作の後でも構いません」
ドロッセルマイアー「しかし、それはリスクが大きい。殺害前にクララが人前に姿を見せたら、アリバイ工作は水の泡だ」
マリー「そうなったら、さすがにクララ殺しは取りやめます」
ドロッセルマイアー「アリバイ工作の後始末はどうするんだ?」
マリー「アリバイ工作自体は犯罪ではありません。殺人が行われていない状態で、アリバイ工作が失敗したとしても、何の問題もないのです」
ドロッセルマイアー「なるほど。殺害に失敗した場合は、アリバイ工作は放置すればいい訳か。しかし、これほど入念に準備したアリバイ工作を放置するのは勿体《もったい》ない」
マリー「だからこそ順番が前後してもクララ殺しをやり抜く必要があるのです」
ドロッセルマイアー「つまり、地球で君のアーヴァタールは井森に『マリーたちが山車《だし》に乗り込むのを見た』と証言した後、準備しておいた落とし穴に飛び込み自殺を敢行する訳だ」
マリー「実際には自殺だけれど、自殺ではなく事故に見せかけるつもりです」

ドロッセルマイアー「しかし、アーヴァタールが死亡した場合、その事実はリセットされてしまう。井森がリセットに気付いたら、本体が死んでいないことがばれてしまうのではないか?」

マリー「くららの死体は誰かに持ち去られたように偽装します。だから、井森がくららの死亡を確認した後、彼の意識を奪ってください。例えば、クロロホルムのような薬品を使って」

ドロッセルマイアー「残念だが、クロロホルムを使って、一瞬のうちに気を失わせることはできないよ。あれはフィクションの中の話だ」

マリー「じゃあ、バットか何かで頭を強く殴ってください」

ドロッセルマイアー「打ち所が悪ければ死んでしまうが」

マリー「構いません。死んだってどうせリセットされるんですから」

クララ「マリーはアリバイ工作を実行したようね。これでホフマン宇宙でわたしが姿を消せば、わたしは死んだことになる。究極のアリバイ工作だわ」

ドロッセルマイアー「しかし、くららの死体が存在しないのだから、いずれクララは死んでいないのではないかと疑われてしまうかもしれない」

クララ「それについては、気にしなくてもいいわ。そのうちくららの死体は手に入るから」

マリー「クララ、覚悟しなさい!……あら。これは生きていない只《ただ》の人形だわ」

クララ「ナイフで刺すなんて随分オーソドックスな殺し方ね」
マリー「あなたのアーヴァタールは串刺しで死んだから、ある程度の整合性が必要なの。……クララ、いつからそこにいたの？」
クララ「あなたがここに来てからずっとよ」
マリー「わたしを尾行してきたの？」
クララ「ええ。あなたはわたしを尾行しているつもりだったろうけど、本当はわたしがあなたを尾行していたのよ」
マリー「いつから気付いていたの？」
クララ「クララ殺しの計画のこと？　あなたが偽ドロッセルマイアーの前で嬉々として殺害計画について話し出した時よ」
マリー「……偽ドロッセルマイアーはあなたのアーヴァタールだったのね」
クララ「そうよ。今頃気付いてももう遅いけどね」
マリー「ドロッセルマイアーもあなたとぐるだったの？」
クララ「違うわ。だけど、彼は偽ドロッセルマイアーがわたしだということは知っていたけどね」
マリー「知っていたのに、そのことをわたしに教えなかったのは、ぐるだということだわ」
クララ「そう思うなら、そう思ってもいいわ。彼は中立のつもりらしいけど」
マリー「酷《ひど》いわ。このアリバイ工作のために、どれだけ手間暇をかけたと思っているの？」

クララ「手間暇かけたといったって、結局はビルがホフマン宇宙にやってきたからできた計画じゃないの。あなたはたいしたことはしてないわ」

マリー「わたしをどうするつもり？　まさか、訴えたりしないわよね」

クララ「訴える？　どうして？」

マリー「だって、あなた、わたしがあなたを殺そうとした……と思い込んでいるんでしょ？」

クララ「思い込む？」

マリー「だって、全部冗談なんだから、わたしが本気であなたを殺そうとする訳なんかないじゃない」

クララ「冗談？」

マリー「そうよ。冗談よ。それ以外にあり得る？」

クララ「あなた、ついさっき手間暇かけたって言ってなかった？」

マリー「冗談だからこそよ。馬鹿馬鹿しくて、本当の殺人なんかに手間はかけられないわ」

クララ「マリー、あなたがわたしのことを馬鹿だと思ってないんだったら、くだらない猿芝居はもうやめて頂戴。あなたは綿密にクララ殺しの計画を立てていた。あれが冗談だなんて誰も信じやしないわ」

マリー「わたしを脅《おど》す気？　元々、あなたが悪いのよ！」

クララ「わたしが？　どういう意味？」

マリー「若いドロッセルマイアーと結ばれるのは、本来わたしだったのよ。それをあなたに奪われてしまった」

クララ「あなた、あの胡桃《くるみ》割り人形をわたしに取られてしまったと思って恨んでいたの？　だったら、あの男をあなたに返すわ。わたしは壊れかけた人形なんかに興味はないから」

マリー「違うのよ。わたしは胡桃割り人形が欲しい訳ではない。わたしはわたしの物語を返して欲しかったの。わたしはお人形の一人ではなく、人形の軍隊に守られるお姫様だったはずなのよ」

クララ「ははは。まあ、おかしい」

マリー「何がおかしいの？」

クララ「シュタールバウム家のお嬢さんでも、その持ち物の人形でも同じことだわ」

マリー「何が同じだというの？　お妃《きさき》と人形じゃ雲泥《うんでい》の差よ」

クララ「誰だって、その人の物語の中では主人公なのよ。なぜなら、世界の中心は常に自分自身なのだから」

マリー「何それ？　心構えの話をしているの？　それとも、禅問答《ぜんもんどう》か何か？」

クララ「つまり、何もおとぎ話に執着しなくったって、こうしている今も、わたしたちはミステリだかサスペンスだかの登場人物になっているって話よ。それに、あなたとわたしの立場を入れ替えたのは、わたしじゃないわ。ドロッセルマイアーとコッペリウスの悪ふざけよ」

マリー「誰のせいかなんて問題にしていないわ。わたしが我慢ならなかったのは、本来わたしがいる場所にあなたがいるってことよ。あなたは報《むく》いを受けるべきだわ」

クララ「報いを受けるべきなのはあなたよ。あなたはわたしを殺そうとした。あなたと同じ世界に生きているなんて我慢できない。あなたをすぐさま、この世界から消してしまいたいの」

マリー「どうして、そうなるのよ。それに、あなたはわたし程慎重じゃないようだから、教えておくけど、あなたはわたしみたいにアリバイ工作をしていないでしょ。わたしを殺したら、すぐに足がつくわよ」

クララ「あら。アリバイ工作なら、あなたがしてくれているじゃない。くららはクララのアーヴァタールだと思われているのだから、クララはもう死んでいるはずなので、マリーを殺すことはできない」

マリー「あなた、間が抜けているわ。くららの死体はないのよ。クララが死んだ証拠にならないわ」

クララ「あら。くららの死体なら、もうすぐ出来るわよ」

マリー「そう簡単にわたしを殺すことはできないわ」

クララ「もう手遅れよ。わたしと間違えて、その人形をナイフで刺す時に、どこかに痛みを感じなかった？」

マリー「えっ？」

クララ「ほら。袖に血が付いているじゃないの。あの人形に針が付いていたのに気付かなかったの？　もうすぐ動けなくなるわ」

マリー「毒を塗ったの？」

クララ「不注意なあなたが悪いのよ」
マリー「あなた、自分のやったことがわかってるの？　人殺しになるのよ」
クララ「その台詞《せりふ》、そのままあなたに返すわ」
マリー「本当に殺す気なんかなかったわ。脅すだけのつもりだった」
クララ「それを信じさせてくれたら、これをあげてもいいわ」
マリー「何、それ？」
クララ「解毒剤よ」
マリー「どうすればわたしの言葉を信じるの？」
クララ「心の底から謝って頂戴」
マリー「クララ、どうかわたしを許して」
クララ「そうね。日本式に土下座して頂戴」
マリー「土下座をすれば許してくれるの？」
クララ「それはあなたの土下座を見てから考えるわ」
マリー「……」
クララ「どうしたの？」
マリー「約束して、土下座をすれば解毒剤をくれるって」
クララ「何勘違いしてるの？　あなたに決定権はないのよ。あなたはただわたしに従うだけ。わたしが満足したら、御褒美《ごほうび》をあげるわ」

マリー「……」
クララ「わたしはどっちでもいいのよ。だけど、そろそろ手足が痺れ始めてるんじゃないの？」
マリー「土下座して謝ります。どうもすみませんでした」
クララ「それだけ？」
マリー「今後このようなことはいっさいいたしません」
クララ「それだけ？」
マリー「どんな償《つぐな》いでもいたします」
クララ「それだけ？」
マリー「一生、あなたに従います。わたしはあなたの端女《はしため》です」
クララ「……」
マリー「お願いいたします」
クララ「……いいわ。これ、あげる。そこに投げるから自分で拾って」
マリー「ありがとうございます」
クララ「……飲んだわね」
マリー「えっ？」
クララ「人形に針なんか付いてなかったわ。ただ、血糊が付いていただけ、赤い服を着ていたから目立たなかったの。それがあなたの服に付いただけよ。そもそも刺さっただけで死ぬような強力な毒の解毒剤ってなかなかないわ」

マリー「じゃあ、今わたしが飲んだのは何？」
クララ「毒じゃないわ。でも、毒も同然かも。強力な睡眠導入剤よ」
マリー「どうして、そんなものを？」
クララ「あなたを眠らせるためよ」
マリー「だから、どうしてわたしを……」
クララ「復讐のためよ」
マリー「眠り……なんか……するもんで……」
クララ「どんな死に方がいい？」
マリー「死んで……たまる……」
クララ「ごめんなさい。死に方は選べないんだった。あなたはどぶの中で死ぬのよ。どぶ水を胸いっぱい吸い込んでね。まあ、死体が見付かるのは、なるべく遅い方がいいけど、見付かったら見付かったで仕方ないわ。……あら。もう寝ちゃったのね」

23

「マリーを刺殺せずに溺死にしたのはなぜですか？」スキュデリが尋ねた。

「マリーにくららと似た死に方をさせる意味はないと思ったからです」さっきまでオリンピア

だったクララは言った。「溺死なら、くららの遺体は海や川で見付かる公算が大きいのです。

死体は相当傷《いた》んでいるはずなので、刺し傷が目立たなくても問題ないと思ったのです。井森／ビルは誰かが落とし穴から運び出したと誤認する可能性が高いと推定できます。逆にマリーを刺し殺した場合は、くららは何かの事故か犯罪に巻き込まれて死ぬ可能性が高いので、もし目撃者などがいたら、落とし穴の中で死んでしまったことと矛盾します」

「溺死でも目撃者はいるかもしれませんよ」

「いた場合は何か手を打たなくてはならなかったでしょうね。でも、いませんでした」

「あなたをオリンピアに改造したのは誰ですか？」

「ドロッセルマイアーです」

「ああ。頼まれたものでね」ドロッセルマイアーが答えた。「彼女がこんな重大な犯罪を犯したと知っていたら、すぐに証言していたんだが」

「判事、あなたはクララやマリーの殺人計画のことは知ってたんですね。知っていて、黙認したということでいいですね？」

「ああ。マリーの計画は知っていたさ。でもまあ、最後まで冗談じゃないかと思っていた。それから、クララの計画のことは知らなかった。全く驚いたものだ」

「彼女が何を企んでいたのかは察しが付いていたのでしょう？」

「いや。皆目見当も付かなかったね」

「ねえ、マドモワゼル・ド・スキュデリ、ドロッセルマイアーはマリーと一緒にクララ殺しの計画を練ったんだから死刑だよね」ビルが言った。

「ところがね、ビル、クララは現実に死ななかったの。被害者が死んでないのに、殺人罪は適用できないの」

「そうだな」コッペリウスが言った。「死んでないんだから、せいぜい殺人未遂といったところか」

「マリーがクララを殺そうとしたという証拠はあるのか?」ドロッセルマイアーが反論した。

「クララの証言がある」コッペリウスが言った。

「わたしが言っているのは物的証拠のことだ」

「マリーが刺そうとした人形があるんじゃないか?」

「ナイフで刺されたような跡のある人形で何を証明できるというんだ? そんなもの誰でも簡単に作れるさ」

「マドモワゼル・ド・スキュデリ、ドロッセルマイアーは無実なの?」ビルが尋ねた。

「無実ではないでしょう。しかし、罪に問うことは、おそらく無理です」

「悪者を放っておくの?」

「ビル、法律は正義のために存在します。しかし、完璧ではありません。ドロッセルマイアーは法律を熟知し、自分が罪に問われないように立ち回ってきたのです」

「じゃあ、放っておくんだね」

「いいえ、ビル。わたしは彼を放っておかないために、みんなを集めたのですよ。法的には彼は無罪です。しかし、今の説明を聞いて、彼が無実だと思う人はいないでしょう。ドロッセルマイアーはこれからの生涯を鼻つまみ者として過ごさなければならないのです」

「なるほど。鼻つまみ者か。こいつは愉快だ」コッペリウスが笑った。

「マドモワゼル・ド・スキュデリ、鼻つまみ者が鼻つまみ者を笑っているよ」

「ビル、なんでもかんでも正直に言っていいものではないのですよ」

コッペリウスは二人を睨んだ。

「ところで、クララはどうなるの？」

「彼女はそれなりの刑罰を受けることになるでしょう」

「それはどうかしら？　わたしはオートマータよ。物に罪は問えないわ」クララは言った。

「その通りです。ただ、危険な物は廃棄する必要がありますが」スキュデリは言った。

「物？　とんでもない。わたしは人間よ」

「クララは両方のいいとこ取りをするみたいだよ」ビルが感心した。「頭いいな」

「ドロッセルマイアーに頼んで、元に戻して貰《もら》った方がいいかもしれませんね」スキュデリが言った。

「おい。この偽者めが！」スパランツァーニがクララに癇癪《かんしゃく》を起こした。「わたしの娘をどこにやった？　あれはわたしの最高の芸術品であり、生きがいなのだぞ！　毎日、あちこちを弄《いじ》り倒して改造し続けないと気が変になる」

「ねえ、マドモワゼル・ド・スキュデリ、スパランツァーニって最初から気が変だよね？」

「ビル、なんでもかんでも正直に言っていいものではないのですよ」

「あのガラクタなら、ばらして地下室に放り込んでおいたわ」クララが言った。

「地下室?」スパランツァーニは考え込んだ。「ほう。あれか!」彼はぽんと手を打った。「だったら、問題ない。昨夜、おまえのぜんまいが切れている間に、中身を入れ替えたんだった」

「何と何の中身を入れ替えたんですって?」クララは不安げに言った。

「地下室にあったのを、注文した新しいオリンピアだと勘違いしたんだ。だから、オリンピアの中身をそっちに入れ替えたんだ」

「ちょっと待って。じゃあ、わたしの身体は誰のものなの?」

「もちろん、わたしのものだ。わたしが材料を買って組み立てたんだから」

「そうじゃなくて、わたしはクララなの? それともオリンピアなの?」

「さあ」スパランツァーニは頭を掻いた。「今更、そんなこと言われてもなあ。もう相当に交ざってしまって、どこがどっちかなんて、わかるはずがない」

「どれ。わたしが分解して調べてみよう」ドロッセルマイアーが立ち上がった。

クララ/オリンピアは逃げ出した。

だが、その行く手を巨漢が塞いだ。コッペリウスだ。

クララ/オリンピアは止まることができず、コッペリウスの指先に触れてしまった。

ぱあん。

クララ/オリンピアの上半身は様々な部品と化して、飛び散った。

ドロッセルマイアーは歯車を摘まんで持ち上げてしみじみと観察した。「よくこれで動いていたもんだな。歯車に肉が絡み付いている」

「こっちも見てみろ。血管の中に錆《さび》止め油が詰まってるぞ」コッペリウスも血管を裏返しながら言った。

「おい、汚い手で触るなよ」スパランツァーニは地面に散らばった歯車やベルトや連結棒や肉片や歯や骨片や目玉をかき集めた。

ドロッセルマイアーもコッペリウスもスパランツァーニの言葉をあまり気にしていないようで、てんでにクララ／オリンピアを組み立て始めた。

「こりゃ、部品が足りんな。元のクララには戻せないぞ」ドロッセルマイアーが笑いながら言った。「いっそのこと、別のものにしてしまおうか？」

「そりゃあいい。怪物のいいアイデアがあるんだ」コッペリウスが言った。

「わたしのオリンピアを勝手に作りかえるな！」スパランツァーニは大慌てで組み立てようとして、手が滑ってさらに部品をぶちまけた。

「クララは殺されちゃったの？」ビルが尋ねた。

「ええ。そうみたいね。でも、心配しないで、あの人たちがすぐに組み立ててくれそうだから」スキュデリは言った。「でも、もうクララでもオリンピアでもなくなるかもしれないけどね」

「これからどうするの？」

「次は地球で最後の仕上げよ、ビル。わたしと一緒にね」

24

「ドロッセルマイアー先生、一体どうしたんですか？」病院の待合所で、井森は礼都《れつ》に尋ねた。

「授業中に突然倒れたのよ。脳梗塞」礼都は言った。「因《ちな》みに、本名はドロッセルマイアーじゃなかったんだけどね。手続きをすれば学内では通称名が使えるの。知ってるだろうけど」

「ええ。今更、本名で呼ぶのも違和感があるので、これからもドロッセルマイアー先生でいいですか？」

「ええ。わたしはどっちでもいいけど」

「もう会ってきたんですか？」

「面会謝絶だって。脳波を見る限り意識はあるみたいだけど、身体は動かないし、喋れないから会っても仕方ないわよ」

「クララに連動したんでしょうかね？」

「わからないわね。死ぬ時以外は連動しないと思ってたんだけど、まあ半分機械になってたから、死んだも同然の状態なのかも」

「もう回復しないんでしょうか？」

「わたしに訊かれてもわからないわね」

「くららがマリーのアーヴァタールだってことは最初からわかってたんですか？」

「そうね」

「くららの遺体が見付かった時、どうしてドロッセルマイアー先生のところに連絡が行ったんですか？」

「それは連絡先として彼女が大学に登録していたからよ。成人なんだから、連絡先は親以外でも何の問題もないでしょ」

「おじと姪《めい》というのはもちろん嘘ですよね」

「もちろん嘘よ」

「全部、僕を騙すために仕組まれたことだったんだ」

「ちょっと違うわ。誰かを騙すために仕組まれた罠に、たまたまあんたがぴったり嵌まったってことよ」

「それを聞いても慰《なぐさ》めにはならないですけどね」

しばらく会話が途切れた。

「考えたんですけどね」井森はぽつりと言った。

「重要なことじゃないなら言わなくてもいいわよ」

「結構重要なことですよ。僕的には」

「わたしにはどうでもいいことかもしれないわ」

「あなたの正体について考えたんですよ」

「わたしは新藤礼都よ」

「そうじゃなくて、あなたの本体についてです」

「やっぱりどうでもいいことだわ」

「当初から、あなたは僕よりも深くこの事件を理解していました」

「洞察力の差ね」

「地球のことだけではなく、ホフマン宇宙の出来事にも通じていました。おそらくビルやクラとも面識があった」

「ひょっとして、そんなつまらないことに気付いたってことを自慢しているの？」

「いいえ。客観的な事実を述べているだけです」

「どうして？」

「パズルを完成させるためのピースを並べているのです」

「なぜそんなことを？」

「最後のピースを見付けるためです」

「いつまで探しても見付からないわよ」

「じゃあ、どうすればいいんですか？」

「簡単よ。わたしに確認すればいいの。そしたら、ちゃんと答えてあげるわ、真実をね」

「なるほど。そうすればよかったんだ」

「そうしない方がおかしいでしょ」

「じゃあ、お訊きします」

「どうぞ」

「新藤礼都さん、あなたはドロッセルマイアーですね？」

礼都は煙草《たばこ》に火を付けた。「ええ。そう」

「病院内は禁煙ですよ」

「誰かが注意したらやめるわ」

「僕が注意しましたよ」

「もちろんあんたは除外してるわよ」

「マリーのアリバイ工作はあなたが立案したんですか？」

「向こうでも言ったけど、立案したのはマリー／くららよ」

「くららは元々あまりクララに似てなかったんですか？」

「そうね。メイクと衣装で似たイメージにしてただけね」

「偽ドロッセルマイアーを募集したのはあなただったんですか？」

「ええ。偽ドロッセルマイアーがクララだったのは本当に想定外だったわ」

「くららが穴に落ちた時、あなたも現場に来ていたんですか？」

「ええ。くららが死んだ後、あんたを殺すつもりだった。でも、勝手に死んじゃったけどね」

「殺すつもりだったんですか？　リセットされるのがわかってたとしても、殺すのは躊躇《ちゅうちょ》するでしょう」

「大丈夫よ。わたし慣れてるから」

「慣れてるって、何に？」

「殺人よ」

「つまり、そういうことを想像するのが好きだと言ってるんですか？」

「想像じゃなくて、実際に殺すのに慣れているの」

「それってつまり殺人を犯したことがあるってことですか？」

「そうよ」

「なんで今カミングアウトするんですか？」

「あんたが動揺するのを見たかったからよ」

「僕が警察に訴えて出たらどうするつもりなんですか？」

「どうもしないわ。証拠なんてないもの」礼都は微笑んだ。「わたし、抜かりはないのよ」

「くららの死がリセットされたとしたら、杭に付いていた血は何だったんですか？」

「あれはくららが後で自分の血を抜いて振りまいたのよ」

「穴を調べにいった僕を突き落としたのは誰だったんですか？」

「あれはくららよ。殺人実行前にクララが姿を消したのを不審に思ったのね。クララの返り討ちに遭うことを恐れて、落とし穴の底に真相を書いた手紙を残していたのよ。ただ、あんたがあまりに早く手紙を発見しそうだったので、焦ったくららがあんたを穴の中に突き落としたのよ」

「早く手紙を発見してはいけなかったんですか?」

「あの手紙はあくまで万が一のためだから。あの時点であんたが読んだら、マリー/くらの計画がおじゃんになってしまうじゃないの」

「偽ドロッセルマイアーが突き落とした可能性はありませんか?」

「もし偽ドロッセルマイアーがやったのなら、手紙は回収したはずよ。クララが犯人かもしれないって書いてあったはずだから」

「じゃあ、その後で、僕の首を絞めて殺したのは誰だったんですか?」

「あの時点でマリー/くらはすでに殺害されていた。あの手紙をあんたに読まれてまずいのはクララ/偽ドロッセルマイアーしかいないわ。その後で、あんたの頸動脈を切ったのもクララ/偽ドロッセルマイアーよ」

「なるほど。納得です。でも、あなたの殺人未遂を含むと、僕は三人の人間から命を狙われたことになりますね」

「もちろん、誰も罪には問えないわよ。現にあんたは生きているんだから」

「マリーは命を失ったし、クララも酷《ひど》い有り様になりました。あなただって、ホフマン宇宙では鼻つまみ者です」

「スキュデリのせいでね。でも、他の世界のことなんて関係ない。ドロッセルマイアーとわたしは記憶を共有しているけど、別人なのよ。この世界ではわたしは自由なの」

「でも、殺人を犯してるんでしょ」

「あんたにわたしの尻尾は摑めないわ。力不足なのよ。できるとしたら、スキュデリぐらいかしら」

「おや。奇遇だね」礼都の背後に突然徳さんが現れた。

「ああ。どうも」井森は挨拶をした。「新藤さん、こちら岡崎さんといって、先日……」

「紹介してくれなくてもいいわ」礼都は目を見開いた。「よく知ってるから」

「えっ？　お知り合いだったんですか？」

「わたし、もう帰るわ。ちょっと気分が悪くなってきたから」

「今、面白そうな話をしていたのう。殺人犯の尻尾が摑めないとか、どうとか」徳さんは上機嫌で言った。

「そんなの冗談に決まってるじゃない」

「いいのう。わしは冗談が大好きなんじゃ」

「お二人はどこでお知り合いになったんですか？」井森は尋ねた。

「前に住んどった村でだ。この人が人殺しをして逮捕されたんで、よく覚えておる」

「あっ。すでに逮捕されてるんですね！」井森は驚きの声を上げた。

「人聞きの悪いことを言わないで」礼都は周囲を見回した。「逮捕されたけど、無罪になったのよ」

「ちゃんと証拠も揃ってて、起訴されたんじゃがの。裁判でひっくり返されたんじゃ。この人自身が弁護士を操って」徳さんが言った。「いや。あれはあり得ないぐらいの超ウルトラCじゃった」

「ちょっと待ってください。いろいろ凄いことを言ってますね」井森は眉間《みけん》を押さえた。

「当時忙しくて、裁判のことはすっかり忘れとったんじゃ。検察がわしに相談してくれたら、ひっくり返されることはなかったのにの」

礼都が徳さんを睨んだ。

「おっと。失礼」徳さんは礼都を見つめ返した。「でも、どうやら、あんた他にもいろいろやってるみたいじゃね」

「だから、冗談だって言ってるじゃないの」

「だから、わしも冗談に付き合ってやるって言っとるんじゃ」徳さんは満面の笑みで言った。「これからじっくり楽しめそうじゃ。向こうとこちら両方での」

礼都は息を飲んだ。「じゃあ、そういうことなの？」

「どうかしましたか？」井森は尋ねた。

「この人、スキュデリよ」礼都は言った。

「えっ？　そうだったんですか？」井森は目を丸くした。

「何のことじゃ？　ところで、最後の仕上げは一緒じゃなくて、わし一人でやっても構わんかの？　じっくり時間をかけて追い込みたいもんでな」

礼都は悪寒《おかん》を覚えたように震え出した。

「じゃあ、僕はこれで失礼します」井森は言った。「用事を思い出したんで」

「急ぎかの？」

「ええ。大学の食堂でテレビを見ないといけないんですよ」

25

食堂でぼうっとテレビを見ていると、若い女性が呼び掛けてきた。

「井森君！　あなた、明後日《あさって》蒸着《じょうちゃく》の予約してるよね。あれ、譲ってくれない？」

井森は女性の方をゆっくり見て、そして首を傾げた。

「首どうかしたの？」

「いや。どうしようかと思ってね」

「蒸着の予約を譲って貰《もら》うの難しそう？」

「迷ってるのはそっちじゃない」

「じゃあ、何を迷ってるの？」

「今回は違う展開なんだよ。だから、どうしようかと思って」

「何の話をしてるの？」

井森はゆっくりと口を開いた。

「スナークは？」

女性は凍り付いた。

「ええとね。頼みたいことがあるんだ。元の世界に帰るにはたぶん君の協力が必要なんだよ。さっ、合言葉に応えて」

「ブージャムだった」

世界はがらりと変わった。

E・T・A・ホフマン作品小解題

※本作の趣向に触れる部分がありますので、本編を読了したのちにご覧下さい。

『クララ殺し』では十九世紀初頭に活躍したドイツの作家、エルンスト・テオドール・アマデウス・ホフマンの小説が主要なモチーフとなっています。以下、主に関連のある作品について簡単なあらすじを附しましたので、本編を読了ののち、参照して再読してみてください。そしてぜひホフマンの作品にも触れてみてください。『クララ殺し』の物語に隠された数々の謎がすっきり解けることでしょう。

*

ホフマンは一七七六年、プロイセン領ケーニヒスベルク（現ロシア領カリーニングラード）の法律家の家系に生まれた。ケーニヒスベルク大学では法律を学びながらも詩作に作曲、器楽演奏、絵画などの芸術活動に打ち込む。その後司法官候補試験に合格し、ケーニヒスベルクで陪席判事をつとめる。以降、一八〇六年のナポレオンのワルシャワ侵攻で失職するまで勤務地を転々とする。その後劇場付き作曲家・演出家となり、一八一四年発表の『カロ風幻想作品集』以降、活発な創作活動をつづけ流行作家となる。一八二二年、四十六歳で逝去。

黄金の壺（Der goldne Topf 一八一四）

昇天祭の午後、ドレスデンの黒門を駆け抜けてきた学生アンゼルムスは、醜《みにく》い老婆の林檎や菓子の入ったかごにぶつかって品物を台無しにしてしまう。弁償しようと有り金を差し出したものの、老婆から「クリスタルガラスのなかに閉じこめられてしまうだろう」という呪いの言葉を吐きかけられた。

気分が沈んだまま、エルベ河沿いの道で煙草を吸っていたアンゼルムスは、そこで水晶の鈴を鳴らすような囁き声を聴く。そして緑がかった黄金色の美しい三匹の小蛇をみつけ、青い瞳の一匹に強く惹かれてしまう。

その後、アンゼルムスは枢密文書管理官リントホルストのもとでの複写の仕事を斡旋されるが、このリントホルストこそ火蜥蜴（サラマンダー）の化身であり、アンゼルムスが恋に落ちた蛇の精霊ゼルペンティーナの父親であった。

だが、アンゼルムスに恋心を抱く副学長の娘ヴェロニカや彼女を狙う書記ヘールブラント、林檎売りの老婆らの謀略により、ふたりの恋は翻弄される。幻想と笑劇が入り交じるホフマン初期の傑作メルヘン。

くるみ割り人形と鼠《ねずみ》の王様（Nußknacker und Mausekönig　一八一六）

クリスマス・イヴの夜、医学顧問官であるシュタールバウム家の末娘マリーは、贈りもののなかにあった不格好なくるみ割り人形が大のお気に入りとなるが、乱暴な兄フリッツにその人形を壊されてしまう。

その夜、人形トゥルーテラを飾ったおもちゃの棚にある、他の人形用のベッドに壊れたくるみ割り人形を寝かせようとしたところ、地面から七つの頭を持つ鼠の王様が大群を率いて現れる。くるみ割り人形はほかの人形ともども立ちあがり、華々しく交戦する。

マリーはくるみ割り人形を助けようと、鼠の王様に靴を投げつけた後、気を失う。翌朝気がついたマリーが、名付け親である上級裁判所顧問官のドロッセルマイアーにその夜の出来事を語ると、彼は時計師ドロッセルマイアーの従弟《いとこ》の息子にあたる若いドロッセルマイアーと、鼠の女王マウゼリンクスの呪いを受けたピルリパート姫の物語を聞かせる。若いドロッセルマイアーは姫を救うために、鼠の呪いを代わって引き受け、人形に姿を変えられたのだという。マリーは自分が貰《もら》ったくるみ割り人形こそ、呪われた若いドロッセルマイアーだと考えるようになる……。

この物語はもともとホフマンが、友人ヒッツィヒの子供たちのために作り、語り聴かせたもの。チャイコフスキーによるバレエ『くるみ割り人形』の原作としても名高いが、こちらはアレクサンドル・デュマ父子によって大きく手を入れられたフランス版『はしばみ割りの物語』をもとにしており、主人公の名前は、物語中でマリーに贈られた人形に由来してか、クララと改められている。

砂男《すなおとこ》（Der Sandmann　一八一六）

青年ナターナエルが親友ロータルに宛てた書簡から、物語は始まる。幼少期から子供の目玉を奪う怪物・砂男の妄想に取り憑かれたナターナエルは、父のもとを度々訪れる弁護士コッペリウスこそ砂男だと思いこむようになる。やがて書斎で起きた爆発事故で父は死亡し、彼のもとを訪問していたコッペリウスはその事故を機に行方をくらました。そして今、彼の下宿先にはコッペリウスにそっくりな晴雨計売りのコッポラという男が現れ、彼を悩ませている。ロータルの妹クララは、一時帰郷した恋人のナターナエルを励ますが、相変わらず妄念に取り憑かれたナターナエルはロータルと決闘騒ぎを起こしてしまうが、クララの仲裁によって事なきを得る。留守の間にナターナエルの下宿は火事で焼け落ちてしまう。

居を改め、スパランツァーニ教授のもとで物理学を学んでいたナターナエルは、師の娘である冷たい美女オリンピアに烈しい恋心を抱き、求婚を決意する。だが研究室で教授とコッポラが激しく争う様子と、目玉を外されたオリンピアの姿を目撃する。ナターナエルは、彼女の目玉を投げつけてきたスパランツァーニ教授を絞め殺そうとし、気を失ってしまう。

バレエ『コッペリア』、オペラ『ホフマン物語』の原作としても名高い幻想怪奇小説。精神科医ジークムント・フロイトが本作を分析して「不気味なもの」という論文を著している。

マドモワゼル・ド・スキュデリ (Das Fräulein von Scuderi 一八一九)

時はルイ十四世の時代、一六八〇年のパリ。サン・トノレ街にあるスキュデリ宅に夜分覆面姿の怪しい男が訪れ面会を求める。侍女のマルティニエールは拒むが、男は小函を押しつけて帰っていく。その中にはパリ随一の金細工師ルネ・カルディヤックの手になる金の腕輪一対と首飾り、そしてスキュデリへの手紙が収められていた。カルディヤックを呼び出しいきさつを話すが、彼はその品をスキュデリに贈ると語るのみだった。数か月後、今度はスキュデリの乗る馬車に手紙が投げ込まれる。そこには腕輪と首飾りをカルディヤックのもとに届けるよう求める文が綴られていた。彼女がカルディヤックの家に駆けつけると群衆が家を囲んでおり、カルディヤックは弟子のオリヴィエ・ブリュッソンに殺害されたと知らされる。

だが、カルディヤックの娘でオリヴィエの恋人のマドロンは無罪を確信していたため、スキュデリは事件の真相を探るべく調査を始める。

「パリのサロンのサッフォー」と謳《うた》われた実在の人物を主人公に描いている。森鷗外は本作を探偵小説として評価し、「玉を懐《いだ》いて罪あり」という題で翻案した。

解説

千街《せんがい》晶之《あきゆき》

ナンセンスな展開を特徴とする児童文学や昔話や童謡と、論理性を軸とする本格ミステリが、一見無縁なようでいて実は相性がいいことは、児童文学などのモチーフを借りたミステリや、マザーグース見立てなどの「童謡殺人」を扱ったミステリの数の多さが証明している。最近では、日本の昔話を踏まえた青柳碧人《あおやぎあいと》の『むかしむかしあるところに、死体がありました。』（二〇一九年）が話題を呼んだ。児童文学の側にも、暗黒絵本で知られるエドワード・ゴーリーのようなミステリ趣味を感じさせる書き手がいる。

ミステリでは血腥《ちなまぐさ》い犯罪がよく描かれるけれども、童話や童謡も洋の東西を問わず、思いのほか残酷なエピソードが多い。そもそも、倫理を植えつけられる前の子供とは残酷を無邪気に愛する存在である。まさに童謡殺人の女王とも言うべきミステリ作家であるアガサ・クリスティが、登場人物の口を借りて「『ばあさんおこって庖丁で、ネズミのしっぽをチョン切った』――チョン、チョン、チョン――おもしろいね。子ども大喜びよ。残酷だからね、子どもは」（『ねずみとり』鳴海四郎訳）、「子供というものは欲望をそのまま実行にうつすものだ。たとえば、小猫が気に入らないからといって、『殺してやる』と言って金槌で頭を叩き、その上、生き返らないからといって、ひどく悲しむ」（『ねじれた家』田村隆一訳）と繰り返し述べているように。

さて、小林泰三である。一九九五年に「玩具修理者」で第二回日本ホラー小説大賞短編賞を受賞してデビューしたこの作家は、ホラー、ＳＦ、ミステリといった各ジャンルにまたがってエネルギッシュに活躍しているけれども、論理的すぎるあまりナンセンスへと逸脱する会話、奔放な想像力から生まれたユニークな設定、無邪気なまでにあっけらかんとした残酷趣味、作中の「現実」の不確実性を強調する仕掛け……といった作風は、どのジャンルにおいても共通している。そんな著者が、ナンセンスや残酷を内包する児童文学や童話の世界に注目したのは、ある意味必然だった筈だ。そもそも著者初の本格的なミステリ長篇『密室・殺人』（一九九八年）の時点で、ルイス・キャロルの『鏡の国のアリス』が巻頭に引用されていたではないか。

児童文学の世界を踏まえた本格ミステリとして、著者のヒット作のひとつとなった長篇が『アリス殺し』（二〇一三年）である。ルイス・キャロルの『不思議の国のアリス』（先述の『鏡の国のアリス』はその続篇）といえば、古今《ここん》東西、多くのミステリのモチーフとして愛好されてきたことでも知られるが、『アリス殺し』は、作中の主人公がいる地球と、『不思議の国のアリス』の登場人物たちがいる「不思議の国」とが「アーヴァタール」という概念によってリンクしており、その二つの世界で並行して事件が起こるという構成を特徴としている。例えば、作中に登場する井森建《いもりけん》は地球では大学院生だが、「不思議の国」のビルという蜥蜴《とかげ》のアーヴァタール（分身）でもある。両者は見かけも人格も異なっているものの、互いに夢でつながっていて、記憶も共有しており、本体が死ねばアーヴァタールも死ぬ。地球と「不思議の国」の住人には、同じような対応関係にある人物が何人もいる。

本書『クララ殺し』（二〇一六年六月、東京創元社から刊行。初出は《ミステリーズ！》二〇一五年六月号〜二〇一六年四月号）は、その『アリス殺し』の続篇だ。といっても、一応独立した内容ではあるが、井森建＝ビルは引き続き登場している。

さて、本書のモチーフとなった原典は何か。困ったことに、それを説明しようとすると最初のひねりに言及せざるを得ない。ここから先は、本書の少なくとも2章までを読んでから目を通していただきたい。

「不思議の国」で道に迷ってしまったビルは、アルプスのような山脈に辿りつき、車椅子に乗ったクララという少女と、「お爺さん」と呼ばれる老人と出会った。一方、地球の井森は、自分が「不思議の国」以外の世界を夢で見たことに気づく。大学に向かった彼は、交通事故で腰を痛めて車椅子に乗っている少女に出会う。最近、何者かに命を狙われていると主張する彼女は、どうやら、井森が夢で見たあの世界のことも知っているらしい。そして、夢で出会ったのと同じ姿の老人も現れる……。

ここまでが本書の2章までにあたる導入部だ。『クララ殺し』というタイトル、そしてアルプスのような場所にいる車椅子の少女とお爺さんというキャラクター。ここから殆《ほとん》どの読者が思い浮かべたのは、スイスの作家ヨハンナ・シュピリの代表作『アルプスの少女ハイジ』……というか、一九七四年に日本で放映されたそのアニメ版ではないだろうか。この物語に登場するクララといえば、ゼーゼマン家の一人娘である車椅子の少女であり（「クララが立った！」という台詞は、実際にこのアニメを見ていないひとにも広く認識されている）、「お爺さん」にあたるのはヒロインのハイジの祖父「アルムおんじ」である。

ところが、2章の最後で、車椅子の少女のおじだという老人は、『アルプスの少女ハイジ』には出てこない名前であるドロッセルマイアーと名乗り、続く3章でも、もうひとつの世界でクララと一緒にいた老人が同じ名を名乗るのだ。では、少女と老人は何者なのか？

余談だが、本書の担当編集者を通して著者に確認したところ、実は著者が作家の田中啓文《たなかひろふみ》と電話で話している際、「『アリス殺し』の次は『ハイジ殺し』にしようかと思ってるんです」と言ったところ、田中が「犯人はほぼ間違いなくクララでしょう。『クララが殺《や》った！　クララが殺った！』という感じで」と応じたというエピソードがあったようで、どうやら著者も当初は『アルプスの少女ハイジ』を踏まえて第二作を執筆するというアイディアも持っていたらしい。それが変更になった結果、本書の原典になったのは、ドイツの作家エルンスト・テオドール・アマデウス・ホフマン（一七七六～一八二二年）の作品世界であり、ビルが迷い込んだ世界は作中で「ホフマン宇宙」と呼称される。

本書でモチーフとなったホフマンの作品は、「黄金の壺」「くるみ割り人形と鼠《ねずみ》の王様」「砂《すな》男《おとこ》」「マドモワゼル・ド・スキュデリ」の四作。それぞれの内容については、巻末に編集部による小解題がついているので、本篇の読後に目を通していただきたい。前作のモチーフである『不思議の国のアリス』が広く知られているのに対し、ホフマンの小説となると実際に読んだというひとは格段に減る筈で、国産ミステリの歴史を振り返っても、『不思議の国のアリス』を扱った作品が大量にあるのに対し、ホフマンが元ネタの作品というと、寡聞《かぶん》にして加納朋子《かのうともこ》の『コッペリア』（二〇〇三年）くらいしか思い浮かばない。本書を鑑賞するにはホフマンの作品に通暁していることに越したことはないが、未読でも問題はないだろう。

「ホフマン宇宙」のクララと、地球の露天《ろてん》くらら。二つの世界にいる車椅子の少女をめぐって、おぞましい奸計《かんけい》が張りめぐらされ、異様な犯罪の歯車が廻りはじめる。両世界それぞれの主人公のうち、井森はとにもかくにも普通の大学院生だが、ビルは要領と呑み込みが悪く、相手の発言にいちいちまぜっかえすのが常なので、話が進まないこと甚《はなは》だしい。『アリス殺し』の時は周囲も異様なキャラクターばかりだったからビルだけが目立つわけではなかったのに対し、本書の「ホフマン宇宙」も変人だらけとはいえ、「不思議の国」より多少は現実世界に近い設定なので、ビルの言動の可笑《おか》しさが余計際立つ。いずれにせよ、井森もビルも単独で探偵を務めるには些か頼りないキャラクターなので、地球の井森には新藤礼都《しんどうれつ》、「ホフマン宇宙」のビルにはマドモワゼル・ド・スキュデリという怜悧な探偵役があてがわれることになるが、二つの世界のキャラクターたちの本体とアーヴァタールの対応関係がどうなっているのかという謎は『アリス殺し』以上に複雑怪奇を極めており、そのぶん、謎解きの難度もおそろしく高くなっている。また、このシリーズではビルがひどい目に遭うのがお約束になっているけれども、前作では彼が凄惨そのものの仕打ちを受けるのに対し、本書の場合は、ひどい目とはいえ「またかよ」「何度目だ」と突っ込みを入れたくなるようなコミカルさが漂う。著者の作風の特徴である残酷趣味が稀薄なのは、前作と一味違う点と言えるだろう。

さて、著者の小説では、同一人物らしきキャラクターが異なった作品に登場することがよくある。例えば、前作『アリス殺し』では、『密室・殺人』に初登場した谷丸《たにまる》警部と西中島《にしなかじま》巡査のコンビが活躍していたが、本書にも著者の小説の愛読者なら既にお馴染《なじ》みのキャラクターたちが顔を見せている。

まず、井森とコンビを組む新藤礼都。『密室・殺人』で初登場を果たした彼女は、ある事情で職業を転々としつつ、『モザイク事件帳』(二〇〇八年。文庫化の際に『大きな森の小さな密室』と改題)所収の「自らの伝言」「更新世の殺人」などに登場。『因業探偵 新藤礼都の事件簿』(二〇一七年)と『因業探偵リターンズ 新藤礼都の冒険』(二〇一八年)ではタイトルロールを務めた。また、露天くららの知人の作家として登場する諸星隼人《もろぼしはやと》は、SFホラー長篇『A《アルファ》・Ω《オメガ》』(二〇〇一年。文庫化の際に『AΩ 超空想科学怪奇譚』と改題)の登場人物だった。そして本書の後半に姿を覗かせる「徳さん」こと岡崎徳三郎《おかざきとくさぶろう》は、『密室・殺人』では別荘の管理人として登場、その後も『大きな森の小さな密室』の表題作と「路上に放置されたパン屑の研究」、他人の記憶を改竄《かいざん》する殺人鬼が跳梁する長篇『記憶破断者』(二〇一五年。文庫化の際に『殺人鬼にまつわる備忘録』と改題)などに出没。小林ワールドの登場人物でも最も得体の知れないひとりと言える。

こうしたキャラクター配置が、手塚治虫《てづかおさむ》的なスターシステムなのか、もっと大きな世界観を暗示しているのかは不明だが、彼らの多くは、ある作品では探偵役、またある作品では……といった具合に、登場するたびに役割が異なっている。彼らの役割の曖昧さと神出鬼没ぶりも、著者の作品世界における「現実」の不確実性を強調しているかのようだ。

本書の後、著者はシリーズ第三弾として『ドロシイ殺し』（二〇一八年）を発表。そして、《ミステリーズ！》二〇一九年四月号からは第四弾『ティンカー・ベル殺し』の連載が始まった。幻想とナンセンスとロジックを渾然一体化させたこのシリーズ独自の試みは、なおも続いている。

本書は二〇一六年に刊行された作品の文庫化です。

検印
廃止

著者紹介　1995年「玩具修理者」で第2回日本ホラー小説大賞短編賞を受賞してデビュー。ホラー、SF、ミステリなど、幅広いジャンルで活躍している。著書に『大きな森の小さな密室』『アリス殺し』『ドロシイ殺し』などがある。2020年没。

クララ殺し

2020年2月28日　初版
2024年7月12日　5版

著者　小《こ》林《ばやし》泰《やす》三《み》

発行所　（株）東京創元社
代表者　渋谷健太郎

162-0814/東京都新宿区新小川町1-5
電話　03·3268·8231-営業部
　　　03·3268·8204-編集部
URL　http://www.tsogen.co.jp
DTP　キャップス
晩印刷・本間製本

乱丁・落丁本は、ご面倒ですが小社までご送付ください。送料小社負担にてお取替えいたします。

ISBN978-4-488-42015-4　C0193

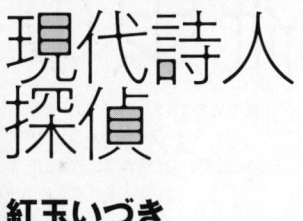

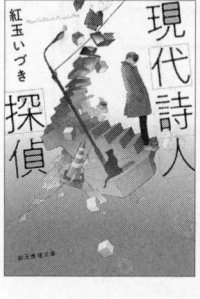